Andreas Kirchgäßner

Traum-Pass

Für meine Frau, die mir den Rücken frei hielt und mich immer wieder ermutigte.

Mein besonderer Dank gilt Christa Ludwig und Ulrieke Ruwisch für ihre unermüdliche Unterstützung.

Ben im blauen Licht des Bildschirms. Der Rest seines Zimmers in Dunkelheit. Nochmals lässt er das Video ablaufen, beugt sich vor, um nichts zu übersehen. Zuerst sieht er nur grau. Nichts als Grau. Die Wellen, die Gischt, die Luft. Die wacklige Handykamera, mit der dieses Video aufgenommen wurde, sucht etwas im Nebel. Fixiert es. Ein Schiff. Grau.

Ben hält das Video an, zoomt das Schiff heran.

Grau, nichts als Grau. Total verpixelt.

Er lässt das Video weiterlaufen.

Stopp!

Einen Sekundenbruchteil lang blitzen zwei Worte am Bug auf: Guardia Costiera.

»Italienische Küstenwache!«, zischt Ben. »Der Idiot will nach Italien.«

Er klickt auf Play. Das Schiff versinkt hinter einem Wellenberg. Die Aufzeichnungen werden hektischer, von Schreien begleitet. Viele Stimmen durcheinander:

»Arwahu!«[1]

»Men-hna!«[2]

»Duro!«[3]

Die Kamera wackelt bedrohlich. Nun kommen immer mehr Menschen ins Bild. Reißen die Arme hoch, um das italienische Schiff anzuhalten. Kurz streift die Aufnahme eine Afrikanerin, die ihr schreiendes Baby hochhält. Dann kippt das Bild vornüber, auf die Afrikanerin, die sich weit über die Holzplanken beugt und schreit.

»My yaro!«[4]

Immer mehr Leute drängen an die Planken, ein Gewirr von Schreien. Die Aufzeichnung rast auf das Wasser zu, ruckelt hart. Sekundenlange Unterwasseraufnahmen, Arme rudern, Beine strampeln. Dann taucht das Bild aus dem Wasser auf. Das Meer eine graue, wogende Plane, darin um sich schlagende, zuckende Körper. Die Schreie werden gurgelnder. Ein Wellenberg hebt eine unüberschaubare Zahl Köpfe ins Bild, lässt sie hinter sich versinken.

1 Arabisch: Kommt!
2 Arabisch: Hierher!
3 Yoruba: Halt!
4 Hausa: Mein Kind!

Kurz streift das Bild den Stoff der grauen Schwimmweste des Filmers.
Ben stoppt das Video. Zoomt sich an das Gewebe ran. Grau und unscheinbar.
Doch im Hintergrund leuchtet ein grelles Orange auf.
»Das ist doch ...« Ben klickt auf Play.
Das Bild hat sich etwas stabilisiert. Die Kamera fährt über den Horizont. Das Schiff der Küstenwache hat sich im Nebel aufgelöst, ist verdunstet. Zurück bleibt die wogende Meeresfläche mit schwarzen Punkten darauf, wie Fliegen auf einem Fliegenfänger. Dann versinkt die Aufnahme im Schwarz.
Ben beißt sich auf die Lippe, versucht, die Tränen runterzuschlucken.
»Dieses verdammte Arschloch! Filmt seinen Abgang und schickt uns die Aufnahme.«

Der Aufschneider

»Mach keinen Scheiß!« Ben war genervt. Immer wieder klauten Idioten auf dem Schulhof den Ball, um auf sich aufmerksam zu machen. Und der Kerl, der den Ball jetzt festhielt wie sein persönliches Geburtstagsgeschenk, konnte gar nicht genug Aufmerksamkeit kriegen. Sein Gesicht war pechschwarz, mal abgesehen vom Weiß seiner Zähne, denn er grinste. Ein ganz schön langes Ende war er und ziemlich traurig gekleidet. Schlabberlook aus der Altkleidersammlung. Dazu Sandalen, die er mindestens schon seit zehn Jahren trug. Keine Ahnung, von welchem Stern der kam. Wahrscheinlich hatte er keinen Schimmer von Fußballregeln und meinte, sie spielten hier Fang-den-Ball.
»Lass rüberwachsen!«, rief Ben.
Der Typ grinste immer noch. Verstand er überhaupt Deutsch? Ben schien er jedenfalls nicht zu verstehen. Statt den Ball abzugeben, balancierte er ihn auf dem Kopf.
»Jetzt mach schon!« Langsam reichte es Ben.
Endlich ließ der Null-Checker den Ball abtropfen. Aber nur, um ihn mit der Hacke in einer schnellen Drehung nach vorne zu bringen. Genüsslich ließ er den Ball von einem Knie zum anderen springen, machte nicht die geringsten Anstalten, ihn abzugeben. Dann ließ er ihn auf dem Kopf tanzen.
Höchste Zeit, ihm klar zu machen, wo der Hammer hing. Ben preschte vor, sprang hoch, um den Ball mit dem Kopf anzunehmen. Doch er hatte sich verrechnet. Eine Nanosekunde vor ihm stieg der Schwarze auf, schraubte sich hoch, als kenne er keine Schwerkraft. Und während Ben ins Leere flog, legte der Andere sich mit der Stirn eine Vorlage auf den linken Fuß und hob den Ball locker über Ben hinweg.

»Mensch, du Idiot! Wir haben keine Zeit für so einen Scheiß!«, schrie Ben.
Aber Mister Schlabberlook ließ es sich nicht nehmen und schoss den Ball aus 20 Meter Entfernung in die obere linke Ecke des Tors. Natürlich gab es Schüler, die auch noch applaudierten. Lässig verneigte sich der Showmaster. Den Kommentar gab er selbst: »Great!«
Nur Ben sah, dass er danach unter seinem drei Nummern zu großen Pullover etwas hervorholte. Etwas, das er um den Hals trug. Etwas Sonderbares. Er küsste es und schob es wieder unter den Pulli.
Aufschneider!, dachte Ben. Er wollte den Kerl schnell vergessen und sich wieder auf das Spiel konzentrieren. Die Hofpause war fast vorbei und seine Mannschaft hatte heute den Hattrick auf dem Fuß. Aber er kriegte diesen Anhänger nicht aus dem Kopf. Das Ding, das der Schwarze um den Hals trug. Da waren doch Haare dran gewesen? Mitten im Lauf schaute er sich noch mal nach ihm um. Der Schwarze erwiderte seinen Blick. Ben sah weg, wollte dem Aufschneider keine unnötige Beachtung schenken. Mit so ein paar Haaren an einem Lederhalsband kann man einen Spitzenstürmer nicht aus der Fassung bringen, dachte er und fragte sich, ob das wohl Tier- oder Menschenhaare waren an diesem Anhänger.

»Ben stolpert über den Ball, rudert mit den Armen, um das Gleichgewicht wiederzufinden. Er verliert den Ball. Sieht sich um. Nach dem Afrikaner, den wir hier noch nie gesehen haben, der uns aber ein paar seiner Zaubertricks gezeigt hat. Lässig, als wär nichts gewesen, schlendert der Zauberkünstler nun ins Schulgebäude. Die Glocke hat nämlich geläutet und damit endet diese Live-Übertragung.«
Alexa hatte ihre Kamera auf die Mauer gestellt und filmte sich selbst. Sie zeichnete die Fußballspiele hinter der Schule auf, kommentierte sie, führte danach Interviews mit den Torjägern. Die meisten mit Ben oder mit Bens genialem Passgeber und bestem Freund Armin. Das war Teil ihres Projektes in der Medien-AG.

Zu Hause machte sie daraus kleine Reportagen, um sie am Ende des Schuljahres als Abschlussarbeit vorzuführen.
Noch sprach sie in ihren Camcorder. Aber irgendwann, da waren sie und Ben sich einig, würde sie vor einer Fernsehkamera stehen und seine Spiele kommentieren. Und er würde ihre Stimme aus tausend Reporterstimmen heraushören und er würde fighten, wie er nur für sie fighten konnte.
Heute aber klang Alexas klare Stimme auf einmal heiser. Ihr Gesicht lief rot an, hob sich schön ab von den blauen Augen und dem braunen, wuscheligen Haar. Fand jedenfalls Ben. Doch Alexa beachtete ihn nicht. Sie packte die Kamera ein und beeilte sich, um rechtzeitig ins Klassenzimmer zu kommen.
»Hast du den Typen gefilmt?« Ben holte Alexa auf der Schultreppe ein.
»Alles im Kasten!«, sagte sie und ließ sich keine Verwunderung über Bens Aussetzer im heutigen Spiel anmerken.
Ben hätte sie gerne gebeten, die Videoaufnahme zu löschen, auf der zu sehen war, warum in dieser Pause – obwohl sie so verheißungsvoll begonnen hatte – nichts aus seinem Hattrick geworden war. Das aber wäre gegen Alexas Reporterehre: Eine Reporterin berichtet unvoreingenommen über alles, was geschieht. Etwas zu verschweigen wäre für sie genauso wie etwas zu behaupten, das gar nicht geschehen ist. »Objektivität« war das Wort, mit dem Alexa immer wieder auf das Grundprinzip ihrer Filmarbeit hinwies. Mit ellenlangen Ausführungen über gute Reportagen hatte sie Ben zugetextet. Er folgte nur deshalb so aufmerksam, weil sie aus dem objektiv hübschen Mund einer objektiv umwerfenden Reporterin kamen.
»Der schwarze Typ ist übrigens objektiv abgedreht!«, sagte Ben. »Der hat mich heute richtig aus dem Konzept gebracht. Ohne den ...«
»Ja, objektiv irre, was er uns da mit dem Ball gezeigt hat. Werde mich mal um ein Interview mit ihm kümmern.« Immer noch tat sie so, als wäre alles beim Alten. Nur dass jetzt eben jemand anders das Exklusivinterview für den Film geben würde.
»Der kann doch nicht einfach hier reinspazieren und ...«

»Er konnte es!«, sagte Alexa mit einem ironischen Lächeln und ließ Ben einfach stehen.
»Ich mein doch nicht seine blöde Show. Ich meine das haarige Ding an seinem Lederhalsband. Das sieht aus wie ein echter Schrumpfkopf!«, rief Ben hinter ihr her.
An der Schwelle zum Klassenzimmer holte er sie ein. Ob Alexa ihn gehört hatte oder nicht, konnte er allerdings nicht mehr feststellen. Denn im Klassenzimmer erwartete ihn eine Überraschung.
»Was macht der denn hier?«
Der Showmaster stand vor der Klasse. Alle gafften ihn an und er schien die Aufmerksamkeit zu genießen.
Frau Beck kam herein. Sie lächelte und nickte ihm wohlwollend zu: »Das ist Akono. Er kommt aus Nigeria und ist erst seit kurzem in Deutschland. Nigeria ist das größte Land in Westafrika. Englisch ist dort die Amtssprache. Und der Schulunterricht ist völlig anders als bei uns. Akono muss sich also hier erst zurechtfinden. Ich möchte, dass ihm alle dabei helfen.«
Akono grinste, als hätte jemand einen Witz gemacht. Ben sah, wie er dabei das Klassenzimmer abscannte. Suchte er einen Fluchtweg? Nein, sein Blick blieb an Alexa hängen. Was glotzte er sie an? Alexa lächelte, lächelte zurück. Sie musste lächeln, überlegte Ben, auch wenn sie ihn bestimmt genauso angeberisch fand wie er. Als Filmemacherin musste sie allen Leuten unvoreingenommen und freundlich begegnen. Eben objektiv. Insbesondere, wenn sie ein Interview mit ihnen plante.
Akono schien allerdings ernsthaft der Meinung zu sein, Alexas Lächeln wäre eine Einladung. Er bewegte sich in ihre Richtung. Wahnsinn, der meinte echt, er könnte neben ihr sitzen.
»Schnell!«, zischte Ben Armin zu. Zack, war der freie Platz besetzt, und nun grinsten Ben und Armin.
»Wo wird Akono sitzen?« Frau Beck sah Ben herausfordernd an und wies auf den freien Platz neben ihm.
»Eigentlich sitzt Armin da!«, sagte Ben.
»Jetzt sitzt Armin aber neben Alexa. Also ist der Platz neben dir frei!«

Oh nein! Armin war schließlich sein bester Freund und der coolste Passgeber, den man sich denken konnte. Deshalb hatte er auch seinen Stammplatz neben Ben.
»Macht es Akono doch nicht so schwer«, sagte Frau Beck.
»Neben mir kann er gerne sitzen«, mischte sich Alexa ein.
»Neben mir auch!«, beeilte sich Ben zu sagen.
Akono fletzte sich neben ihn und schaute unbeteiligt nach vorne. Als Frau Beck mit dem Deutschunterricht begann und alle in einen leisen Schlaf glitten, flüsterte er plötzlich: »Hello!«
»Hallo!«, stotterte Ben, als er merkte, wen der Neue meinte.
»What's your name?«
»Wots wot?« Ben versuchte, einen Blick auf den Anhänger an dem Lederhalsband zu erhaschen. Aber der ausgeleierte Pullover verdeckte ihn.
»Do you speak English?«
»His name is Ben«, ertönte Alexas glockenklare Stimme von hinten. Und wie eine Kompassnadel sich dem Nordpol zuwendet, drehte Akono sich zu ihr um.
Ben suchte nach Worten. Englischen oder deutschen, irgendetwas Schlaues. Aber im Gegensatz zu den Dribblings in der Pause, bei denen er den Ball wie einen Körperteil beherrschte, bekam er sein Sprachzentrum nicht in den Griff.
»My name is Alexa. I am a sports reporter!«
»Wow, great!«, jubelte Akono. Gerade wollte er ihr seine ganze Bewunderung für ihren sensationellen Beruf kundtun, als Frau Becks Schatten über die beiden fiel.
»Liebe Alexa, lieber Akono, ich unterbreche eure Unterhaltung nur ungern, aber erstens stört ihr den Unterricht und zweitens – was weitaus wichtiger ist – müssen alle mit Akono Deutsch sprechen, damit er möglichst schnell unsere Sprache lernt.«
»Hast du Lust, mir ein Interview zu geben?«, flüsterte Alexa, als die Lehrerin ihnen den Rücken zugekehrt hatte und die Klasse aufforderte, die Hefte herauszuholen.
»Sorry?«, raunte Akono.
»Pssst!«, zischte Ben und erntete verwunderte Blicke. So streberhaft kannte man ihn bisher nicht.

»Give me an interview?«, flüsterte Alexa und warf Ben einen drohenden Blick zu.
»Would you ...«, sagte Ben.
»Was?«
»Wenn schon, dann: ›Would you give me an interview?‹«
»Sure, of course, great!«, jubelte Akono.
»Heute?«, fragte Alexa und ihr Gesicht lief rötlich an.
»Now?« Akono meinte das ernst.
»Alexa, bitte!«, meldete sich Frau Beck zurück.
Alexa holte schnell ihr Heft raus, flüsterte Akono dabei zu: »This afternoon?«
»Great!«

Unberechenbare Bälle

»›Akono‹ ist Yoruba, die Sprache der Gegend dort, und heißt: ›Ich bin an der Reihe‹. In letzter Zeit habe ich ihn einige Male in seiner Unterkunft besucht. Ziemlich heruntergekommene Wohncontainer, vollgestopft mit Leuten aus vielen Ländern. Akono hat Abi, eine Asylbewerberin aus Ghana, zum Übersetzen geholt. Erst behauptete er, er wäre 18. Ich meine, ich verstehe *eighteen*, ich habe eine Zwei in Englisch. Aber wieso ist er dann in unserer Klasse? Er hat nur gegrinst. Dann sagte er: ›Okay, I am sixteen.‹ Aber ich soll's niemandem erzählen. Er kommt jedenfalls aus Oshogbo. (Falls jemand unter den Zuschauern auch nur eine Vier in Geographie hat:) Oshogbo ist eine Stadt im Süden Nigerias.«

»Der Typ ist irre!«, schwärmte Alexa, nachdem sie Ben ihre Anmoderation vorgeführt hatte.
»Irre auf jeden Fall«, brummte Ben.
Aber Alexa war so in Fahrt, dass sie Ben ignorierte: »Das wird ein geniales Projekt, ein kompletter Film über einen Transferspieler aus Nigeria, der in unseren Verein kommt.«
»Der soll Transferspieler sein?«, fragte Ben. »Und warum wohnt er dann im Flüchtlingsheim?«
»Eine heiße Geschichte!«
»Okay, und was hat das mit mir zu tun?«
»Du kriegst eine wichtige Rolle im Film. Es geht ja um unseren Fußballverein.«

In der letzten Woche hatte Alexa bereits viele Details über Akono in Erfahrung gebracht. Er hatte ihr Bilder gezeigt, die er in seinem Viertel aufgenommen hatte. Ein paar Fotos von seiner Familie und seinen Geschwistern konnte Alexa ablichten, um auch sie für den Film zu verwenden. Immer mehr Pixel fügten sich zu einer Bilderfolge, zu einer Geschichte – zu Akonos Geschichte. Ob Ben die Geschichte überhaupt interessierte, fragte sie nicht. Und Ben interessierte lediglich, bei Alexa zu sitzen und ihr zuzusehen, wie sie Bilder und Filmausschnitte bearbeitete, wie sie erzählte und vor Aufregung leicht errötete.

In Oshogbo war Akono ein Junge wie viele andere. Er spielte Fußball, was viele andere auch taten. Straßenfußball. Nicht zu vergleichen mit unserem Fußball. Wenn der Ball dort aufkommt, ist völlig unberechenbar, wohin er springt. Auf einem spitzen Stein kann er zur Seite spritzen, in einer Pfütze wegschwimmen oder unter einem Schrottauto stecken bleiben. Niemals springt er dorthin, wo man es erwartet. Deshalb müssen die Straßenfußballer in Oshogbo immer mit allem rechnen und auf alles sofort reagieren. Das können nur Fußballer, die von frühster Kindheit an auf der Straße spielen. Und einer von ihnen war Akono.
Doch Akono war immer einen Tick schneller, hatte im Blut, wie man einen unerwarteten Ball annehmen konnte. Er trainierte wie besessen, um den Ball möglichst selten mit dem Boden in Berührung zu bringen. Das trainierten die anderen Jungs auch. Aber es gelang niemandem so gut wie Akono. Er war ein Jongleur. Deshalb wollten ihn alle Straßenteams unbedingt in ihrer Mannschaft haben.
»Hey, Junge, wir haben ein Stadtteilturnier. Da könnten wir dich gebrauchen!«, sprachen ihn ein paar ältere Jungen an, denen Akono bisher nur bei ihren harten Fights zugeschaut hatte. Er zögerte. Alle waren größer als er. Und auch breiter. Akono hatte gesehen, dass sie bei ihren Turnieren alles andere als zimperlich miteinander umgingen. Doch die Ehre dieser Einladung war größer als seine Befürchtungen. Er sagte zu und trat an. Dort lernte er die hohe Kunst, nicht nur die Pässe, sondern auch die Bodychecks vorauszuberechnen. Geschickt wich er aus, ließ die ungestümen Angreifer ins Leere laufen.

Bei den Stadtteilturnieren glänzte er damit, den Ball in der Luft zu halten. Schnell galt er als einer der gewieftesten Dribbler in Oshogbo. Das brachte ihm große Anerkennung ein – nicht nur bei den Jugendlichen. Auch die Alten hockten im Schatten der Mangobäume, kauten auf den bitteren Kolanüssen herum und verfolgten die Turniere. Und so dauerte es nicht lange, bis die Nachricht von Akonos Begabung seinen Eltern zu Ohren kam.
Die Eltern hatten keine Zeit, Akono bei seinen Spielen zuzuschauen. Sieben Geschwister hatte er und trotzdem verkaufte seine Mutter Gemüse auf dem Markt von Oshogbo. Gemüse, das sie zu Fuß von den Bauern außerhalb der Stadt holen musste. Der Vater war Schreiner, wenn er denn Arbeit bekam. Außerdem war er Mechaniker oder Erntehelfer. Was gerade ging. Und das schien nicht eben viel zu sein in Oshogbo, obwohl Nigeria die größten Ölquellen in ganz Afrika besitzt und deshalb eigentlich das meiste Geld haben müsste.
Weil es aber bei Akonos Familie ziemlich schlecht lief, horchten die Eltern auf, als die hochgeschätzten Alten von Akonos Fußballtalent schwärmten und Akono eine große Zukunft prophezeiten. Sie hatten bereits davon gehört, wie man aus einem Fußballtalent einen Goldesel macht. Man schickt ihn in eine Fußballakademie. Davon gab es ziemlich viele in Nigeria. Die Jugendlichen trainierten dort hart, aber eigentlich ging es nicht darum, Spiele zu gewinnen. Es ging nur darum, entdeckt und gewinnbringend verkauft zu werden.
»Fußballakademie? Das können wir uns nicht leisten!«, sagte seine Mutter auf Yoruba. Der Vater sprach nicht viel. Er nickte nur.
Das überraschte Akono nicht. Er wusste, dass die Eltern kaum alle Kinder durchbringen konnten und daneben dennoch seinen Schulbesuch und den seiner großen Schwester bezahlten. An Spielereien wie eine Fußballakademie war da gar nicht zu denken. Deshalb war er ein paar Tage zuvor auf eigene Faust auf dem Übungsplatz der örtlichen Akademie erschienen. Der Trainer wollte ihn wegjagen, aber ein paar Schüler der Akademie hatten Akono bereits bei Stadtteilturnieren gesehen.

»Chief, der Junge hat's drauf! Schauen Sie sich den mal an, bevor sie ihn in die Wüste schicken.«

Also durfte Akono zur Probe mittrainieren. Er war noch ungeübt darin, auf einem richtigen Fußballplatz in einer Mannschaft zu spielen. Bisher hatte er fast alles im Alleingang gemacht. Den Ball hatte er nur in der allergrößten Not abgespielt, denn auf den holprigen Straßen endete jedes Kombinationsspiel an einem Stein, einem Erdloch, einer Pfütze oder gar an einem streunenden Hund oder einer herumstehenden Ziege. Hier in der Akademie jedoch waren Mannschaftsdenken und geschickte Kombinationen gefragt.

»Okay, dann geh ich mal besser!«, sagte Akono schließlich zum Trainer. Er hatte das Gefühl, einen denkbar schlechten Eindruck gemacht zu haben.

»Stopp, Kleiner! Nicht so hastig!«, hielt ihn der Trainer auf. Er erkannte Akonos Talent, seine individuelle Klasse, und er wusste, dass man das Mannschaftsspiel lernen kann. Wenn nicht an dieser Akademie, dann zumindest bei dem Verein, der Akono der Akademie abkaufen würde.

»Meine Eltern haben aber kein Geld!«, gestand Akono.

»Zahlen kannst du auch später noch. Nach dem Transfer«, sagte der Trainer.

Akono verstand nicht, was er mit »Transfer« meinte, aber er trainierte von nun an mit anderen Jugendlichen in der Fußballakademie. Alle redeten davon, mit der Aufnahme in die Akademie schon den ersten Schritt heraus aus der Armut geschafft zu haben. Sie trainierten hart, denn sie hofften, entdeckt zu werden. Jeder wollte eine Karriere als europäischer Profifußballer machen. Und jetzt verstand Akono endlich, was mit »Transfer« gemeint war. Sie wollten ihn verkaufen. Gewinnbringend für die Akademie und für ihn selbst.

Diese Aussicht spornte Akono an. Bald entpuppte er sich auch hier als besonderes Talent unter anderen Talenten. Er war ein exzellenter Dribbler, der den Ball unfassbar lang in der Luft halten konnte, hatte dabei einen sehr schnellen Antritt und beherrschte brillant platzierte Schüsse. Sein Trainer war begeis-

tert. Aber noch lag ihm Akono nur auf der Tasche. Noch musste er ihm Fußballschuhe und Trikot besorgen, musste unentgeltlich mit ihm trainieren. Auf Dauer ein unhaltbarer Zustand: Man musste Akono so schnell wie möglich einem Scout vorstellen. Einem der Fußballjäger, die kreuz und quer durch Afrika reisen, immer auf der Suche nach begabten Spielern für europäische, asiatische oder arabische Mannschaften. Dafür winken interessante Ablösesummen, durch die das Geschäft mit den Nachwuchstalenten erst interessant wird.
Wenn Akono nach Hause kam, schauten ihm die Nachbarn bewundernd nach.
»Hey, Akono, wie stehen die Aktien? Schon einen Vertrag in der Tasche?«
Das Ganze ließ Akono natürlich nicht kalt. Er selbst bekam langsam das Gefühl, für etwas Großes bestimmt zu sein. Nicht umsonst bedeutete sein Name: ›Ich bin an der Reihe!‹.

Und dann war es so weit. Der Trainer nahm die Jungs beiseite: »Ich hatte einen wichtigen Anruf, Jungs. Von einem ›Großen Tier‹. Das will hier vorbeikommen und euch ansehen. Darauf warten wir schon lange. Jetzt ist es endlich so weit. Ich will, dass ihr euer Bestes gebt.«
Natürlich waren alle sofort Feuer und Flamme. Sie trainierten noch härter, noch ausdauernder. Die Jungen, die bisher gut miteinander ausgekommen waren und Freundschaften geschlossen hatten, wurden über Nacht zu Konkurrenten. Alle wussten, dass das Große Tier keine komplette Mannschaft suchte, sondern nur einen, höchstens zwei Spieler. Die anderen mussten weitertrainieren und darauf warten, dass wieder ein Großes Tier vorbeischaute. Manche warteten schon seit Jahren darauf, entdeckt zu werden. Doch allzu oft fuhren die Großen Tiere wieder ab, ohne einen Jungen ausgewählt zu haben. Denn es gab unzählige weitere Fußballakademien, in denen ebenfalls alle darauf warteten, entdeckt zu werden. Und nicht selten mussten Eltern mit einer kleinen »Spende« nachhelfen, damit ihr Junge dem Großen Tier auffiel.

Für so eine »Spende« hatten Akonos Eltern natürlich kein Geld. Diese Hoffnung konnte er gleich begraben. Umso mehr hoffte er, durch seine schwebenden Bälle, seine akrobatischen Dribblings, seine exakten Schüsse das angekündigte Große Tier zu beeindrucken.
Wie enttäuscht war er aber, als schließlich ein protziger Geländewagen vorfuhr.

Der weiße Toyota Land Cruiser rollt in Zeitlupe über den Rasen und kommt schließlich zum Stehen. Ben hat sich dieses Video schon einige Male angesehen. *Es folgt eine Phase, in der der Film zu hängen scheint. Der Cruiser steht, die Insassen blicken starr nach vorne. Sollte es irgendeine Bewegung geben, so ist sie auf dem Video nicht wahrnehmbar. Kurz bevor er die Aufnahme wegklickt, bewegt sich dann doch etwas: Sehr langsam öffnet sich die Beifahrertür. Und nach einer gefühlten halben Stunde quält sich ein übergewichtiger Afrikaner im Anzug und mit Sonnenbrille heraus. Er öffnet die rechte Hintertür. Ein dünner, blasser Weißer in halblangen Shorts und T-Shirt steigt aus und wird vom Beifahrer und zwei weiteren dicken Afrikanern in Anzügen umstellt. Sie verdecken die Sicht auf ihn, wollen ihn offenbar schützen. Der Tross schlendert in Zeitlupe an den Spielfeldrand. Die Kamera schwenkt auf eine Gruppe junger Spieler. Das absolute Kontrastprogramm. Den Jungen rinnt der Schweiß, sie kicken sich den Ball präzise und mit immer komplizierteren Drehungen und Wendungen zu. Dann ertönt ein Pfiff und die Aufnahme schwenkt zum Trainer, der trotz der atemberaubenden Kunststücke unzufrieden scheint und die Jungen antreibt.*
Jetzt kämpft jeder für sich, ein hartnäckiges Gedribbel und Gesprinte. Ben sieht die Klasse der Spieler, sieht auch die Härte, mit der sie zu Werke gehen. Niemand reklamiert Foul, wer umgenietet wird, springt ohne Umstände wieder auf, um weiterzukämpfen. Die Spieler scheinen ebenbürtig, bis einer, den Ben erst auf den zweiten Blick als Akono erkennt, den Ball trotz massiver Bedrängnis in der Luft hält, sich freiläuft und ein Solo hinlegt, das Ben gern bis zum Abschluss gesehen hätte. Doch die Kamera wandert zurück zu dem Weißen und seinen dicken Sonnenbrillen-Bewachern.

Sie wirken gelangweilt, zünden sich Zigaretten an, werfen sich Bemerkungen zu, lachen und würdigen die Nachwuchsspieler kaum eines Blickes. Nach wenigen Minuten wird es ihnen in der Mittagssonne offenbar zu heiß. Der Weiße wischt sich den Schweiß von der Stirn und gibt seinen Bewachern ein Zeichen. Ohne sich noch umzudrehen, steigt der Trupp wieder in den Cruiser, von dem Sekunden später nur noch eine Staubwolke zu sehen ist.
Die Aufnahme schwenkt erneut zu den Spielern. Einen Moment erstarren sie mitten in ihren Bewegungen. Dann lassen sie sich allesamt auf den Boden fallen und rühren keinen Muskel mehr. Der Trainer schimpft, es bleibt unklar, weshalb und mit wem, dann macht er sich frustriert aus dem Staub.

Das Große Tier Richard

Nicht einmal die Spieler, deren Eltern »gespendet« hatten, waren ausgewählt worden, erläuterte Akono dieses Video später. Einigen Spielern stiegen Tränen in die Augen, andere wollten aufgeben. Und doch wussten sie, dass sie am nächsten Tag alle wieder antreten würden. Es gab keine Alternative. Ihre Eltern hatten zu lange viel zu viel Geld in ihre Ausbildung gesteckt. Ihre Nachbarn fragten viel zu oft, wann es endlich soweit sei mit dem Vertrag. Deshalb schluckten die Jungen ihre Enttäuschung herunter. Alle taten so, als hätte es diesen Kurzbesuch überhaupt nicht gegeben. Alle behaupteten, nichts sei entschieden und es gäbe allen Grund, sich große Hoffnungen zu machen.

Umso überraschender, dass eine Woche später der dünne Weiße mit seinen beleibten Nigerianern durch Akonos Viertel irrte und die Anwohner nach dem Weg zur Familie Makinde fragte. Die Nachricht, dass das Große Tier im Anmarsch war, eilte ihnen voraus und erreichte Akono und seine Geschwister zehn Minuten, bevor die Männer eintrafen. Sie löste hektische Betriebsamkeit aus. Akono jagte zwei seiner kleinen Brüder los, um so schnell wie möglich die Eltern zu holen. Die Schwestern schickte er fort, um von den paar Nairas, die er auftreiben konnte, Snacks und Cola zu kaufen. Dann kramte er sein sorgsam verwahrtes bestes Hemd und die einzige Hose ohne Loch hervor, wusch sich Gesicht, Hände und Füße. Er kämmte das widerspenstige Haar nach hinten, warf sich in Schale und setzte seine coolste Mütze und die gespiegelte Sonnenbrille auf. Er wollte total lässig wirken, so als wäre der Besuch eines Großen Tieres etwas absolut Normales in seinem Leben.

Mit jeder Minute, die verstrich, wuchs Akonos Unruhe. Was würde der Weiße zu dem heruntergekommenen Viertel sagen, in dem er mit seinen Eltern wohnte, was zu der baufälligen Hütte und zu der armseligen Einrichtung? Er überlegte, den Männern entgegenzugehen und sie in eine Bar zu lenken. Doch er hatte kaum genug Nairas in der Tasche, um sich selbst einen Drink zu leisten. Ausgeschlossen, die Männer einzuladen. Das hätte er dann aber tun müssen. Da wäre es fast besser, sich verleugnen zu lassen und ein neues Treffen zu verabreden. Er wusste allerdings, dass diese Leute keine Termine mit Fußballjungs machten. Wer nicht da war, wenn sie kamen, existierte nicht. Es gab genug andere Nachwuchsspieler, die nur auf ihre Chance warteten ...

Schnell setzte Akono Sonnenbrille und Mütze ab, kämmte nochmals seine Haare und hockte sich auf seine Schlafmatte. Als die Tür aufflog, schoss er hoch. Es gab in diesem Zimmer keine Sitzgelegenheit außer der Matte. Er musste ihnen die Matte anbieten.

Statt der Männer trat seine Mutter ein. Sie umarmte ihn, schluchzte auf und wiederholte, was sie schon so oft gesagt hatte: »Akono, du bist unsere Hoffnung!«

Mitten in diese Szene platzte der Weiße mit seinen Muskelmännern. Akono bot ihnen seine Matte an, aber sie beachteten ihn gar nicht.

Der Weiße nannte seinen Namen: »Richard«. Er hatte einen französischen Akzent und sprach Akonos Mutter an: »Frau Makinde?«

Dann sagte er, dass er aus Belgien komme und auf der Suche nach talentierten Nachwuchsfußballern sei. Das Allerwichtigste war für ihn aber: »Wie alt ist Akono?«

»Fünfzehn«, antwortete die Mutter.

»Fünfzehneinhalb!«, versuchte Akono sich ins Gespräch zu bringen.

»Er sieht älter aus«, sagte Richard. »Wenn ich ihn einem Verein anbieten soll, muss er älter sein.«

»Vielleicht ist er auch 16«, überlegte die Mutter.

»Mindestens 18!«, sagte Richard.
18? So alt waren die jüngsten Väter und Mütter in ihrem Viertel. Auf keinen Fall war Akono 18!
»Schade, dann können wir ihn nicht gebrauchen. Dabei hätte er das Zeug gehabt.«
»Kann man da nichts machen?«, fragte Akono, weil er merkte, dass seine Mutter aufgeben wollte.
»Man kann, aber das kostet!«
Akonos Mutter horchte auf: »Was kann man machen?«
»Hat der Junge einen Pass?«
»Einen Pass? Wofür?«
»Wenn er reisen soll, braucht er einen Pass! Den können wir ihm besorgen. Und dann ändern wir gleich das Alter.«
»Und was kostet das?«, fragte Akonos Mutter besorgt.
Statt einer Antwort holte Richard zu einer großen Rede in seinem seltsamen Englisch mit französischem Akzent aus. Seine Begleiter nickten zu jedem Satz und ließen zwischendurch ein lautes »Ähääà« verlauten. Offenbar war das ihre einzige Aufgabe. Weiterhin sprach Richard über Akono, als wäre er überhaupt nicht anwesend. Er sagte »dem Jungen« eine große Kariere in europäischen Spitzenclubs voraus, mit lukrativen Verträgen. Akonos Mutter verstand nichts. Und als Richard das bemerkte, begann er, Beispiele anzuführen. Zum Beispiel Didier Drogba.
»Didier was?«, fragte Akonos Mutter.
Jeder im Viertel wusste, wer Didier Drogba war, der Star von der Elfenbeinküste, der nun zwischen Europa, China und der Türkei für astronomische Ablösesummen herumgereicht wurde. Jeder wusste das – außer Akonos Mutter. Die kam fast nie dazu, Fernsehen zu schauen, und wenn, dann interessierte sie sich nur für nigerianische Liebesfilme.
»Didier Drogba wurde in Europa entdeckt. Er spielt seither als Stürmer oder Mittelstürmer, mit vielen Einsätzen, vielen Toren oder Torvorbereitungen in der Champions League ...«
Akonos Mutter sah ihren Sohn an: »Verstehst du, wovon er redet?«
»Klar, Mama, von Drogba.«

Resigniert ließ Akonos Mutter die Schultern sinken. Das war ihr zu hoch. Lieber wollte sie warten, bis ihr Mann nach Hause kam. Aber Richard deutete an, dass er nicht viel Zeit hätte. Und weil niemand wusste, ob Akonos Vater überhaupt kommen würde, schaltete Akono sich wieder ein. Das hatte auch den Vorteil, dass er mit seiner Mutter Yoruba sprechen konnte, ihre Muttersprache, die sie wesentlich besser beherrschte als Englisch. Akono erklärte ihr, wer Didier Drogba war und welchen kometenhaften Aufstieg er in Europa genommen hatte. Er erklärte ihr, dass Richard ihm zu demselben Ruhm verhelfen wollte. Akonos Mutter quittierte seine Erklärungen mit einem »Wonderful!« Ein Wort, das Richard verstand und als Aufforderung nahm, auf Englisch fortzufahren. Drogba verdiene inzwischen 500.000 Euro im Monat. Richard wartete, welche Wirkung diese Summe bei Akonos Mutter auslöste.

Doch Akonos Mutter hatte keine Ahnung, wie viel Naira ein Euro und ob 500.000 Euro viel oder wenig waren.

Richard erfasste dieses Problem: »500.000 Euro – das ist eine Summe, die in Nigeria dem Monatslohn von 2500 Beamten entspricht.«

Akono hatte nicht das Gefühl, dass seine Mutter nun eine bessere Vorstellung von dieser Summe hatte, zumal alle Bewohner ihres Viertels der Meinung waren, dass nigerianische Beamte sich hauptsächlich an Schmiergeldern bereicherten und deshalb gar keinen Monatslohn benötigten. Aber sie signalisierte Richard, dass sie ahnte, wie reich Didier Drogba sein musste.

Akono erklärte ihr, dass Drogba damit nicht nur sich und seine Familie, sondern bestimmt auch die Verwandtschaft und deren Freunde versorgen konnte.

Wie erwartet gefiel das seiner Mutter sehr gut. Drogba war in ihrer Sympathie deutlich gestiegen. Und auch Richard schien zufrieden, dass Akonos Mutter endlich verstanden hatte, welch große Chance er Akono und seiner Familie eröffnete.

Allerdings seien die Verhandlungen schwierig und der Transfer kostspielig. Und als Akono ansetzte, nach einer konkreten Summe zu fragen, wurde das Gespräch erneut unterbrochen. Akonos Vater kam von der Arbeit. Seine Kleidung war von oben bis unten mit Holzmehl bestäubt. Er wollte sich umziehen, doch Akonos Mutter hielt ihn zurück und erklärte ihm alles, was sie vom Gespräch verstanden hatte. Das war sehr lückenhaft, weshalb auch Akono ihm nochmals alles darlegte. Sein Vater kannte natürlich Didier Drogba. Diesen Teil der Erklärung konnte Akono sich sparen. Also kam der Vater gleich zur Sache, was Richard freute.

Gegen die einmalige Zahlung von 4500 € könne er alles für Akono organisieren. Richards bullige Begleiter ließen im Chor ein »Ähääa« hören, was unterstreichen sollte, wie lächerlich klein dieser Betrag war.

»4500?«, fragte die Mutter. »Das ist nicht zu viel.«

Akonos Vater blickte stumm vor sich hin und Akono konnte nicht erkennen, was diese Summe in ihm auslöste.

»Das können wir zahlen«, sagte Akonos Mutter. »Ich habe etwas zurückgelegt.«

Richards Stimmung hellte sich auf, die Miene des Vaters verdüsterte sich.

»Er redet von Euro, nicht von Naira!«, sagte er müde.

»Wie viel ist es in Naira?«, wollte Akonos Mutter wissen.

»Keine Ahnung, sehr viel Geld jedenfalls ...«

»Wie viel?«, fragte Akonos Mutter erneut.

Richard zückte sein Smartphone und gab die Summe in seinen Währungsrechner ein. »4500 Euro, das sind etwas mehr als eine Millionen Naira.« Die Mutter ließ sich erschöpft auf Akonos Matte sinken. Der Vater wandte sich zum Gehen. Die Unterredung schien hier beendet.

»Das ist nicht viel Geld für alles, was wir für Ihren Sohn tun«, versuchte es Richard nochmals.

Doch Akonos Mutter schüttelte nur den Kopf und der Vater verschwand durch die Tür. Es war vorbei. Alle Träume geplatzt.

Babalorisha

Ben musste zugeben, dass das eine ziemlich abgefahrene Geschichte war. Aber ihn wurmte, dass Alexa so viel Zeit und Energie für diesen Akono aufbrachte. Noch mehr ärgerte ihn, dass Akono eindeutig mehr und Interessanteres berichten konnte, als Ben jemals in einem Interview von sich gegeben hatte. Gegen Akono konnte er bei Alexa nicht punkten. In ihrem Film blieb für Ben nur eine Nebenrolle.
»Wie ist dieser Akono dann hierhergekommen?«, fragte er schließlich.
Natürlich hatte Alexa auf diese Frage geradezu gewartet, um endlich die weitere Geschichte los zu werden.
In Akonos Viertel sprach sich schnell herum, dass ein weißer Scout bei seiner Familie gewesen war und angeboten hatte, ihn nach Europa zu vermitteln. Die Nachricht war ein echter Kracher, ein zweiter Didier Drogba im Viertel! Alle begannen darüber nachzudenken, was das bedeuten könnte: Erst einmal würde er natürlich seine eigene Familie gut versorgen, wahrscheinlich zunächst mit einem großen Haus. Bestimmt kam das Haus in ihr Viertel, denn Akonos Familie wollte das Viertel nicht verlassen. Das war wiederum die Chance für viele Männer aus dem Viertel, bei den Bauarbeiten etwas zu verdienen. Danach müsste er Verwandten unter die Arme greifen. Üblicherweise würde er ihnen Werkstätten, Läden und Frisiersalons einrichten, mit denen sie zukünftig ihr eigenes Geld verdienten und Akono nicht mehr auf der Tasche lägen. Spätestens dann wären auch die Nachbarn dran. Denn reiche Familien haben die Pflicht, Hochzeiten und andere Feste üppig zu unterstützen. Dort würde es reichlich Fleisch zum Reis geben und alle würden sich mal so rich-

tig satt essen. Und wenn Akono es tatsächlich zu einem Reichtum wie Didier Drogba brachte, dann würde er noch ein Krankenhaus und vielleicht noch eine Schule errichten. Kurz: Sein Glück war auch ihr Glück.
Umso bedauerlicher, dass der große Deal geplatzt war, da Akonos Eltern niemals eine Millionen Naira aufbrächten, um den Transfer bezahlen zu können.

Richard hatte eine Karte mit seiner Handynummer dagelassen und war mit den Worten gegangen, die Eltern sollten gut überlegen, ob sich das Geld, das sie in Akonos Zukunft steckten, nicht hundertfach bezahlt machen würde. Richards Männer hatten Akonos Vater zugeraunt, er solle sich diese einmalige Chance nicht entgehen lassen und zusehen, dass er das Geld zusammenbrachte. Der Vater aber hatte nur die unvorstellbare Summe von einer Millionen Naira wiederholt, den Kopf geschüttelt und war gegangen.
In ihrem Viertel jedoch vergaß niemand, Akono und seine Familie von jetzt an ehrerbietig zu grüßen. In den Läden konnte seine Mutter auf einmal problemlos anschreiben lassen, der Vater bekam in seiner Bar so viel Bier ausgegeben, wie er wollte. Ältere Mädchen hielten Akono auf der Straße an: »Hey, Junge, hast du eigentlich schon ne Freundin?« Dabei tanzten sie vor ihm mit wackelnden Hintern. Eine unzweideutige Einladung. Auch wenn Akono sich darauf nicht einließ: Er genoss das plötzliche Ansehen und hoffte nur, dass die Sache nicht allzu schnell aufflog.
Doch nach wenigen Tagen klopfte der ›Balè‹ des Viertels an die Tür der Familie. Als Ortsvorsteher müsse er wissen, wie es nun mit Akono und dem Stadtteil weitergehen sollte. Akono druckste herum. Seine Mutter schickte seine Geschwister, um den Vater zu holen. Und der kam ziemlich zerknirscht nach Hause. Ohne Umschweife berichtete er dem Balè, dass sie zwar ein verlockendes Angebot von diesem Belgier bekommen hätten, die nötige Geldsumme jedoch nicht aufbringen könnten.
Der Alte machte ein besorgtes Gesicht. Dann nickte er und verließ ohne ein weiteres Wort das Haus.

Das war's, dachte Akono. Jetzt wussten alle Bescheid. Einige würden es ihnen übel nehmen, dass sie die Wahrheit so lange geheim gehalten hatten, andere würden sich ins Fäustchen lachen. Bald wäre hoffentlich alles vergessen.
Doch es kam anders.
Ein paar Tage später erschien der Balè erneut. Akonos Vater schickte Akono Bier holen und zog sich mit dem Alten zurück. Als Akono mit ein paar Flaschen zurückkam, forderten sie ihn auf, sich zu ihnen zu setzen, und öffneten ihm ein Bier. Er hatte noch nie Bier getrunken, nicht einmal heimlich, jetzt sollte er es offiziell vor den Augen seines Vaters tun. Er nippte daran. Es schmeckte scheußlich und er hätte ihnen das Gebräu am liebsten vor die Füße gespuckt. Stattdessen schluckte er es widerwillig runter und hörte, was sie ihm zu sagen hatten.
»Richard ist ein Weißer!«, sagte der Balè. »Weiße sind anders als wir. Sie haben bessere Beziehungen und können durchsetzen, was sie sich vornehmen. Wenn dieser Richard sagt, Akono sei gut genug für einen europäischen Fußballverein, dann sollte man ihm das glauben. Wenn er einen Verein kennt, dem er Akono anbieten kann, dann sollte man die Sache in seine Hände legen.«
»Aber ... woher soll das ganze Geld kommen?«, warf Akono ein.
»Für Leute wie uns, die kein Geld haben, sind eine Millionen Naira unvorstellbar viel. Für Leute, die viel Geld haben, ist das eine lächerlich kleine Summe«, erklärte der Balè, der nicht allein der Ortsvorsteher war, sondern auch als weiser Ratgeber galt. Leider pflegte er seine Weisheiten in Rätseln zu verpacken. Akono starrte ihn an und wartete auf eine Erklärung.
»Wenn einer kein Geld hat, aber viele Millionen Naira verdienen könnte, wenn er eine Million Naira hätte, dann kann er nicht die Hände in den Schoß legen. Dann muss er sehen, woher er eine Millionen leihen kann, um danach von den vielen Millionen Naira seine Schulden zurückzuzahlen und fortan als reicher Mann mit weiteren Millionen sich und seine Familie und seine Nachbarn und seinen Balè zu beglücken.« Alles andere hieße, eine Chance, die Gott gegeben hat, ungenutzt verstreichen zu lassen. Und Gottes Gaben nicht anzunehmen, gleiche einer Sün-

de. Deshalb nutze der wahrhaft Gläubige seine Chance und leihe sich das Geld.

Als Erstes war Akonos Großvater dran. Er hatte sein Leben lang alle Arbeiten angenommen, die sich ihm boten, hatte von der Hand in den Mund gelebt. Dennoch war es ihm gelungen, für seinen Lebensabend ein paar Naira zurückzulegen. In seinen Augen standen Tränen, als er seinem Sohn die Ersparnisse übergab. Das wiederum rührte Akonos Mutter so sehr, dass sie aus dem unterirdischen Versteck im Hof die eisernen Reserven ausgrub und beisteuerte. Auch Akonos Vater hatte Geld für ein paar Bier tief in seiner Tasche gebunkert. Er holte es hervor. Und als der Balè wiederkam, um zu sehen, wie weit sie gekommen waren, setzten sie sich zusammen und zählten. 55.000 Naira. Sie waren stolz. Nur der Balè wollte sich nicht freuen.

»Ihr denkt«, sagte er, »ihr seid dem Ziel schon nah. Tatsächlich habt ihr kaum den ersten Schritt getan.«

So redete der Balè und niemand wurde daraus schlau.

»Ihr müsst eure Nachbarn und deren Nachbarn fragen, ob sie euch Geld leihen. Ihr müsst den Händler, der euch das Brot verkauft, fragen, den Mechaniker, der euer klappriges Fahrrad repariert, den Wirt, bei dem ihr Bier trinkt, die Bauern, bei denen ihr das Gemüse für den Markt einkauft, die Schneiderin, die eure Kleider flickt, euren Vermieter, dem ihr normalerweise aus dem Weg geht, den Taxifahrer, der euch mal gefahren hat. Sagt allen, dass ihr kommt, weil ein Weißer euch ein Angebot gemacht hat. Sagt ihnen, dass er in Akono ein großes Talent entdeckt hat, einen Schatz, den man nur heben muss. Sagt ihnen, dass ihr ihnen alles doppelt zurückzahlen könnt, wenn Akono erst einen Vertrag hat.«

»Ich schlage vor«, sagte Akonos Vater zum Balè, »wir fangen gleich bei dir an. Wenn du uns Geld gibst, fassen auch die anderen Vertrauen.«

Akonos Vater war nicht halb so weise und gebildet wie der Balè und doch gelang es ihm, den Chef in Verlegenheit zu bringen. Der Balè dachte angestrengt nach, so angestrengt, dass ihm der Schweiß über das Gesicht rann. Dann nickte er.

»Ja! Wir machen es wie in der Kirche, wenn für ein neues Gebäude oder eine neue Lautsprecheranlage oder die Bezahlung des Pfarrers gesammelt wird. Wir machen eine öffentliche Sammlung, und jeder soll sehen, wer spendet und was er bereit ist zu geben.«

Eine Woche später gab es eine Versammlung im Viertel. Sie fand unter freiem Himmel statt und es war mörderisch heiß. Trotzdem kamen alle Nachbarn, auch viele weitere Leute aus dem Viertel. Jeder brachte einen Regenschirm gegen die Sonne mit, und so glich der Platz bald einem Bienenstock voller bunter Waben. Alle waren neugierig, was der Balè mitzuteilen hatte. Denn der Alte hatte herumerzählt, dass Akonos Familie die einmalige Chance bekommen würde, sich und das ganze Viertel aus dem Elend zu holen. Eine Chance auf eine Schule, ein Krankenhaus, befestigte Straßen, Häuser mit fließendem Wasser und Strom.
Die Leute waren allerdings äußerst misstrauisch. Bei jeder Wahl versprachen Politiker solche Dinge. Nach den Wahlen vergaßen sie ihre Versprechen und alles blieb beim Alten. Für leere Versprechungen waren sie nicht bereit, einen einzigen Naira herauszurücken. Das hier war auch etwas völlig anderes als in der Kirche. In der Kirche spendete man für einen späteren Lohn im Himmel. Niemand, auch der Pfarrer nicht, der vorgab, genau Bescheid zu wissen, konnte mit Sicherheit sagen, ob es den Himmel und den Lohn je geben würde. Sollte der Pfarrer allerdings Recht behalten und es gäbe Himmel und Lohn, dann stünden die, die der Kirche nichts gespendet hatten, sehr dumm da. Also spendeten zur Sicherheit alle. Welche Sicherheiten aber bot der Balè in Akonos Fall?
Er rief Akono zu sich nach vorne. Er fragte, ob einer der Zuhörer ein Kind habe, das besser Fußball spielen könne als Akono. Niemand wagte, seinen Sohn oder seine Tochter ins Feld zu führen. Jeder wusste, dass es in Dribblings und Schnelligkeit, in Beweglichkeit und Schusstechnik keiner mit Akono aufnehmen konnte. Warum aber sollten sie deshalb Geld spenden?
»Ein Weißer hat Akono entdeckt!«, rief der Balè.

Die Nachbarn nickten. Sie hatten den Weißen mit den schwarzen Bodyguards in Akonos Hütte gehen sehen. Sie wussten, warum er gekommen war. Nicht wenige beneideten Akonos Familie um diese Chance. Warum sollten sie jetzt auch noch Geld an seine Familie zahlen?
»Ich verspreche, jedem sein Geld zurückzugeben. Wenn möglich, doppelt!«, erklärte Akono.
Doch die Zuhörer wollten keine Versprechungen von einem Grünschnabel, sie wollten eine Sicherheit.
»Wir gehen mit ihm zum Babalorisha!«, unterbrach ihn der Balè.
»Gute Idee!«, riefen die ersten. »Ja, wir bringen ihn zum Babalorisha. Wenn der Priester uns Sicherheit gibt, geben wir unser Geld.« Nachdem der Balè den Anfang gemacht, einen beachtlichen Packen Nairas unter seinem weiten Gewand hervorgeholt und auf einen kleinen Tisch gelegt hatte, kamen zunächst die Nachbarn, dann die Nachbarn der Nachbarn, einer nach dem anderen, und jeder legte Geld dazu. Der Balè zählte die Scheine, rief den Betrag unter Applaus in die Menge und notierte die Einlagen. Dann brachen alle auf. Die Stimmung war ausgelassen, manche Frauen wackelten mit dem Hintern, als ginge es zum Tanz.
Die große Prozession bahnte sich ihren Weg hinaus aus der Stadt. Der Babalorisha wohnte in einer Hütte mit großem Vorplatz.

Unfassbar. Einer hatte es nicht lassen können und die ganze Zeremonie mit dem Handy gefilmt. Damit nicht genug, hatte er den Film sogar auf YouTube gestellt. Akono selbst hatte Alexa darauf hingewiesen. Ben klickte sich durch die YouTube-Videos. Da war es:

Eine lange Prozession von Männern und Frauen küssen dem Priester bei der Ankunft auf dem Vorplatz die Hand. Im Hintergrund ist seine kleine Hütte zu sehen, davor ein paar Sträucher. Der Babalorisha spricht lange Gebete, die Ben nicht versteht. Das Publikum stimmt einen leisen Gesang an. Mit ein paar Trommeln und Glocken schlagen sie einen monotonen Rhythmus. Einer bringt ein aufgeregt ga-

ckerndes Huhn, ein anderer zerrt eine Ziege herbei, die sich wehrt und während der Gebete einen Heidenlärm macht. Erst, als Helfer Huhn und Ziege packen und ihnen nach weiteren Beschwörungen die Köpfe abschlagen, verstummen sie für immer.
Die Kamera schwenkt auf Akono. Das Schlachten der Tiere kann ihn offenbar nicht schocken. Als sie aber den Ziegenkopf und das geköpfte Huhn über seinem Kopf ausbluten lassen, windet er sich vor Ekel. Das Blut läuft über sein Haar, sein Gesicht, rinnt über seine Kleider. Er schluckt Blut, wagt nicht, Einwände gegen das heilige Ritual vorzubringen und beugt sich allen Befehlen des Babalorisha.
Vor den Augen des großen Publikums muss er sich Haare vom Kopf, ein paar seiner ersten Achselhaare und sogar ein paar Schamhaare abschneiden und sie dem Babalorisha überreichen. Der fügt sie in ein Amulett, eine aus Tierknochen geschnitzte menschliche Figur, so dass sie am Kopf etwas herausstehen. Akonos Haare werden so zu den Kopfhaaren des Amuletts. Das hängen sie ihm um und der Babalorisha erklärt feierlich etwas auf Yoruba, das Akono übersetzt hat: Sollte Akono die Verbindung zum Babalorisha abbrechen, würde es ihm schlecht ergehen. Der Babalorisha würde nicht nur wissen, wo Akono sich befindet, er würde sogar wissen, wie es ihm geht. Und es liege in seiner Macht, ihn zu bestrafen oder zu belohnen.

Eine haarige Angelegenheit

»Wusste ich's doch!«, zischte Ben. »Es sind Menschenhaare, die er um seinen Hals hängen hat. Der Junge tickt nicht sauber!«

»Finsterster Aberglaube, habe ich auch gedacht«, gestand Alexa. »Ich habe ihm vorgeschlagen, das Amulett in den Müll zu werfen. Akono war total entsetzt. Er fühlt sich mit Haut und Haar dem Babalorisha ausgeliefert.«

»Ich sag ja, der tickt nicht richtig!«

»Ich weiß nicht.«

»Fängst du auch an, so einen Scheiß zu glauben?«

»Vielleicht ist nicht entscheidend, was wir glauben. Entscheidend ist, was Akono glaubt.«

»In meinen Augen hat der einen an der Waffel, das ist alles.«

»Du willst also nicht wissen, wie es mit ihm weiterging?«

»Der ist mir echt zu abgedreht!«

»Okay, du musst beim Film nicht mitmachen.« Alexa wandte sich demonstrativ ihren Videoaufzeichnungen zu.

»Gib's zu, du bist verknallt in ihn!« Ben wollte das nicht sagen und schon gar nicht in diesem beleidigten Ton.

»Ich bin höchstens in meinen Film verknallt. Wenn dir das nicht passt, mach deine eigenen Sachen.«

»So hab ich das nicht gemeint.«

»So kam's aber rüber!«

Dann erzählte Alexa aber doch weiter. Und was sie herausgefunden hatte, wurde immer schräger:

Richard, der belgische Talentsucher, ließ für Akono einen Pass ausstellen, der ihn drei Jahre älter machte. Das war nicht schwer, für Geld gab es in Nigeria alles. Dazu bläute er Akono ein komplett neues Leben ein: Er sollte von nun an nicht nur 18 Jahre

alt sein, sondern bereits seit sechs Jahren im »Prime Football Club of Oshogbo« trainiert haben. Er musste auswendig lernen, bei welchen Spielen der Nigeria National League er mitgespielt oder auf der Bank gesessen hatte, wie die Spiele ausgegangen waren, dass sein Club aus der Premier League abgestiegen und er deshalb auf der Suche nach neuen Herausforderungen war. In seinem Pass stand auch die Berufsbezeichnung ›Fußballspieler‹.
Dann besorgte Richard Akono ein Visum und ein Flugticket und Akono stieg zum ersten Mal in seinem Leben in einen überdimensionalen, klimatisierten Geländewagen. Richard wollte, dass er hinten saß und sich anschnallte. Zur Sicherheit. (Einen Gurt hatte Akono auch noch nie benutzt.) Draußen standen seine Eltern, seine Geschwister, die Nachbarn und der Balè. Das teure Gefährt und die Bodyguards lösten bei ihnen eine derartige Bewunderung aus, dass kaum Zeit für einen langen Abschied blieb. Wer mit so einer Karosse abgeholt wurde, der war in sicheren Händen, sagten sich alle. Auch bei Akono überwog der Stolz. Er hatte es geschafft.
Zum ersten Mal fuhr er die lange Strecke von Oshogbo nach Lagos. Lagos ist die größte Stadt Nigerias, ganz im Süden am Golf von Guinea. Niemand weiß, wie viele Menschen in dieser Stadt wohnen, denn sie ist vor langer Zeit der Regierungskontrolle entglitten. Die nigerianische Regierung hat daraufhin nicht etwa versucht, die Kontrolle zurückzuerlangen, sondern einfach eine neue Hauptstadt im Landesinneren gebaut: Abuja. Lagos gilt seither als eine der kriminellsten und zugleich teuersten Städte der Welt. Zum Glück aber befindet sich der Flughafen außerhalb dieses Mollochs. Trotzdem spürte Akono, wie – nach stundenlanger, ermüdender Fahrt – die Anspannung der Bodyguards stieg. Ihre Augen suchten die Straßenränder ab.
»Dangerous way!«, murmelte Richard. Warum bestand in einem solchen Wagen mit solchen Bodyguards und einem Europäer auf dem Beifahrersitz irgendeine Gefahr? Niemand wollte Akono diese Frage beantworten.
Der *Mohammed International Airport* war der erste Flughafen, den Akono betrat. Was für eine riesige Halle sie durchquerten!

Und komplett klimatisiert! Akono umklammerte sein Amulett und flüsterte schnell ein Vaterunser. Tatsächlich: Die Passkontrolle verlief trotz seines gefälschten Passes reibungslos. Gott sei Dank! Was hatte er jetzt noch zu befürchten?
Im Flieger wurde es ihm dann allerdings erneut mulmig. Sollte dieser Riesenvogel vom Himmel fallen, könnte selbst Richard ihm nicht mehr helfen. Er tastete nach dem Amulett.
Später schlug er sich mit dem Essen herum. Während Richard es sich schmecken ließ und einen Whiskey nach dem anderen bestellte, fand Akono die Speisen ungenießbar. Er trank nur Wasser. Endlich kam die Durchsage, dass die Landung bevorstehe...

An der deutschen Passkontrolle zeigte Akono voller Zuversicht seinen Pass. In Lagos hatten sie ihn schließlich auch ohne Zögern durchgelassen.
»Wie alt sind Sie?«, fragte der Beamte.
Akono schaute den Mann ratlos an, weil er die Frage nicht verstand. Hilfesuchend sah er sich nach Richard um, doch der verschwand gerade durch den Eingang für EU-Bürger.
Kurz darauf klickten die Handschellen. Die Bundespolizisten brachten Akono in einen Verhörraum. Dort wollten sie wissen, wer er sei: Vor- und Familienname, Wohnort, Alter, Fotos – frontal, seitlich, Profil – Größe, Gewicht und Fingerabdrücke. Akono umklammerte das Amulett. Es gab ihm Kraft, als er von der Polizei in einen Verhörraum gebracht wurde. Da sie seine Fingerabdrücke nehmen wollten, musste er die Hand öffnen. Sie sahen das Amulett und nahmen es ihm ab, um es auf Drogen untersuchen zu lassen.
Als er ihnen erklärte, dass er aus Nigeria käme, 18 Jahre alt sei und einen Vertrag als Nachwuchsfußballer in Aussicht habe, wollten sie ihn gleich in Abschiebehaft nehmen. Akono versuchte ruhig zu bleiben. Das Wichtigste für ihn war, dass er sein Amulett zurückbekam. Ohne seinen Anhänger wollte er nicht gehen.
»Bitte machen Sie sich frei«, sagte ein Beamter.
Akono schaute auf. Der Polizist sah ihn ruhig an. Akono senkte den Kopf und begann sich auszuziehen. Das sei ›zur Untersu-

chung besonderer körperlicher Merkmale‹, erklärten sie ihm. Schließlich, als sie ihn aufgefordert hatten, auch die Unterwäsche auszuziehen, stand er nackt vor ihnen. Narben oder Tätowierungen fanden sie an ihm nicht.

In diesem Moment trat eine Polizistin mit blondem Zopf in den Raum. Akono geriet in Panik. Er war splitternackt und eine deutsche Frau konnte ihn ungeniert mustern. Oshogbo schoss ihm durch den Kopf, das Internet-Café, in dem seine Kumpels heimlich Pornofilme anklickten. Da hatten alte weiße Frauen Sex mit afrikanischen Jungen. Seine Freunde hatten das lustig gefunden, Akono fand es nur eklig. Und jetzt stand diese weiße Frau mit ihrem blonden Zopf vor ihm und er war nackt. Wollte sie Liebe? Im Tausch gegen einen Einreisestempel? Akono taumelte.

»Wo kommt der her?«, fragte die Blonde, ohne den Blick abzuwenden.

»Angeblich Nigeria. Irgendwas mit Schock und Bo!«, erwiderte der Beamte.

»Oshogbo?«, fragte die Frau.

Akono nickte.

»Susanne Wenger«, sagte die Polizistin. »Kennst du die?«

Akono schüttelte den Kopf.

»War eine tolle Frau und eine Priesterin des Heiligen Hains der Göttin Osun. Ich habe sie dort vor ihrem Tod besucht!«

Akono hatte die alte, hutzelige Weiße aus Österreich einmal gesehen. Tatsächlich hatte man die Künstlerin zur Priesterin erkoren und ihre seltsamen Figuren aus Beton schmückten den Heiligen Hain. Aber was sollte das mit ihm und seinem Pass zu tun haben? Die Blonde gab ihm das Amulett zurück. Er presste es an seine nackte Brust.

»Wie alt soll der Junge sein?«, fragte sie und fixierte ihn vom Scheitel bis zu den Zehen, so dass Akono langsam der Schweiß lief, obwohl es viel zu kalt war, um hier nackt rumzustehen.

»18 steht in seinem Pass«, sagte der Kollege.

»Nie und nimmer ist der Junge 18«, fuhr sie unbeirrt fort. »Höchstens 15, kaum Barthaare, dünne Schambehaarung.«

»Bei denen ist das manchmal anders als bei uns. Manche sehen viel älter aus, andere jünger. Kannst du nicht mit uns vergleichen. Gehen wir also mal davon aus, dass das Alter stimmt. Warum sollte er sich älter machen, als er ist. Die anderen machen sich alle jünger, um als ›Unbegleitete minderjährige Flüchtlinge‹ durchzugehen«, hielt der Kollege dagegen.
Akono verstand nur Bahnhof. Doch er hatte Glück. Vielleicht wegen seines Amuletts. Vielleicht war die blonde Polizistin auch sein Schutzengel. Sie sagte jedenfalls, dass seine Ausweispapiere ungültig seien. Also müsste eine ärztliche Alterseinschätzung an Akono vorgenommen werden.
»How old are you?«, sprach nun ein Beamter Akono direkt an.
»Eighteen!«, wollte Akono antworten, als hinter dem Beamten die Blonde sechs Finger hob.
»Six...teen!«
Die Blonde nickte zufrieden.
»Ich denke, das lassen wir prüfen«, brummte der Beamte und warf seiner blonden Kollegin einen vernichtenden Blick zu.
»Sie bringen dich jetzt in ein Gebäude im Transitbereich des Flughafens, das sie ›Unterbringung‹ nennen«, wandte sie sich an Akono, bevor sie im Nebenzimmer verschwand.

Sie sperrten Akono in einen gesonderten Trakt der ›Unterbringung‹. Im selben Haus saßen auch die erwachsenen Flüchtlinge. In einem Gebäude, das mit Gitterfenstern und Stacheldraht abgesichert war, ein Gefängnis, das angeblich eine »Unterbringung« sein sollte. Dort saßen Leute, die nicht wussten, wie lange sie bleiben mussten, und angstvoll auf das Ergebnis ihres Asylantrags oder auf ihre Abschiebung warteten. Die Flüchtlinge dort konnten nicht schlafen, schrien in der Nacht, gerieten in Panik, wenn der Wachdienst eintrat. Einige aßen nichts mehr. Als Akono anderen Insassen erklärte, dass er gar kein Asyl wollte, sondern nur Fußball spielen, und dass ihm ein guter Vertrag bei einem europäischen Verein versprochen worden sei, verdrehten sie, wenn sie sein Englisch überhaupt verstanden, die Augen. Für sie war er nichts als ein Verrückter.

»Er ist ein Verrückter!«, warf Ben ein.
»Klar ist Akono verrückt. Aber sind wir das nicht auch? Ich mit meinem Film? Du mit deinem Profifußball-Tick? Jeder entscheidet, auf welcher Seite er stehen will: bei den Verrückten oder bei den Sparkassenangestellten.«
Ben schluckte. Natürlich gehörte er zu den Verrückten und damit zu Alexa. Musste er sie aber deshalb gleich mit Akono teilen? Und jetzt erst bemerkte er, dass Alexas Kamera lief. Wenn er Blödsinn laberte, wäre das für immer im Film festgehalten.
»Okay, ich bin verrückt genug, mir die Story von Akono weiter anzuhören.« Deshalb muss ich ihn ja nicht gleich mögen, dachte er. Doch das sagte er lieber nicht in die Kamera. Stattdessen fragte er, wie Akono es mit dem haarigen Ding um den Hals aus dem Abschiebeknast bis in ihr Klassenzimmer geschafft hatte. Natürlich gab er Alexa damit eine weitere Steilvorlage. Aber für sie hätte er noch ganz andere Sachen gemacht.
»Die Sache ist schnell erzählt!«, begann Alexa.
Die Leiterin des Flughafengefängnisses holte eine Frau vom Jugendamt.
»Jetzt mal Hand aufs Herz: Wie alt bist du, Junge?«
Akono sah sie ratlos an: Nicht einmal seine Mutter war ganz sicher, wie alt er war. Warum machte nur alle Welt so einen Tanz um sein Alter?
»Weil du mit 18 Jahren asylmündig bist und mit deiner Geschichte von der großen Fußballkarriere hochkantig wieder aus Deutschland rausfliegen wirst. Bist du aber unter 16, nennen sie dich einen ›Unbegleiteten Minderjährigen‹ und fassen dich nur noch mit Samthandschuhen an.«
Sie fragte ihn weiter aus, untersuchte ihn und entschied, dass er höchstens 16 Jahre alt sei. Akono kam in eine Gemeinschaftsunterkunft des Jugendamtes. Er küsste sein Amulett und nahm sich vor, erst mal Deutsch zu lernen. Am besten in der Schule.

Frau Beck

»Überschrift: Nigeria. Erster Satz: Nigeria ist mit Abstand das bevölkerungsreichste Land Afrikas. Voller kultureller Vielfalt: In Nigeria werden 514 verschiedene Sprachen gesprochen. Außerdem sind hier zahlreiche westafrikanische Religionen anzutreffen ...«, diktierte Frau Beck.

Ein Murren und Stöhnen ging durch die Klasse.

»Langweilig!«

»Wer will das alles wissen?«

Frau Beck fuhr unbeirrt fort: »Die mit Abstand populärste Sportart in Nigeria ist Fußball. Die nigerianische Auswahl gehört zu den erfolgreichsten Nationalmannschaften des afrikanischen Kontinents. In ihrem Heimatland werden die Spieler anerkennend ›Super Eagles‹ genannt und sie konnten diesem Namen schon bei vielen Turnieren gerecht werden. In den Jahren 1980, 1994 und 2013 konnte die nigerianische Elf den Afrika-Cup für sich entscheiden. Im Verlauf dreier Weltmeisterschaften gelang es dem Team, das Achtelfinale zu erreichen. 1996 gewannen die ›phantastischen Adler‹ sogar die Goldmedaille bei den Olympischen Spielen. Punkt.«

»Ätzend!«, stöhnten die einen.

»Nur wegen dem da!«, schimpfte Ben und sah zu Akono, der entspannt lächelte.

Frau Beck aber forderte die Schüler auf, sich gegenseitig den Text zu korrigieren. Jeder gab dem Nachbarn sein Diktat. Und was Ben nun zu sehen bekam, waren ein paar kaum lesbare Zeilen. Akono hatte höchstens die Hälfte mitschreiben können. Und dann war auch noch praktisch jedes Wort falsch geschrieben.

»Oh Gott!«, stöhnte Ben.
»Dann hilf ihm, damit er's lernt!«, zischte Alexa von hinten. Sie hatte ihm über die Schulter geschaut und Akonos Gestümper gesehen. »Soll ich dir helfen, Akono?« Eigentlich hatte Ben wenig Lust dazu, aber besser er half ihm, als Alexa diese Aufgabe zu überlassen.
»Okay.« Akono beugte sich erwartungsvoll zu Ben.
Ben strich alles durch und begann, den Text noch einmal korrekt zu schreiben. Das ging schneller, als jedes Wort zu verbessern.
Akono aber war mit seinen Augen wieder bei der Bank hinter ihm.
»Spielst du Verteidigung oder Mittelfeld?« Ben malte sicherheitshalber ein Fußballfeld unter Akonos Diktat: »Where you play?«
»In the attack!«
»Vielleicht kannst du mit uns trainieren ...«
»Does one need there football boots?«
»Na klar brauchst du Fußballschuhe, wenn du Fußball spielen willst!«
»I have sold my football boots in Nigeria.«
Ben schluckte: Bei ihm zu Hause stand eine Sammlung von Fußballschuhen. Und alle hatte seine Mutter bezahlt. »Ich kann ja mal mit unserm Trainer reden. Vielleicht lässt er dich ohne Fußballschuhe mitmachen«, schlug er vor.
»Great!«
Möglichst unauffällig sah Ben nach hinten. Er hatte sich nicht getäuscht: Alexas Blick begegnete seinem voller Sympathie und Anerkennung.
»Great!«, flüsterte sie ihm zu.

Auf dem Heimweg fühlte Ben sich leicht wie Blütenpollen im Wind. Leise summte er die Hymne des FC vor sich hin. Er war richtig gut drauf, so gut, dass er Armin, der versuchte, mit ihm Schritt zu halten, kaum bemerkte.
»Was hältst du von dem Vogel?«, fragte Armin außer Atem.

»Great!«
»Wieso great?«
»Also mir hat er jedenfalls nichts getan. Im Gegenteil: Er tut mir leid!«
»Der hat einen Hattrick verhindert. Schon vergessen?«
»Die Beck hat Recht«, sagte Ben.
»Seit wann hat die Beck Recht?«
»Akono braucht unsere Hilfe mit seinem grottenschlechten Deutsch und dem unterirdischen Diktat. Der kann sonst gleich einpacken«, erklärte Ben.
»Hey, der hat meinen Platz besetzt!«
»Irgendwo musste er ja sitzen.«
»Du hast nicht zufällig Fieber, Ben?«
»Mir geht's blendend! Und wegen Akono: Ich bin gespannt auf den Film, den Alexa mit ihm macht.«
»Ach so: Alexa steckt mal wieder dahinter. Für sie ziehst du hier die Show ab!«
»Quatsch!« Dabei wusste Ben genau, dass seine neue Einstellung Alexa beeindrucken würde. Weit mehr, als wenn er die beleidigte Leberwurst spielte. »Wir müssen van Nissen heute so lange bearbeiten, bis er Akono umsonst mittrainieren lässt.«
Armin verstand die Welt nicht mehr. »Willst du nicht vielleicht doch mal Fieber messen?«

Doch Ben war es ernst. Am Nachmittag ging er zu van Nissen, noch bevor er sich fürs Training umzog. Vor van Nissen hatte er Respekt. Ein Supertrainer. Dazu ein genialer Typ, der schon durch halb Afrika gereist war. Er kannte die afrikanischen Ligen und Topspieler rauf und runter. Gerne hätte er den einen oder anderen Spieler für den FC verpflichtet. Dafür aber fehlte das Geld. Außer sie würden aufsteigen. Danach sah es derzeit jedoch wahrhaft nicht aus.
»Das mit dem Training regeln wir schon«, sagte van Nissen wie erwartet.
»Cool!«
»Wo kommt er denn her, dein Akono?«

»Nigeria!«
»Oh, das ist weit weg.«
»Ja, am Golf von Guinea.«
»Du hast dich ja richtig schlau gemacht!«
Ben errötete. Weil er sich geschmeichelt fühlte. Und weil er sich ein bisschen schämte. Denn er hatte nicht den blassesten Schimmer, wo dieser Golf lag.

Am nächsten Tag schüttete es wie aus Kübeln. Ben vergaß seine Regenjacke, war mit den Gedanken in einer anderen Welt und trottete durch die Flut. In seinen Schuhen quietschte das Wasser, seiner Laune konnte das nichts anhaben. Im Kopf spielte er immer wieder seinen Plan durch: Feierlich und möglichst vor Alexas Kamera würde er verkünden: Na klar könne Akono zum Training kommen! Warum auch nicht? Konnte Akono was dafür, dass er kein Geld hatte? Oder dass er seine Fußballschuhe verkaufen musste? Natürlich hatte van Nissen grünes Licht gegeben. Beim FC seien sie sozial eingestellt.
Alexa würde die Nachricht direkt in die Kamera sprechen: »Der Trainer des FC gewährt dem nigerianischem Nachwuchs ein kostenloses Training!« Und dann käme der Nachsatz: »Diese Hilfsaktion hat Ben eingefädelt, der Fußballstar aus der U15.«

Schlammschlacht

»Hast du Akono gesehen?«, fragte Ben Alexa, als er auf dem Schulhof ankam.
Alexa stand unter ihrem Schirm und gerne wäre er darunter getaucht. Aber die Klassenkameraden zerrissen sich sowieso schon die Mäuler. Außerdem hatte er bereits den Fußball unter den Arm geklemmt. Heute würde ihm niemand den Hattrick vermasseln. Selbst das bisschen Luftfeuchtigkeit nicht.
»Yesterday I met him. A very interesting interview partner!« Alexa lächelte vielsagend.
»Interesting?«, fragte Ben mit gespielter Entrüstung. »Hat er auch erzählt, dass er nicht mal eigene Fußballschuhe besitzt, geschweige denn Geld, um das Training zu bezahlen? Oh, das hat er völlig vergessen! Dann weißt du wahrscheinlich auch nicht, dass ich mich bei van Nissen für ihn stark gemacht habe ...«
»Echt?«
Ben hatte sich nicht verrechnet. Eine leichte Röte stieg in Alexas Gesicht. Wie immer, wenn sie begeistert war.
»Erzähl!« Schon hatte sie ihre Umhängetasche geöffnet und die Kamera herausgeklaubt.
»Mann, auf dem Display siehst du aus wie ein begossener Hund!« Alexa hob den Schirm mit der einen Hand in die Höhe, so dass sie beide unter ihm stehen konnten. Dann richtete sie die Kamera auf sich, als wollte sie ein Selfie machen: »Besonders viel Gemeinsinn hat der Nachwuchsfußballer Ben bewiesen, als er dem nigerianischen Neuzugang Akono einen kostenlosen Platz im Training verschaffte. Ben, was hat dich auf die Idee gebracht?«
Nun kam Ben ins Bild.

»Hab mir halt Gedanken gemacht, wie man das Talent unterstützen kann ...«
Ben wurde heiß. Vor Eifer.
»Gibt es einen Plan, auf welcher Position Akono spielen soll?«, fragte Alexa.
Gerade wollte Ben zu einer geschliffenen Erklärung ansetzen, als eine helle Stimme ihn aus dem Konzept brachte.
»Hi!«
Akono schlenderte locker heran und drängte sich mit unter den Schirm, viel zu dicht an Alexa und mitten ins Selfie.
Ben musste schlucken: Akono trug neue Klamotten. Markenklamotten. Richtig rausgeputzt sah er aus. Ben hatte die Klamotten schon mal gesehen und zwar an Alexas großem Bruder. Sie hatte also nicht nur ein ausgiebiges Interview mit Akono geführt, sondern ihn auch komplett neu eingekleidet. Natürlich fühlte sich Akono jetzt wie der King, zwinkerte Alexa zu und machte ein paar Grimassen in die Kamera.
Alexa kicherte. Obwohl sie Kichern bei Mädchen normalerweise verabscheute...
»Guten Morgen!« Ben versuchte cool zu bleiben.
»Great!«, sagte Akono. »Do you want to play football?«
»Das heißt Fußball! Fuß ... ball! Einfach: Fußball! Kapiert?«
»No problem!«
»Dann sag es: ›Fuß ... ball!‹«
»Okay, Fusbahl!«
» ... spielen!«
»Fusbahl spiiiln!«
Bevor sich Ben Akonos Aussprache annehmen konnte, hatte der ihm den Ball entwendet. Ben versuchte ihn zu stoppen. Doch wieder war Akono einen Tick schneller, kickte den Ball hoch, brachte sich in Position und ließ ihn locker an der Brust abtropfen.
»Gib den Ball her!«, schimpfte Ben.
»Hollen! Hollen!«, rief Akono.
»Du willst es wissen? Dann mal los! Zeig, was du drauf hast!«
Ben griff Akono so heftig an, dass der eine Sandale verlor. Anstatt sie wieder anzuziehen, schirmte er den Ball mit dem Rü-

cken gegen Bens Angriff ab und streifte kurzerhand die andere Sandale vom Fuß. Ben schubste ihn unsanft. Akono stolperte, verlor dennoch nicht den Ball. Schnell schälte er sich aus Jacke und Hemd. Zog auch seine neue Hose aus und warf die Klamotten Alexa zu. Jetzt trug er nur noch T-Shirt und weite Shorts. Wie dünn der Kerl war! Nur Haut und Knochen. Zum ersten Mal sah Ben den Anhänger aus der Nähe. Er zeichnete sich unter dem T-Shirt ab. Akono holte das haarige Ding raus und küsste es. Dann stürmte er mit dem Ball los, lupfte ihn mit den nackten Füßen. Hielt ihn mit Kopf und Knien in der Luft. Der Ball war im Regen ziemlich glitschig. Trotzdem gelang es Akono, ihn unter Kontrolle zu behalten. Auf seiner Stirn hinterließ der Ball einen hellbraunen Fleck, was ihn jedoch nicht im Geringsten zu stören schien.
»Afraid?«
»Was will er?«, fragte Ben.
»Er fragt, ob du Angst hast!«, rief ihm Alexa zu.
»Angst? Wovor denn?« Ben stürmte los. Niemand kümmerte sich mehr um den Regen, niemanden interessierte der Schlamm, der bei jedem Schuss aufspritzte. Binnen weniger Sekunden hatten die beiden sich von Kopf bis Fuß eingesaut.
»Wow!«, rief Alexa in ihr Mikro. »Der nigerianische Neuzugang erweist sich am Ball als wahrer Zauberkünstler. Die schwierigen Platzverhältnisse im Dauerregen beflügeln ihn. Ob seine nackten Füße überhaupt den Boden berühren, ist nicht zu erkennen!«
Ihre Bewunderung trieb Ben zur Weißglut. Den hol ich mir, dachte er, grätschte Akono in den Lauf und landete der Länge nach im Matsch. Akono aber war seinem Angriff mit einem geschickten Sprung ausgewichen. Der Ball schlug in eine Pfütze und das Wasser spritzte in alle Richtungen. Mit einem Satz sprang Akono über die Pfütze und war wieder am Ball. Ben rappelte sich auf: Die Wut verlieh ihm Flügel. Er stürmte an Akono vorbei und griff ihn frontal an. Täuschte eine Linksbewegung an. Doch Akono ließ sich nicht täuschen.
»Akono beginnt ein Dribbling, wie wir es bisher nur bei van Nissen gesehen haben. Ben setzt nach, steigt härter ein. Armin

kommt ihm zu Hilfe. Wirft sich Akono in den Weg. Der spielt über ihn hinweg, geradewegs aufs Tor zu. Keine Chance für Ben. Was tut er? Foul! Nur mit einem plumpen taktischen Foul kann er Akono im Strafraum stoppen. Das muss Elfmeter geben!«, kommentierte Alexa.

»Ben hat nur den Ball gespielt!«, erhob Armin Einspruch.

»Hat er nicht! Das ist ein zweihundertprozentiger Freistoß! Das kann ich mit der Kamera beweisen!«

Ben lag im Matsch. Seine Pumpe arbeitete wie verrückt. Er wusste, wie Recht Alexa hatte, markierte deshalb lieber den Verletzten.

Akono, der zwei Meter vor ihm zu Fall gekommen war, befand sich längst wieder auf den Beinen. Ja, er lachte sogar laut: »Great!« Er reichte Ben die Hand, um ihm aufzuhelfen. Doch Ben lehnte ab. Mühsam rappelte er sich auf.

»Go on!«, rief Akono.

»Ben wieder auf den Beinen, verbissen heute, setzt nach, grätscht. Grätscht Akono in die Beine. Akono stolpert, fängt sich. Und jetzt kommt Armin Ben zu Hilfe. Akono stürzt. Schwer zu sehen, wer ihn hier zu Fall gebracht hat. Ben scheint ihm die Beine weggetreten zu haben. Nicht einmal Foul reklamiert Akono, will gleich wieder aufstehen ... Aber was ist das? Armin tritt nach.

Stopp! Stopp! Akono liegt am Boden. Er blutet am Kopf. Oh Gott, das sieht richtig böse aus!«

Alexa packte die Kamera in ihre Umhängetasche und rannte los. Minuten später kehrte sie mit Frau Beck und Verbandszeug zurück. Akono hatte eine große Platzwunde am Kopf.

»Das geht zu weit!«, schimpfte Frau Beck. »Vorläufig wird hier kein Spiel mehr ausgetragen!«

»No problem«, sagte Akono. Doch er schwankte bedenklich. Blut rann ihm übers Gesicht und tropfte aufs Shirt. Er zog es über den Kopf, aber die Wunde tränkte es nur noch mehr mit Blut. Alle sahen nun das Halsband mit dem seltsamen Anhänger. Frau Beck wollte, dass er es auszog. Akono weigerte sich. Er wollte

nicht zum Arzt und auf keinen Fall ins Krankenhaus. Frau Beck verband ihm den Kopf. Das Blut sickerte durch den Verband. Der Hausmeister erklärte sich bereit, Akono nach Hause zu fahren. Zurück blieb eine Blutlache.
»Für dieses Foul gäbe es mindestens eine Sperre für die ganze Saison«, stellte Alexa fest. Sie war sichtlich aufgewühlt. »Gibt's irgendeinen Grund für diesen brutalen Ausraster?«, wandte sie sich an Ben.
»Er ist ziemlich hart eingestiegen«, murmelte Ben verlegen.
»Wer?«
»Der Affe mit seinem Halsband!«
»Ich habe nur einen Affen gesehen und der steht gerade vor mir!« Alexa ging.
Ben blieb ihr auf den Fersen: »Das haben wir doch nicht gewollt!«
»Das sehe ich anders und damit seid ihr für mich auf immer und ewig disqualifiziert! Alle Szenen mit euch beiden schneide ich aus meinem Film raus.«
»Interessant!« Ben fühlte, wie die Wut in ihm hochstieg. »Du willst also einen Film über Akono und uns drehen, uns aber nicht zeigen?«
»Von mir aus kannst du Hattricks schießen, so viele du willst. Ich werde kein einziges Bild von dir bringen!«
»Und das ist in deinen Augen natürlich total ›objektiv‹!«
»Objektiv müssten Armin und du für alle weiteren Spiele gesperrt werden. Von daher sind alle eure zukünftigen Spiele objektiv nichts als Aufwärmübungen. Und über so was muss ich nicht berichten!«
»Weißt du was: Du kannst mir objektiv den Buckel runterrutschen!«, platzte Ben heraus. Er bereute seine Worte sofort. Aber jetzt gab es kein Zurück mehr: »Ich sag dir, warum du so sauer bist: Du bist verknallt in den Affen! Und deshalb ist deine Entscheidung auch alles andere als objektiv!«
»Ahhh, jetzt kommen die Argumente unter der Gürtellinie! Sehr durchsichtig, wenn man soeben einen Spieler zusammengetreten hat. Aber weißt du was? Ich zeige den Film einfach der Klas-

se. Wir lassen alle entscheiden, ob die Szene noch was mit Fußball zu tun hat oder ob hier jemand vorsätzlich schwer verletzt wurde.«
Ben rief ihr nach: »Ohne meine Erlaubnis dürfen keine Bilder von mir gezeigt werden. Und von mir bekommst du keine. Im Gegenteil: Ich verlange, dass du die Szenen über mich löschst!«
»Bekommt da einer kalte Füße? Wir werden ja sehen, ob du die Ausstrahlung verhindern kannst!«

»Alexa beschuldigt euch, Akono vorsätzlich schwer verletzt zu haben. Ist das wahr?«, fragte Frau Beck später im Deutschunterricht.
Alexa durchbohrte Ben mit Blicken, die er im Rücken spürte. Er zog es vor, sich nicht umzudrehen. Irgendeine Erklärung musste ihm einfallen. Doch Armin kam ihm zuvor.
»Das ist glatt gelogen! Wir sind unglücklich zusammengeprallt. Es hätte jeden von uns treffen können!«
»So eine Frechheit! Ich habe Beweise, dass ihr ihn getreten habt, als er bereits am Boden lag.« Entrüstet packte Alexa ihre Kamera aus.
Frau Beck ließ sie gewähren.
Ben wurde unruhig. Wenn wirklich die Szene vorgeführt wurde, dann sah es schlecht für ihn und Armin aus. Doch ein lauter Schrei unterbrach seine dunklen Vorahnungen.
»Das ist der Gipfel! Primitiver geht's nicht!« Alexas Gesicht hatte sich dunkelrot gefärbt.
Wie schön sie aussieht, wenn sie wütend ist, dachte Ben.
»Rück die Speicherkarte raus«, zischte sie.
»Welche Speicherkarte?«
»Spiel hier nicht das Unschuldslamm!«
»Ich weiß wirklich nicht, was ...«
»Du feiger Dieb!«
»Halt!«, ging Frau Beck dazwischen. »Morgen früh ist entweder Alexas Speicherkarte wieder da oder wir erstatten Anzeige.« Sie sah Ben an. Dann wandte sie sich Armin zu: »Speicherkarte hin, böses Foul her: Was auch immer vorgefallen ist, ich möchte, dass

die am Geschehen Beteiligten heute Nachmittag Akono einen Besuch abstatten.«

»Aber wieso denn ...«, versuchte Ben einzuwenden, dem bei dem Gedanken daran augenblicklich übel wurde.

»Wir haben Training!«, schob Armin nach, obwohl beide wussten, dass das nicht stimmte.

»Keine Diskussion!«, fuhr ihnen Beck über den Mund, so dass beide kleinlaut nickten.

»Also, ich werde Akono auf jeden Fall besuchen«, sagte Alexa entschieden. »Das sind wir ihm schuldig!«

Das Heim

»Da gehen wir doch nicht hin, oder?«, fragte Armin Ben auf dem Heimweg.
»Weiß nicht, was du machst, ich geh!«
»Bestimmt wegen Alexa!« Armin grinste.
»Möchte lieber mal wissen, wer ihre Speicherkarte geklaut hat. Von mir aus kann Alexa Anzeige erstatten. Ich hab sie jedenfalls nicht.«
»Dann komm ich natürlich mit«, sagte Armin.
Ben blieb stehen und Armin ging in Gedanken versunken allein weiter. Dann drehte er sich nach Ben um.
»Du bist ein wahrer Freund!« Ben ging auf Armin zu und reichte ihm die Hand.
Armin war so überrascht von der Freundschaftsbekundung, dass er zunächst kein Wort herausbrachte. »Du auch!« Er drückte Bens Hand.

Nach dem Mittagessen machten sich Ben und Arnim auf die Suche nach dem Jugendheim. Es sollte sich in einem Außenbezirk der Stadt befinden, hatte Frau Beck erklärt. Sie waren noch nie in dieser Gegend gewesen und so gestaltete sich die Suche alles andere als einfach. Zum Glück konnte Ben mit seinem Handy navigieren. Zweimal mussten sie umdrehen, dann standen sie vor dem Haus. Die verrosteten Fahrräder vor der Tür und der dunkelhäutige Junge, der im Fenster hing und teilnahmslos eine Kippe paffte, gaben ihnen den entscheidenden Hinweis.
Der Eingang war mit voll behängten Wäscheständern zugestellt. Sie bahnten sich ihren Weg durch ein Labyrinth von Pullovern, Handtüchern, Bettwäsche, stießen auf Kinder, die sie anstarrten.

»Wohnt bei euch ein Akono?«
Statt einer Antwort trafen sie feindliche Blicke. Schließlich trat ein kleiner Junge mit ziemlich ungekämmten Haaren vor, packte Ben am Arm und zog ihn hinter sich her.
»Na endlich!«, schnaufte Ben.
Armin folgte ihnen. Sie erreichten eine Tür, gegen die der Junge pochte. »Heimleitung« stand da mit Filzstift geschrieben.
Eine Frauenstimme kam von innen: »Was gibt's?«
Der Junge gab Ben und Armin Zeichen, hineinzugehen, und verschwand.
»Was wollt ihr?« Die Frau sah genervt von ihren Akten auf. Sie war breit gebaut, trug Jeans und Pulli.
»Wir wollen zu Akono!«
»Was für ein Akono?«
Ben sah eine Küchenschabe die Wand hinauflaufen und in einer Ritze verschwinden. »Der Junge aus Nigeria, der in unsere Schule geht.«
»Ach, der Fußballer!«
Sie stand auf und Ben wurde bei ihrer bulligen Erscheinung sofort klar, dass mit ihr nicht zu spaßen war.
»Mitkommen!«
Sie folgten ihr in einem Hürdenlauf über Dreiräder hinweg, die sie im Vorbeigehen an die Seite kickte, zwängten sich an einem kaputten Kickertisch vorbei, der den Gang versperrte, dann riss sie eine Tür auf, ohne anzuklopfen: »Besuch für Akono!«
Acht mehr oder weniger dunkle Gesichter wandten sich den Freunden zu, während die Frau bereits wieder den Rückweg antrat.
»Besuchszeit endet um zehn!«, rief sie noch.
In dem kleinen Raum standen zwei Etagenbetten aus Metall, die mit vergilbten Laken zugehängt waren. Die einzige Privatsphäre. Ein paar Spinde an der Wand. Unter den Betten quollen Taschen und Plastiktüten hervor. Auf dem gemeinsamen Tisch stand ein altes Fernsehgerät. Die Stühle um den Tisch waren mit Klamotten vollgepackt. Die Bewohner hingen auf einem Bett rum. Jetzt wandten sie sich wieder dem Bildschirm zu. Lautstark lief Werbung, erst für eine Automarke, dann für Parfüm.

Einen größeren Gegensatz als zwischen der glitzernden Werbung und dem Raum schien Ben kaum vorstellbar.
»Kennt hier jemand Akono?«, fragte er in den Lärm hinein.
Schweigen.
»Outside!«, sagte schließlich einer.
Ben und Armin verließen den Raum, schlossen die Tür und wollten gerade gehen, als sie eine ihnen wohlbekannte Stimme aufhielt. Am Ende des Gangs lehnte Akono. Nach wie vor hatte er den blutgetränkten Verband um den Kopf. Er redete ununterbrochen und es dauerte eine Weile, bis Ben und Armin Alexa entdeckten, die von unten her die Kamera auf Akono richtete. Akono gab ein Interview, entdeckte jetzt aber Ben und Armin und unterbrach den Redefluss.
»Gut, dass ihr gekommen seid.« Alexa stoppte die Aufnahme. »Ich habe schon viel Material über Akono, wie er hier lebt und so.«
Ben atmete auf. Alexa redete noch mit ihnen. Trotz des Streits.
»Und was ist mit der Platzwunde an seinem Kopf?«, fragte er und warf Armin einen vielsagenden Blick zu.
»Is nix, kleines Kratzer. No problem.« Akono grinste schief.
»Warst du beim Arzt?«, fragte Ben.
»Er weigert sich! Stattdessen will er morgen wieder zur Schule kommen. Wenn ihr den Schlafraum gesehen habt, versteht ihr sicher warum«, erklärte Alexa und forderte sie auf, mitzukommen.
Akonos Bett stand gleich neben dem Fernseher. Sein Hab und Gut, Klamotten und einen etwas schlaffen Fußball hatte er unterm Bett verstaut. Der Fernseher dröhnte. Die anderen Bewohner des Raumes redeten durcheinander. In mindestens drei Sprachen. Umso weniger sie sich gegenseitig verstanden, umso lauter sprachen sie. Als müssten sie nur den Lärm übertönen, damit jeder ihre Sprache verstand.
»Kein Arzt. Gibt nur Ärger!«, erklärte Akono. Doch der blutgetränkte Verband sah immer noch besorgniserregend aus.
»Ben hat Recht, du musst zum Arzt!« Alexa holte unter Akonos Bett ein paar Handtücher vor.
Ben fand, dass sie sich hier ein bisschen zu gut auskannte. Allerdings machte in diesem Raum niemand einen Atemzug, ohne

von Mitbewohnern beobachtet zu werden. »Tut uns übrigens leid … das mit dem Foul«, sagte Ben und sah zu Armin.
»Haben etwas überreagiert«, meinte Armin.
»Wir bringen ihn lieber doch ins Krankenhaus!« Ben sah dabei Alexa tief in die Augen. Die schenkte ihm dafür ein göttliches Lächeln.
»Wenn ihr wollt helfen, bringt mich zu euren Training!« Akono sprach das Wort »Training« englisch aus. »Wenn ich wieder in Verein, dann ich verdiene Geld für Familie und hier raus!«
Nun traf Alexas Blick Ben. Ihm wurde schwindelig, dann sprach er aus, was er nie hatte sagen wollen: »Darum habe ich mich gekümmert. Ich habe gute Connections zu unserem Trainer. Van Nissen weiß, wie so was läuft. Aber jetzt ist erst mal der Doc angesagt!«
Ben und Alexa stützten Akono von beiden Seiten. Dabei berührte Alexas Arm den von Ben und der war sich plötzlich sicher, das Richtige zu tun.
So wie Akonos Kopfverband nässte, behielten sie ihn sicher für einige Zeit im Krankenhaus. Zeit genug, um mit Alexa ins Reine zu kommen.
Armin verabschiedete sich. Er hatte noch etwas vor und ins Krankenhaus fanden sie auch ohne ihn.
»Wohin des Weges?«, brüllte die Heimleiterin ihnen mit einer Stimme nach, die sie auf der Stelle erstarren ließ.
»Akono muss ins Krankenhaus!«, rief Alexa. Wie immer hatte sie am wenigsten Respekt vor Erwachsenen. Und meistens kam sie damit durch.
»Das hab ich ihm bereits gesagt, als er mit dem dreckigen Verband hier ankam! Blutet ja alles voll. Und wer putzt? Unsere lieben Jungs jedenfalls nicht. Dafür sind die sich zu schade!«, dröhnte die Heimleiterin. »Alles klar, bringt ihn ins Krankenhaus. Dann haben die die Schererei!«
»Sind Sie sicher, dass dieser Job zu Ihnen passt?«, fragte Alexa. Ben duckte sich innerlich und hoffte inständig, dass sie schnell und ohne größere Verluste hier rauskamen.
»Sie nur big mouth, aber gut Herz«, schaltete sich Akono ein.

»Ach Herzchen, seinen Job kann man sich nicht immer aussuchen. Wirst du auch noch lernen. Und jetzt seht zu, dass ihr Land gewinnt!«
Eilig schob Ben Alexa und Akono zum Ausgang. »Wir bringen ihn wieder«, flötete er.
»Lasst euch ruhig Zeit!«, brüllte die Heimleiterin hinter ihnen her.

Handgelenksuntersuchung

»Hier ist Alexa mit einem Zwischenbericht aus dem Krankenhaus. Offenbar hat das Heim das Krankenhaus benachrichtigt, denn man erwartete uns bereits und brachte uns umgehend in die Röntgenabteilung. Hier wies man uns an, im Wartezimmer zu bleiben, während Akono untersucht würde. Die Untersuchungen ziehen sich aber länger hin, als wir gedacht haben. Zudem drangen aus dem Untersuchungsraum Fetzen eines Streits zu uns. Dann kam der Arzt heraus und beschwerte sich. Offenbar hat Akono sich gegen die Röntgenuntersuchung gewehrt. Ich habe versucht, ihm klarzumachen, dass die Untersuchung nur zu seinem Besten ist.
Aber Akono fragte: ›Wieso röntgen Hand?‹
Ich fragte den Arzt. Der sagte, der Kopf sei in Ordnung, aber er habe sichergehen wollen, dass Hand und Handgelenk nicht gebrochen sind.
Meiner Frage, warum die gebrochen sein sollten, wich er aus. Angeblich eine Routineuntersuchung. Man habe ihn von der Behörde aus darum gebeten.
Langsam hatten wir das Gefühl, hier stimmte etwas nicht. Deshalb haben wir darauf bestanden, mit Akono das Krankenhaus zu verlassen.«
Alexa blickte sorgenvoll in die Kamera und Ben fand, dass sie sogar in Sorge umwerfend aussah.
Dann schaltete sie ihren Camcorder aus und sah Ben fest in die Augen. »Danke für deine Hilfe ... Und sorry wegen meines Ausrasters!«
»Kein Problem!« Ben schluckte. In seinem Kopf sauste es. »Das mit der Speicherkarte ist immerhin eine dicke Sauerei!«

»Wenn du sie mir wiedergibst, vergessen wir das Ganze.«
»Gern würde ich dir die Karte zurückgeben. Aber ich schwöre dir bei meinem rechten Handgelenk, dass ich die Karte nicht habe!«
»Echt nicht? Wer hätte sonst einen Grund, sie mir zu klauen? Armin?«
Ben zuckte mit den Schultern und sah dabei so unschuldig aus, dass Alexa ihm sofort glaubte.
»Und du hältst dein Versprechen?«
»Was meinst du?«
»Fußballschuhe und Training mit van Nissen! Schon vergessen?«
Eher verdrängt, dachte Ben. »Klar bleibt es dabei. Versprochen ist versprochen!«

Am nächsten Morgen blieb Akonos Platz in der Klasse leer.
»Wir machen uns große Sorgen«, sagte Frau Beck. »Die Ausländerbehörde hat mich heute Morgen informiert: Akono muss zurück nach Nigeria.«
Betretenes Schweigen. So seltsam dieser Afrikaner auch gewesen war, wie selbstverständlich er sich hier breit gemacht hatte, eine Abschiebung wünschte ihm keiner. Zumal niemand aus der Klasse zuvor ein solches Fußballtalent gesehen hatte wie diesen Jungen aus Oshogbo.
Ben fand als Erster Worte. »Aber das kann doch nicht sein. Erst gestern haben wir ihn ins Krankenhaus gebracht. Alles war in Ordnung. Und heute soll er plötzlich abgeschoben werden? Wie geht das zusammen?«
»Man hat festgestellt, dass Akono falsche Angaben zu seinem Alter gemacht hat«, erklärte Frau Beck.
»Wie wollen sie das festgestellt haben?«, mischte sich Alexa ein.
»Sie haben mir in einer Mail geschrieben, dass die ›radiographischen Untersuchungen der Hand und des Handgelenks‹ eindeutig ergeben haben, dass Akono über 18 ist«, erklärte Frau Beck und erntete fragende Blicke.
»Akono über 18?« Ben fasste sich an den Kopf: »Deshalb haben die gestern im Krankenhaus nicht nur seinen Kopf, sondern auch die Hand geröntgt. Diese verlogene Saubande!«

»Ben, bitte!«, fiel Frau Beck ihm ins Wort.
»Im Interview hat Akono mir erzählt, dass nicht einmal seine Mutter genau weiß, wie alt er ist. Warum ist sein Alter so wichtig?«
»Das habe ich mich auch gefragt. Bei der Ausländerbehörde sagte man mir, dass Kinder unter 18 Jahren als unbegleitete minderjährige Flüchtlinge vor der Abschiebung geschützt sind. Nach dem deutschen Ausländerrecht aber sind Jugendliche ab 18 allein für ihr Asylverfahren verantwortlich.«
»Ja und? Dann muss Akono eben Asyl bekommen!«, rief Alexa.
»Richtig, Alexa. Aber Akonos Grund, hierher zu kommen, ist kein Asylgrund. Nur weil einer bei uns Fußball spielen will, wird er nicht anerkannt. Leider. Und das, obwohl er sich gerade so schön eingelebt hatte.«
»Gibt es da gar keine Möglichkeiten mehr?« Alexa konnte nicht verhindern, dass ihr Tränen in die Augen stiegen.
»Die Behörde hat mir erklärt, dass es keine Chance mehr gibt. Akono ist offensichtlich unbegründet eingereist. Eigentlich hätte er bereits am Flughafen abgeschoben werden müssen. Das holen sie jetzt nach.«
»Die spinnen doch!«, brauste Alexa auf.
»So sind unsere Gesetze!«
»Dann muss man eben die Gesetze ändern!« Alexas Gesicht färbte sich immer röter und Ben hatte Mühe, sich auf das Gespräch zu konzentrieren.
»Gesetze werden bei uns im Parlament beschlossen. Deshalb können sie auch nur im Parlament geändert werden«, erklärte Frau Beck.
»Das nutzt Akono aber nichts!« Es war sonnenklar, dass Alexa auf keinen Fall kapitulieren würde.
»Was können wir denn machen?«, fragte Ben.
»Wir könnten Akono Briefe schreiben. Wir könnten ihm Geld schicken oder Fußballtrikots. Ich fürchte, mehr können wir im Augenblick nicht für ihn tun«, gestand Frau Beck.
»Hat jemand Akonos Adresse in Oshogbo?«, fragte Alexa herausfordernd und gab dann selbst die Antwort: »Natürlich nicht,

und zwar deshalb, weil er gar keine Postadresse hat. Kein Postbote kommt in das Viertel, in dem er wohnt. Wer Post bekommen will, muss zuvor beim Postamt für viel Geld ein Postfach einrichten. So läuft das in Nigeria, hat mir Akono bereits erklärt!«
»Dann können wir wohl nichts mehr für ihn tun, oder?«, fragte Armin.
Frau Beck sah hilflos in die Klasse.
Alle waren geschockt, alle außer Alexa. Die war einen Schritt weiter und mal wieder voll in Fahrt: »So schnell geb ich nicht auf. Wir müssen umgehend herausfinden, wo Akono steckt. Bestimmt haben sie ihn noch nicht ins Flugzeug gesetzt. Und das ist unsere Chance!«
Armin und eine Reihe weiterer Klassenkameraden äußerten Bedenken. Sie als Schüler sollten allen Ernstes eine Abschiebung verhindern? Das war doch aussichtslos.
»Ich seh da keinen Sinn drin!«, sagte Armin. »Die Gesetzgeber wissen wohl, warum sie Akono nach Hause schicken.« Dabei sah er zu Ben.
Der schwieg. Natürlich hatte Armin Recht. Sie konnten wenig ausrichten, und wenn Alexa sich beruhigt hatte, würde alles wieder so sein wie vor Akonos Ankunft.

Am Nachmittag rief Alexa Ben an. Ob er sie nochmals ins Heim begleitete?
»Arbeitest du weiter an dem Film, obwohl Akono weg ist?«
»Noch ist er nicht weg, deshalb gehört das zum Film. Was ist? Kommst du mit?«
Da konnte er nicht Nein sagen.
Gemeinsam radelten sie zum Heim.
»Was sucht ihr denn noch hier?«, empfing sie die Heimleiterin.
»Akono«, antwortete Alexa unbeeindruckt.
»Der ist nicht mehr hier. Und hoffentlich seid ihr auch bald weg!«
»Ich weiß, warum Sie uns loswerden wollen!«, entgegnete Alexa. »Sie haben die Ausländerbehörde informiert. Sie haben veran-

lasst, dass im Krankenhaus das Alter von Akono durch Röntgenaufnahmen überprüft wird. Sie haben Akono auf dem Gewissen!«
Ben war sich vollkommen sicher, dass der feuerspeiende Drachen sie jetzt in Asche verwandeln und dann hinaus befördern würde. Doch er hatte sich geirrt.
»Die Ausländerbehörde wollte das so«, gab sie kleinlaut zu.
»Und wo ist er jetzt?«
»Heute Morgen kam die Polizei, um ihn in Abschiebehaft zu nehmen. Aber er war weg.«
»Hat ihn jemand gewarnt?«, fragte Alexa aufgeregt.
»Kann schon sein«, sagte der Drachen und zum allerersten Mal huschte ein Lächeln über sein Gesicht.
Und Ben erinnerte sich an Akonos Worte: »Sie nur big mouth, aber gut Herz!«
Der Drache, der offenbar keiner war, brachte sie in Akonos Zimmer. Sein Bett war bereits von einem anderen Afrikaner belegt. Alexa fand noch ein Hemd, das Akono getragen hatte. Sie weinte. Ben tröstete sie.
»Du bist verknallt in ihn, stimmt's!?«
Alexa sah ihn an, als ob er ein Wesen von einem anderen Stern wäre. Dann fasste sie sich und sagte entschieden: »Nein, ich bin einfach nur wütend. Und zu allem entschlossen!«
Ben verstand: Sie würden ihn suchen. Aber wo sollten sie beginnen?

Erfolglos hatten sie das ganze Heim durchsucht, hatten all ihre Sprachkenntnisse aufgewandt, um nach Akono zu fragen. Angeblich wusste niemand, wo er sich aufhielt und was er vorhatte. Sie wollten schon enttäuscht abziehen, als ihnen Abi über den Weg lief, die Alexa bei den Übersetzungen der Interviews geholfen hatte. Abi war eine lustige, rundliche Ghanaerin mit einer kompliziert geflochtenen Frisur. Sie trug ein enges, weit ausgeschnittenes Shirt in schrillen Farben und eine nicht minder enge Jeans. Wahrscheinlich sprach sie besser Deutsch als die Heimleiterin, wurde aber trotzdem noch immer nicht als Flüchtling anerkannt.

»Wohin würdest du gehen, wenn sie dich holen und abschieben wollten?«, fragte Alexa.
»Ähämm, du brauchst Freunde, wenn du dich verstecken willst. Ohne Freunde haben sie dich sofort.«
»Hat Akono Freunde?«
»Ich denke ja: Er hat immer von so ’nem coolen Mädchen geschwärmt, das sich sehr für ihn interessiert. Ich glaub, eine Mitschülerin.«
»Wer könnte das sein?«
»Meinst du das ernst?«, fuhr Ben Alexa an.
Einen Moment war Alexa verwirrt, dann errötete sie.
Ben biss die Zähne zusammen. »Warst du mit ihm bei dir?«
»Ja! Wo sollte er sonst die Klamotten von meinem Bruder anprobieren?«
Hastig stopfte Alexa ihren Camcorder in den Rucksack und schwang sich aufs Fahrrad, ohne sich zu verabschieden.
Ben bedankte sich bei Abi, versprach, sie auf dem Laufenden zu halten. Auch bei der Heimleiterin bedankte er sich – immerhin hatte sie ihren schweren Fehler wieder ein bisschen gut gemacht.
»Schon gebongt, Junge. Halt die Ohren steif!«, brummte sie.
Da jagte Ben schon hinter Alexa her.
Erst am Haus ihrer Eltern holte er sie ein. Sie rannten durch den großen Vorgarten. Alexa zückte den Haustürschlüssel, als beide zusammenfuhren. Hinter einem Gebüsch am Rand des Gartenweges trat ein Schatten hervor.
»Damn!«
»Akono?« Alexa konnte es nicht glauben.
»Bad area for blacks!«
»Was machst du hier?«
»Versuche verstecken. Aber hier gucken alle Schwarze!«
»Passt bitte auf, dass meine Eltern euch nicht sehen!«, sagte Alexa, schloss die Tür auf und winkte sie mit dem Finger auf dem Mund herein. Innen hörte man ein Radio dudeln, eine Frau reden.
»Meine Mutter. Schnell, die Treppe hoch!« Sie lenkte die beiden zur Treppe. »Ich mach mit Ben ein Interview in meinem Zim-

mer!«, flötete Alexa ins Wohnzimmer und schob Ben und Akono hoch.

»Ich dachte, du sagst immer objektiv die Wahrheit«, stichelte Ben, als Alexa sie in ihr Zimmer verfrachtet und die Tür geschlossen und verriegelt hatte.

»Die Wahrheit ist bei den Eltern manchmal objektiv zu anstrengend!«, gab Alexa zu.

Akono begann schon wieder, Späßchen zu machen. Das Haus sei ja so groß, ob man nicht das Flüchtlingsheim hier unterbringen könne? Allein in Alexas Zimmer hätten mindestens zehn Etagenbetten Platz. Also 20 Flüchtlinge. »Und Garten groß genug für Fußballspiel! Wie bei König.«

Doch Alexa machte sich andere Sorgen: »Hier kann er nicht lange bleiben. Meine Mutter dreht durch, wenn sie ihn entdeckt! Die hat Panik vor Einbrechern.«

»Aber wohin sollen wir ihn bringen?«, fragte Ben. »Bei mir zu Hause ist kein Platz. Und bei Armin wäre die Hölle los.«

»I stay here!«, sagte Akono lässig.

»Okay, diese eine Nacht!«, sagte Alexa.

Pläne

Während Alexas Eltern selig schliefen, zerbrachen Alexa und Ben sich den Kopf. Jeder zweite junge Flüchtling wollte in Deutschland Fußball spielen und hielt sich für den zukünftigen Anthony Yeboah oder Jay-Jay Okocha. So gesehen wären die deutschen Fußball-Ligen ausschließlich mit afrikanischen oder südamerikanischen Flüchtlingen besetzt. Wie konnten sie beweisen, dass Akono sich nicht nur für ein Talent hielt, sondern tatsächlich eines war?

Vor Akono hielten sie ihre Zweifel geheim. Er wirkte entspannt, fast übermütig. »Everything will be alright!«, sagte Alexa, aber ihr Gesichtsausdruck sagte etwas anderes: Irgendwas mussten sie tun. Sie überlegte kurz. Dann holte sie ihr altes iPhone aus der Schublade und drückte es ihm in die Hand. »This is for you … for safety … we can stay in touch. Whatever happens«, stotterte sie.

»Hey, great!«, rief Akono und begann, alle Funktionen durchzutesten.

»Wo schläft er?« Ben hätte sich am liebsten auf die Zunge gebissen.

»Kann mein Bett haben. Ich leg mich aufs Sofa!«

»Oh no. I'm used to sleep on the floor. That's great!«

Alexa breitete eine Decke auf dem Boden aus. Akono legte sich darauf und hantierte weiter mit dem Handy. Alexa wusste, dass die Prepaid-Karte darin noch gut geladen war. Jetzt konnte sie mit ihm in Kontakt bleiben, wo immer er war.

»Wenn wir wenigstens die Speicherkarte mit den Aufzeichnungen von Akonos Spiel hätten«, überlegte sie laut.

»Ich hab sie wirklich nicht«, schwor Ben.

»Darum geht's doch jetzt gar nicht …«

Ein vergnügter Aufschrei von Akono unterbrach ihre Überlegungen. Mit atemberaubender Geschwindigkeit hatte er sich mit dem iPhone vertraut gemacht und war auf der Suche nach weiteren Funktionen und Programmen auf Alexas Bilddateien gestoßen. Die sah er sich, lässig auf dem Boden ausgestreckt, nun Bild für Bild genüsslich an.
»Hoffe, er findet nichts Entblößtes«, bemerkte Ben.
»Blank gezogene Selfies?« Bens Bemerkung erheiterte Alexa. »Klar! Das iPhone ist voll davon!«
Alexa beugte sich zu Akono hinunter, um zu sehen, welche Bilder ihn so amüsierten. Das Display spiegelte. Also legte sie sich zu Akono, der das Handy über sie hielt und langsam weiterklickte.
Für Bens Geschmack lag Alexa zu dicht bei Akono.
Nun begann sie, ihre Bilder zu kommentieren: »Echt scharf. Das hatte ich komplett vergessen.«
»Really hot!«
»Wow!«
»You are so sweet!«
»Oh danke!« Sie rückte dichter an ihn heran. Ben überlegte, sich dazu zu legen. An Alexas freie Seite? Aus diesem Winkel würde er nichts mehr erkennen können. Er müsste sich also auf die andere Seite von Akono legen. Sollte er sich das wirklich antun? Außerdem störte er das Turtelpaar nur. Deshalb nahm er seine Jacke und schickte sich an zu gehen. Keiner der beiden nahm Notiz von ihm.
»Das ist am Strand von Mauritius.«
»Wonderful, so beautiful!«
»Einsame Bucht, Palmen, Meer. Auf so was stehen meine Eltern!«
»Aber du Schönstes auf Bilder!«
Ben reichte es. Ohne lange Verabschiedung ging er zur Tür.
»Mach die Haustür leise zu!«, rief Alexa ihm mit gedämpfter Stimme nach.
Alles begann von vorn. Der Argwohn, das Misstrauen, die pure Angst. Akono war wieder da. Und als ob das nicht schlimm ge-

nug wäre, musste Ben das Treiben auch noch mit ansehen. Früh am nächsten Morgen war er wieder mit den Turteltauben verabredet. Ihm wurde übel.
Zu Hause war an Schlaf nicht zu denken. Er setzte sich an den Computer und versuchte sich mit einem Ballerspiel abzulenken. Doch in kürzester Zeit verlor er ein Leben nach dem anderen. Ein Bild drängte sich ihm immer wieder auf: Alexa und Akono aneinandergeschmiegt, sie wenden sich einander zu, schauen sich in die Augen, ihre Münder nähern sich, ihre Hände beginnen zu wandern...

Statt zur Schule ging Ben am nächsten Morgen zum Sportplatz. Er war müde und niedergeschlagen. Er kriegte die Bilder nicht aus dem Kopf. Und: Er war mit den beiden Turteltauben im Clubhaus verabredet.
Sie hingegen wirkten entspannt und ausgeschlafen – was immer das für die letzte Nacht bedeutete. Sie begrüßten ihn fröhlich, und es wirkte keinen Moment so, als hätten sie etwas zu verbergen. Was auch? Hatte er irgendwelche Rechte auf Alexa, war sie ihm Rechenschaft schuldig?
Ben ließ sich nichts anmerken, verhielt sich vielleicht ein wenig cooler und unnahbarer als sonst. Er hatte Alexa gestern gefragt, ob auch Armin mit dabei sein könnte. Alexa hatte eingewilligt. Nur: Wo war Armin? Hatte er etwa gerade heute verpennt?
»Egal, machen wir's eben ohne ihn!«, meinte Alexa und sie begannen zu beraten, wo sie Akono verstecken und wie sie ihn versorgen könnten. Obwohl Alexa wild entschlossen war, alles auf sich zu nehmen, wurde schnell klar, dass sie nur Lösungen für ein paar Tage fanden. Was sollte danach werden? Auch Akono gab zu verstehen, dass er nicht ewig in einem Versteck rumlungern wollte, sondern zur Schule gehen und vor allem: Fußball spielen!
»Und wenn er sich der Polizei stellt und um eine zweite Chance bittet?« Ben erntete entsetzte Gesichter.
»Kirchenasyl?«, überlegte Alexa und schüttelte dann den Kopf. Ihr Pfarrer war ein respektabler, älterer Herr. Völlig undenkbar,

dass er einen illegalen Flüchtling versteckte, dessen Herkunftsland als sicher galt, dessen Fluchtgründe alles andere als zwingend und dessen Chancen auf Anerkennung deshalb gleich Null waren.
Als sie sogar die Möglichkeit, ihn ins Ausland zu bringen, diskutiert und verworfen hatten, wurden sie still. Nur Akono spielte mit seinem Amulett und wirkte zuversichtlich. Schweigend saßen sie im Clubhaus.
Plötzlich redete ein Mann draußen vor der Tür. Ein Junge antwortete. Und ihre Schritte näherten sich.
»Hast du die Tür abgeschlossen?«, flüsterte Alexa Ben zu.
Ben schüttelte erschrocken den Kopf.
Einen Moment lang waren die drei wie gelähmt. Abschließen konnten sie nicht mehr, ohne sich zu verraten. Mit einem Hechtsprung verschwand Akono hinter dem Tresen.
»Das ist Armin!«, gab Ben Entwarnung.
Doch Akono traute dem Braten nicht und blieb in seinem Versteck.
»Hat der Hirni etwa die Polizei informiert?«, raunte Alexa.
Doch der Mann, der hinter Armin den Raum betrat und ihre erschrockenen Gesichter mit einem leisen Grinsen quittierte, war niemand anders als van Nissen. Zwar wusste Alexa nicht, wie der Trainer ihnen helfen sollte, dass er sie aber würde auffliegen lassen, hielt sie für unwahrscheinlich. Van Nissen war schwer in Ordnung.
»Wo isser denn, unser Jay-Jay Okocha?«
Sie sahen erst sich, dann ihn unschlüssig an. Was wollte er? Für fade Witze war dies der falsche Zeitpunkt.
»Im Ernst«, fuhr van Nissen fort, als könnte er Gedanken lesen, »der Junge hat großes Talent! Das sieht man vom ersten Moment an.«
»Woher wollen Sie das wissen?« Ben war irritiert.
Van Nissen blickte Armin an, der sich umständlich räusperte.
»Na ja, also, ich hab's ihm gezeigt!«
»Was hast du ihm gezeigt?«
»Na ja, das Spiel halt von dem, na ja, diesem Akono.«

»Du willst uns erzählen, du hättest seine Kunststückchen einfach nachgemacht?«
»Nein, so gut bin ich nicht. Leider.«
Und weil Armin mit seinen Erklärungen nicht weiterkam, sprang ihm van Nissen zur Seite. »Wir haben uns die Videoaufnahmen von eurem Schulhofturnier angeschaut. Sehr beachtlich!«
»Welches Video?«, wollte Ben gerade fragen, als Alexa ihn unterbrach.
»Woher haben Sie meine Aufnahmen?«
»Das musst du Armin fragen. Der hat mir die Speicherkarte mit den Aufnahmen gebracht.«
»Okay, ich hab sie aus deinem Camcorder genommen. Aber jetzt gebe ich sie dir zurück. Und es war immerhin meine Idee, unserem Trainer die Aufnahmen zu zeigen ...«
»Einschließlich das brutale Foul, für das ihr beide normalerweise eine lebenslange Sperre kassieren würdet«, fügte van Nissen hinzu. »Doch ich lass Gnade vor Recht ergehen, wenn ihr versprecht, nie mehr einen Gegner so brutal zu foulen.«
»Versprochen«, murmelte Ben kleinlaut.
»Hey, Moment mal. Die Speicherkarte wurde mir geklaut. So einfach geht's nicht!«, schaltete Alexa sich ein.
»Wer wem was geklaut hat, könnt ihr unter euch ausmachen. Mich würde eher interessieren: Wo ist er eigentlich, unser Jay-Jay Okocha?«
»Er heißt Akono!«
»Schön, aber wo isser?«
Gute Frage. Sie riefen ihn, suchten im Gang hinter dem Tresen, öffneten die Schränke, sogar den Kühlschrank. Keine Spur von Akono. Sie suchten hinterm Haus, in den Umkleidekabinen, legten sich auf den Bauch und schauten unter den Kabinentüren nach seinen Füßen. Dann suchten sie ziellos die Umgebung des Sportplatzes ab. Gerade wollte van Nissen achselzuckend gehen, da versuchte es Alexa mit dem Handy. Sie wählte die Nummer ihres alten iPhones. Der Klingelton drang aus der Speisekammer hinter dem Clubraum zu ihnen. Dort hatten sie zwar bereits alles durchforstet, doch die zusammengekauerte schwarze

Person unter der Anrichte, die dort bewegungslos ausharrte, war ihnen entgangen.
»Hallo, Akino, oder wie du heißt. Willst du hier Fußball spielen?«, fragte van Nissen etwas ungehalten.
»Er heißt Akono und sein Deutsch ist noch nicht so gut«, versuchte Alexa zu vermitteln.
Akono kam langsam unter der Anrichte hervorgekrochen. Er lächelte. »Klaro!«
»Der versteht doch Deutsch«, bemerkte van Nissen amüsiert. Dann fragte er Akono aus, wollte alles genau wissen, wie Akono hierhergekommen war, wer ihn gebracht, ob er schon einen Vertrag hatte. »Bitte keine Märchen erzählen, sonst können wir dir nicht helfen!« Er fragte, ob Akono bereit sei, für den FC zu spielen, für eine kleine Bezahlung, so klein, dass er sie komplett für seinen Unterhalt und die Schule ausgeben müsste, und zwar an ihn, seinen Trainer, bei dem er auch wohnen würde. Er könne allerdings noch nichts versprechen, denn erst müsse der Vorstand des FC zustimmen. Vor allem aber müsse man mit der Ausländerbehörde verhandeln.
»Die haben gerade festgestellt, dass er 18 und damit asylmündig ist. Er müsste einen Asylantrag stellen, der aber keine Chance hat. Also werden sie ihn ausweisen«, gab Alexa zu bedenken.
»Ich rede mit meinem Rechtsanwalt. Der beantragt für Akono einen Spielerpass und einen internationalen Freigabeschein beim nigerianischen Fußballverband. Dann muss die FIFA die Ausländerbehörde davon überzeugen, was für ein großes Talent er ist und wie nützlich er dem deutschen Fußball sein kann. Dann überdenkt die manchmal ihre Meinung.« Zu Akono gewandt sagt er: »Solange du keine Aufenthaltsgenehmigung hast, wohnst du bei mir, gehst täglich zur Schule, um Deutsch zu lernen. Das erhöht deine Chancen. Und du trainierst mit uns. Verstanden?«
Akono schüttelte den Kopf und grinste: »Nix verstehn, Auslander!«
Van Nissen lachte. Doch Alexa traute dem Braten nicht.

Eine Woche später tauchte Akono wieder in der Schule auf. An seinem Kopf klebte nun ein Pflaster auf der Wunde. Außerdem

trug er wieder die Markenklamotten von Alexas Bruder, was Ben nicht gefiel. Überhaupt fand er, dass Akono etwas Dankbarkeit zeigen könnte, hatten sie doch alle Hebel in Bewegung gesetzt, um ihm zu helfen. Ein Shakehands, ein kurzes Dankeschön wären durchaus angebracht. Das fand auch Armin, bei dem sich Ben beschwerte.
Alexa redete kein Wort mehr mit Armin. Sie behandelte ihn wie Luft. Dabei befände sich Akono ohne Armins genialen Einfall, van Nissen die Videoaufzeichnungen zu zeigen, bereits wieder in Nigeria.
»Und wenn ich ihre Speicherkarte nur mal für ne Weile ausleihe, kriegt sie sich gar nicht mehr ein. Da ist Frau Starreporterin plötzlich ganz empfindlich!«, meinte Armin.
Und Ben ergänzte: »Sie misst mit verschiedenerlei Maß. Ausländern wird alles nachgesehen, wir dagegen werden für den kleinsten Fehler verurteilt. Dabei ist das genau genommen ebenso rassistisch: Afrikaner besser zu behandeln, nur weil sie Afrikaner sind!«
»Aber sag ihr das mal! Dann bist auch du bei ihr unten durch!«
»Na, und wenn schon.«
»Tu nicht so. Bisher musste man an deinem Verstand zweifeln, wenn es um Alexa ging.«
»Alles hat seine Grenzen!«
»Okay, dann gehen wir zu ihr und geigen ihr die Meinung. Und dass sie ruhig wieder mit mir reden kann, weil ich die rettende Idee hatte, wie wir Akono helfen können ...« Armin machte sich auf den Weg zu Alexa, die unweit eifrig mit Akono redete.
Da ließ auch Ben sich nicht lumpen.
»Die Frage ist nicht, warum ich nicht mehr mit dir rede. Die Frage ist, wie ich dir je wieder vertrauen kann, wenn du mir einfach Speicherkarten klaust.«
»Ausgeliehen, nicht geklaut!«, verteidigte sich Armin.
»Jetzt versuchst du sogar, alles schön zu reden. Nee, mein Lieber, du kannst mir in Zukunft gestohlen bleiben.«
Alexa lief rot an und in Bens Bauch begann ein Flattern, gegen das er sich nicht wehren konnte.

»Jetzt bleiben wir mal locker«, sagte er mit seinem liebreizendsten Lächeln. »Wir haben eine Heldentat vollbracht und das ist uns nur gelungen, weil wir zusammengehalten haben – alle, einschließlich Armin.«
»Das hat nichts mit meiner Speicherkarte zu tun!«, protestierte Alexa. »Er hat sich noch nicht einmal bei mir entschuldigt!«
»Ich habe von Akono auch kein Dankeschön gehört für meine Rettungsaktion«, wandte Armin unversöhnlich ein.
»Jetzt entschuldige dich halt bei ihr. Ihr die Karte zu klauen, war ja wirklich keine Heldentat«, griff Ben vermittelnd ein.
Armin sah ihn erschrocken an: »'tschuldigung, kommt nicht wieder vor«, murmelte er.
Und noch ehe Alexa darauf reagieren konnte, sagte Akono: »Hey, Leute, don't worry. We got it! Alle in Butter!«
»Alles!«, verbesserte Alexa, wobei sie sich ein Grinsen nicht verkneifen konnte.
Und als Ben und Armin das nächste Wort im Chor mit Akono sprachen, war der letzte Rest von Alexas Wut verflogen: »Great!«
Begeistert berichtete Akono nun, dass van Nissens Anwalt mit der Ausländerbehörde verhandeln wollte. Er plante, die Videoaufnahmen zu zeigen und ihnen zu erklären, dass alle in ihm ein echtes Nachwuchstalent sahen und er in ihrer B-Mannschaft trainieren sollte. Die Behörden stellten sich zwar zumeist quer, aber van Nissens Anwalt würde auch darauf vorbereitet sein.
»Was will er sagen?«, wollte Ben wissen.
Um das aber auf Deutsch zu erklären, fehlten Akono die Sprachkenntnisse.
Alexa sprang ein, die natürlich längst recherchiert hatte, welche Strategie der Anwalt verfolgen wollte: »Solche medizinischen Untersuchungen, mit denen das Alter von Akono bestimmt werden sollte, sind alles andere als genau. Ob jemand nun 16 oder 18 ist, lässt sich damit auf keinen Fall zweifelsfrei feststellen.«
»Great!«, kommentierte Akono diese höchst komplizierten Ausführungen.
Ben vermutete zwar, dass Akono nicht einen Deut davon verstanden hatte, doch Akono freute sich so, dass er Alexa zu einem

kleinen Tanz über den Schulhof mitriss. Ihr stieg die Röte ins Gesicht und Ben hoffte, dass ihr der Tanz einfach nur peinlich war. Irgendwie schlug ihm das alles gewaltig auf den Magen.
»Warte!«, keuchte Alexa. »Den Tanz muss ich filmen!«
»Wir sehen uns heute Nachmittag«, grummelte Ben und stapfte davon.

Aufstellung

»Wie ihr alle wisst, steht das Qualifikationsspiel ins Haus. Da sind wir nicht unbedingt die Favoriten. Aber ich glaube, wir haben einen Joker, mit dem bis vor einer Woche noch niemand gerechnet hat: Akono. Nachdem ich mir sein Spiel ein wenig angeschaut habe, halte ich es durchaus für möglich, dass der fremd klingende Name bald in aller Munde sein wird. Voraussetzung ist jedoch, dass es uns gelingt, Akono in unser Spiel einzubinden. Fußball ist ein Mannschaftsspiel ...«

So begann van Nissen seine Rede. Niemand hatte Einwände. Im Gegenteil. Ben und Armin waren sogar stolz, entscheidend mitgewirkt zu haben. Alexa verfolgte das Training mit der Kamera. Sie war glücklich: Der Film konnte weitergedreht werden. Mehr noch – er näherte sich dem Finale. Es war ihnen tatsächlich gelungen, einen afrikanischen Spieler gegen alle Widerstände in die Heimatmannschaft einzugliedern. Und sie hatte alles auf Video, würde es nur noch schneiden müssen.

Ben hatte ein Paar seiner alten Fußballschuhe für Akono mitgebracht. Nach der Aufwärmphase, die Akono dazu nutzte, die Qualität seiner neuen Schuhe zu testen, plötzliche Sprints und ebenso plötzliche Stopps vorzuführen, begannen sie mit dem eigentlichen Training.

Angesichts des bevorstehenden Qualifikationsspiels und des Neuzugangs verordnete van Nissen eine neue Strategie. Das System nannte er 4-2-3-1, mit einer Doppelsechs vor der Mittellinie und einem Mittelstürmer in der Spitze. Ben protestierte. Offenbar sollte nur auf Verteidigung gespielt werden.

Doch van Nissen wollte weder ein reines Defensiv- noch ein reines Angriffsspiel. Er wollte beides zugleich, ein schnelles Um-

schaltspiel. Alle, so erklärte er fast feierlich, sind stets alles: Verteidiger, Mittelfeldspieler, Angreifer.
»Wie soll das denn gehen?«, maulte Armin. »Ich kann nur Abwehr. Das kann ich dafür umso besser!«
Aber Ben war schon weiter: »Und wer besetzt welche Position?«
In ihrem bisherigen System hatte er die 9 gespielt, die linke Sturmspitze. Armin auf der 5, dem rechten Außenflügel, hatte ihn mit Pässen versorgt. So hatten sie es immer wieder trainiert. Diese Bewegungsabläufe kannten sie im Schlaf. Nur weil jetzt Akono mitspielte, konnten sie das erprobte System doch nicht vollkommen umstellen!
»Das neue System ist sehr komplex und keinesfalls starr. Dabei wird die Mannschaft mehr gefordert als in jedem anderen System. Arbeitet das gesamte Team nicht offensiv und defensiv mit, entstehen riesige Lücken«, erklärte van Nissen, der wenig Lust auf eine Diskussion über die Besetzung der Positionen hatte.
»Wenn ich nicht die 9 behalte, packe ich meine Sachen!«, schnaubte Ben.
»Ohne Ben spiel ich nicht!«, sprang Armin ihm bei.
Van Nissen verdrehte die Augen: »Wartet doch erst mal ab! Niemand hat hier eine Position gepachtet, alles ist immer in Bewegung. Das ist das System.«
»Scheiß System!«, wollte Ben sagen, als Alexas Stimme hinter ihm erklang.
Sie stand vor ihrer Kamera und machte eine ihrer geschraubten Anmoderationen:
»Mit Akono hält eine neue Philosophie Einzug ins Spiel der Mannschaft. Die alte Arbeitsteilung war gestern. Heute sind alle für alles verantwortlich. Wir sind gespannt, wie die Spieler mit dieser neuen Beweglichkeit umgehen. Schon regt sich Widerspruch. Man sieht: Beweglichkeit ist nicht jedermanns Sache.«
Ben warf Armin einen Blick zu.
Armin nickte: Abwarten!
»Kein Grund, gleich die Flinte ins Korn zu werfen!«, ergriff van Nissen erneut das Wort. »Armin bleibt vorerst auf der 5, Ben auf der 9.«

»Alles klar!« Ben schämte sich für seine vorschnelle Reaktion.
»Wo spielt dann Akono?«, fragte Armin.
»Auf der 7«, antwortete van Nissen.
Alle sahen sich verwirrt an, denn keiner wusste genau, wo bei einem 4-2-3-1-System die 7 war.
Akono selbst schien es herzlich egal zu sein, wo er spielte. Mit seinen neuen Schuhen brannte er nur darauf, loszulegen.
Die 7, das war die Position des linken Flügelangreifers. Akono stand damit hinter Ben, der weiter vorn Stellung bezog. Aber schnell wurde klar, dass Armins wunderbare Pässe in die Spitze fast immer bei Akono landeten, der sie gekonnt mit der Brust oder mit dem Fuß aus der Luft annahm, um den Ball dann wie mit einem magischen Kleber an seine Füße zu heften.
Das war, wovor Ben die größte Angst gehabt hatte. Mit den Fußballschuhen spielte Akono noch besser. Seine sagenhaft schnellen Dribblings über den linken Flügel – keine Chance für die Abwehr. Keine Chance auch für Ben, an den Ball zu kommen. Bevor er gefordert wurde, schloss Akono bereits mit einem Torschuss ab.
»Im Alleingang bist du ein echtes Talent!«, sagte van Nissen. »Wenn du auch noch das Mannschaftsspiel übst, wirst du ein Gewinn für alle.« Zu Ben sagte er: »Ab jetzt spielst du in der Mitte und Akono spielt dir die Querpässe zu!«
»Wozu quer? Tor ist doch frei!«, protestierte Akono.
»Meinst du, die Gegner werden dir beim Qualifikationsspiel nur zugucken? Nein, mein Lieber, die werden dich mit zwei, drei Mann decken. Kein Dribbling wirst du mehr machen, ohne dass dir einer reingrätscht!«
Das waren heilsame Worte. Heilsam für Akono, der nun immer wieder aufgefordert wurde, abzuspielen, selbst wenn der eigene Abschluss die einfachere Lösung war. Heilsam auch für Bens wunde Seele. Van Nissen hatte ihn nicht abserviert, sondern er hatte die Mannschaft neu zusammengefügt.

Am nächsten Morgen wartete Akono auf dem Schulhof schon auf Ben. Er hatte seine Fußballschuhe an und wollte mit ihm spielen. In einer Mannschaft, wie bei der Quali. Es galt, auch hier für die Quali zu trainieren. Und van Nissen hatte eindeutig das Zusammenspiel zwischen ihnen gefordert.

»Das ist langweilig!«, rief Alexa. »Dann haben die anderen gar keine Chance mehr!« Ben und Akono ließen sich aber nicht abbringen.

»Auf Schritt und Tritt werden beide in die Zange genommen. Ben stolpert, kann gerade noch zu Akono flanken. Akono bekommt den Ball unter Kontrolle und stürmt in den Strafraum. Jetzt könnte er schießen. Er zögert, passt zu Ben. Der schließt mit einer Flanke ins lange Eck ab. Unschlagbar, diese Doppelspitze im Schulhofsturm!«, schwärmte Alexa in ihre Kamera und richtete sie auf die jubelnden Zuschauer.

Nur Armin stand abseits. Würde er Ben jemals wieder seine langen Pässe zuflanken? Auf dem Schulhof war er jedenfalls ziemlich überflüssig.

»Geh doch in die Abwehr gegen Akono und Ben«, schlug Alexa vor.

Armin schüttelte den Kopf: »Mir ist heute nicht gut!«

»Gute Besserung!«

Armin überlegte kurz. Hatte sie bemerkt, dass er Angst hatte, sich als Abwehrspieler gegen diese beiden Talente komplett zu blamieren? Was, wenn jeder sah, dass er als 5er in diesem System eine Fehlbesetzung war?

Schnell wurde im Training für das bevorstehende Qualifikationsspiel klar, dass Akono in der linken Sturmspitze unschlagbar war. Mehr und mehr musste Ben, der ja eigentlich vor ihm stand, sich mit der Rolle des Passgebers für Akono abfinden. Das fiel ihm nun leichter. Der Erfolg beflügelte ihn.

Qualifikation

»Das Qualifikationsspiel läuft genial. Immer wieder gelingt es Ben, Pässe zu Akono zu schlagen. Der dribbelt völlig entfesselt los, schaut nicht links, nicht rechts und ist nur durch Fouls zu stoppen. Nach jedem geglückten Spielzug küsst er sein Amulett. Van Nissen läuft jetzt allerdings immer häufiger an die Seitenlinie. Er schimpft, er schreit, er ist unzufrieden. Offenbar fordert er von Akono mehr Umsicht und Teamgeist, aber Akono spielt wie im Rausch. Verständlich, wenn man sieht, wie er immer wieder die gegnerische Abwehr foppt. Nur Zählbares ist dabei noch nicht rausgekommen.
Doch jetzt: Ben legt zurück auf den mitgelaufenen Akono, ein Abspiel, das beinahe einer Kapitulation gleichkommt, denn nun tummeln sich zwei Abwehrspieler im Strafraum und der direkte Weg zum Tor ist verbaut.
Der Keeper stürzt weit aus seinem Tor heraus. Fast an der Strafraumgrenze steht er dem ballführenden Akono gegenüber und bringt ihn dazu, Richtung Grundlinie zu flüchten. Was aussieht wie eine halb vergebene Chance, ist der Beginn eines Sololaufes, eines Wahnsinnstanzes. Akono täuscht einen Schuss an, schlägt dann urplötzlich einen Haken nach links zurück in die Strafraummitte. Der Keeper lässt sich von Akonos wackelnder Hüfte täuschen und fliegt mit mächtigem Hechtsprung ins Leere. Nun könnte Akono schießen, aber der erste Verteidiger ist inzwischen ins Tor gelaufen und so entschließt sich Akono zum Dribbling zurück in die Strafraummitte.
Aus einer halben Chance wird eine komplett vergebene. Denn drei Abwehrspieler warten auf den eifrigen Dribbler mit der Nummer 7 und zu allem Überfluss ist auch der gefoppte Keeper

schnell wieder auf den Beinen und in seinen Kasten zurückgesprintet. Doch Akono lässt sich nicht beirren, kühn nähert er sich dem rabiaten Verteidiger und weicht dessen beherztem, aber ungestümem Tackling lässig, fast arrogant aus. Er führt den Ball eng am Fuß, unweit des Elfmeterpunktes. Dort warten zwei Abwehrspieler auf ihn, doch die Dribbelkünste Akonos scheinen sie derart beeindruckt zu haben, dass sie gar nicht daran denken, ihn ernsthaft anzugreifen. Zwei schnelle Körpertäuschungen noch und dann zieht Akono ab. Ein trockener Linksschuss saust zwischen den beiden verdutzten Verteidigern hindurch, vorbei am vergeblich fliegenden Torhüter, hinein ins lange rechte Eck. Erst jetzt weicht die atemlose Anspannung der Fans haltlosem Jubel. Glücklich liegen sie sich in den Armen, das Publikum tobt. Der Schütze selbst wird fast erdrückt und gefeiert. Er ahnt nicht, dass er van Nissen damit fast zum Herzinfarkt getrieben hätte.
‚Schieß endlich, schieß', hatte van Nissen gebrüllt. Und er ist immer noch ungehalten.
Akono schießt in diesem Spiel noch zwei weitere Tore im Alleingang. Er schaltet nicht nur den Gegner aus, inzwischen rennen auch seine Mitspieler vorne nur im Leerlauf mit. Sie scheinen komplett arbeitslos geworden zu sein ...«

Die Mannschaft stand überglücklich unter der Dusche, da ertönte plötzlich Akonos durchdringender Schrei: Sein Amulett war verschwunden. Das komplette Team beteiligte sich an der Suche. Nur Akono stand wie gelähmt dabei. Auf die Fragen, wo er das Amulett zuletzt gehabt, ob er seine Kleider durchsucht, unter dem Spind nachgeschaut habe, reagierte er mit Kopfschütteln. Seine Augen waren weit aufgerissen. Er selbst unternahm nichts. Hätte er nicht derart gezittert, hätte man vermuten können, das Amulett sei ihm gleichgültig.
Doch Ben dämmerte langsam, was für eine übergroße Bedeutung dieser komische Anhänger für Akono hatte.
»Kopf hoch!«, munterte Armin ihn auf. »Das Ding findet sich schon wieder.«
»Hast du geklaut? Wie Alexas Speicherkart?«

»Hey, stopp: Ich suche hier jeden Millimeter ab, während du nur rumhängst und jammerst! Und jetzt beschuldigst du mich auch noch?«
»Du meinst, du hast nur geliehen?«
»Leck mich!« Armin zog sich an und verließ die Umkleidekabine, ohne sich nach Akono umzudrehen.
Draußen warteten Alexa und van Nissen. Beide wollten mit Akono sprechen. Während Alexa ein Interview mit dem Spielmacher führen wollte, wollte van Nissen mit Akono ein ernstes Wörtchen reden. Denn auch wenn das Spiel gewonnen war, störte es ihn gewaltig, dass Akono alle seine taktischen und spielerischen Vorgaben missachtet hatte. Van Nissen musste sich auf seine Spieler verlassen können. Das war für ihn wichtiger als die Qualifikation. Doch Akono kam nicht.
»Der sucht noch was«, sagte Ben und verabschiedete sich. Heute hatte er es eilig.
»Der hat einen an der Waffel!«, war Armins knappe Auskunft. Dann war auch er weg. Und als der letzte Spieler an ihnen vorbeigezogen und von Akono noch immer nichts zu sehen war, ging van Nissen rein.
Er fand Akono in Unterhose auf der Bank sitzend. Der Topspieler zitterte, weinte bitterlich.
»Was ist los?«, wollte van Nissen wissen.
»Nix!«
»Warum heulst du?«
»Nix!«
»Hey, red mit mir!«
»Gibt nix reden!«
Den Vortrag, den van Nissen sich zurecht gelegt hatte, konnte er sich sparen. Der Junge war komplett neben der Spur. Van Nissen holte Alexa herein. Vielleicht würde sie an ihn rankommen.
»Magst du vielleicht mit mir reden?«, fragte sie.
Akono schüttelte den Kopf.
»Dann spiel ich dir erst mal die besten Szenen von deinem genialen Spiel vor.« Sie packte den Camcorder aus und begann die Stellen zu suchen.

»Zu dem ‚genialen Spiel' würde ich gerne ein paar Takte sagen«, schaltete sich van Nissen ein. »Eigentlich hatten wir im Vorfeld von Mannschaftsspiel gesprochen und Querpässe geübt. Davon habe ich bei dir ehrlich gesagt nicht viel gesehen. Alles vergessen?«
»Scheiße egal!«, brummte Akono.
»Mir nicht!«
»Irgendwas stimmt nicht mit ihm!«, schaltete sich Alexa ein. »Vielleicht ziehst du dich erst mal an, dann sehen wir weiter.«
Wie in Trance zog Akono die Klamotten von Alexas Bruder an. Dann ging er auf wackligen Beinen zum Ausgang. »Alles vorbei!«
»Was ist vorbei?«
»Alles!«
»Aber wieso denn? Alle haben doch gesehen, was für ein Wahnsinnstänzer du am Ball bist. Jetzt geht's doch erst richtig los!«
Akono schüttelte müde den Kopf. »Nix geht los!«
Van Nissen ließ die beiden alleine. Später würde sich sicher eine Gelegenheit bieten, mit Akono das Spiel zu analysieren.
»Wovon redest du?« Alexa nahm Akonos Hand und drückte sie. »Erzähl, was los ist!«
Es dauerte eine Weile, bis Akono sich entschloss, mit Alexa zu reden. Seine Hand in ihrer beruhigte ihn. Er erinnerte sie an das, was er ihr erzählt hatte: dass er seine Haare dem Babalorisha zur Aufbewahrung hatte übergeben müssen, damit alle ihm Geld liehen. Der Babalorisha hatte daraus das Amulett gemacht. Mit dem sah er jeden Schritt, den Akono machte! Wie eine Kamera. Jetzt aber hatte jemand die Kamera ausgeschaltet. Der Babalorisha glaubte deshalb, Akono wolle sich der Verantwortung entziehen. Er würde umgehend Maßnahmen ergreifen, um ihn zu Fall zu bringen.
»Und du glaubst das?«, fragte Alexa erstaunt. »Das ist doch nichts als Hexenglauben!«
»Es wirkt. Ich fühle. Alle Kraft raus!«
»Du bist einfach erschöpft vom Spiel. Das ist völlig normal. Morgen sieht die Welt wieder anders aus.«
»Du hast null Ahnung!«

»Ich bring dich jetzt zu van Nissen. Da legst du dich ins Bett und schläfst erst mal richtig aus. Und morgen reden wir weiter!«
Obwohl Akono resigniert den Kopf schüttelte, hakte Alexa ihn unter. Sein Körper fühlte sich vollkommen kraftlos an.
»Jetzt reiß dich mal zusammen. Ich helf dir ja!«
Er legte den Arm um ihre Schulter, sie zog ihn eng an sich und so gingen sie langsam los.
Keiner von beiden bemerkte Ben, der sie aus einiger Entfernung beobachtete. Und auf einmal fühlte sich Ben ebenso kraftlos wie Akono. Offensichtlich ging Alexa bereits mit Akono. In aller Öffentlichkeit. Das war hart, das war unbarmherzig, das war ungerecht. Ben wurde schwarz vor Augen.

Protest

Ben hatte sich freiwillig einen Platz in der ersten Reihe gesucht. Armin fragte, ob er irgendwie sauer sei. Alexa zuckte ratlos mit den Schultern. Frau Beck lächelte, hatte jedoch auch keine Erklärung für dieses Verhalten. Zumal Ben keine Anstalten machte, sich am Unterricht zu beteiligen. Er saß vorne und schaute ins Leere.
»Kommst du heute zum Training?«, simste Armin ihm und merkte dann, dass Ben nicht mal sein Handy im Auge hatte. Und das, obwohl im Unterricht absolutes Handyverbot herrschte und es deshalb auf lautlos gestellt und im Auge behalten werden musste.
»Weiß jemand, was mit Akono ist?« Frau Beck schaute zu Alexa.
Bens Magen knurrte so laut, dass seine Tischnachbarin Ayşe erstaunt zu ihm hinüber schaute. Schnell drückte er beide Arme gegen den Bauch. Ein wildes Tier biss ihm in die Eingeweide, so dass er mit einem leichten Stöhnen zusammensackte.
»Dem Ben ist, glaub' ich, nicht gut!«, sagte Ayşe.
»Ben?«, fragte Frau Beck.
»Geht schon«, würgte er hervor und streifte dabei Alexa mit einem Seitenblick. Sie sah fertig aus, aufgewühlt. Wusste sie, was mit ihm los war? Bedauerte sie vielleicht bereits, sich mit Akono eingelassen zu haben?
»Ich mache mir ehrlich gesagt Sorgen. Gestern war er schon total neben der Spur«, sagte Alexa.
»Stimmt das?«, wandte sich Frau Beck wieder Ben zu.
Der zuckte erst mit den Schultern, dann nickte er. Gut ging es ihm wahrlich nicht.
»Ich meine Akono. Der ist regelrecht zusammengeklappt! Jemand hat ihm sein Amulett geklaut«, erklärte Alexa. »Ich glaube, er braucht unsere Hilfe!«

»Deine Hilfe meinst du!«, zischte Ben unbeabsichtigt laut und löste damit heitere Reaktionen aus. Klar: Alle wussten längst, was zwischen Akono und Alexa lief. Alle außer ihm. Er hatte sich immer wieder von ihr einwickeln, benutzen, hinters Licht führen lassen. Wenn er jetzt nicht in seiner Wut und Trauer versinken wollte, musste er das Unmögliche tun: Alexa vergessen!

Zum Training erschien van Nissen nicht. Ben störte das nicht weiter. Er hatte auch keine Lust, mit den anderen über das »geniale Spiel« zu reden. Wenn er ehrlich war, hatte er nicht einmal Lust zu trainieren. Die ganze Welt konnte ihm gerade mal so den Buckel runter rutschen. Eigentlich war er nur gekommen, weil er Armin nicht hatte absagen wollen. Das hätte nur zu unangenehmen Fragen geführt.

Ben hatte sich bereits wieder umgezogen und wollte gerade nach Hause gehen, um dort mit ausgedehnten PC-Ballerspielen seinen Frust loszuwerden, als Alexa auftauchte.

»Sie haben Akono abgeholt!«, stieß sie hervor.

Alle sahen sie entsetzt an. Ohne Akono würden sie gleich wieder absteigen.

Nur Ben richtete die Nachricht auf. »Jetzt mal ganz ruhig! Akono hatte doch die offizielle Erlaubnis, mit uns zu trainieren.«

»Das hab ich auch gedacht!« Alexa sah Ben so verzweifelt, so hilfesuchend an, dass er augenblicklich vergaß, dass er sie eigentlich hatte vergessen wollen.

»Akonos Angaben stimmten nicht, haben sie gesagt. Er ist gar nicht direkt in Frankfurt gelandet, sondern erst in Brüssel«, stammelte Alexa.

Ben erfasste die Lage blitzschnell. »Dann hat er ja auch uns glatt belogen!«, stellte er fest und machte ein zerknirschtes Gesicht.

Alexa kämpfte mit den Tränen und nickte. Der Vertrauensverlust wog offenbar schwer für sie.

»Was können wir tun?«, fragte Ben etwas scheinheilig.

Alexa schluckte die Tränen runter: »Van Nissen sagt, er hat alles versucht, sein Anwalt auch, aber bei Falschaussagen und Einreise über ein Drittland gibt es kaum eine Chance.«

»Das musst du uns erklären.«
»Akono soll wegen dieses geklauten Amuletts wie ausgewechselt gewesen sein, hat van Nissen erzählt. Er ist über eine stark befahrene Straße gegangen, ohne links und rechts zu schauen. Geradewegs der Polizei in die Arme. Die hat seine Papiere kontrolliert. Weil Akono nicht richtig kooperieren wollte, haben sie ihn dem Bundeskriminalamt übergeben. Die Beamten dort haben seine Fingerabdrücke genommen und die Daten durch die europäische Datenbank Eurodac gejagt. Aus Belgien kam die Rückmeldung, dass Akono dort mit einem Vertrag vom Klub KSK Beveren in Ostflandern und gefälschten Papieren am Flughafen Brüssel eingereist war. Für das BKA war klar, dass Akono nach Belgien abgeschoben werden musste.«
»Ist er also in Belgien?«, fragte Armin. »Dann hat er ja gute Chancen, zurückzukommen, oder?«
Alexa schüttelte verzweifelt den Kopf. »Belgien wäre nicht schlimm gewesen. Aber leider hat Akono bei seiner Einreise in Brüssel die Adresse seiner Familie in Oshogbo angegeben. Dorthin wollen sie ihn abschieben.«
»Das ist eine Sauerei!« Ben wunderte sich im gleichen Moment über seine Worte.
»Das ist es! Und wir müssen ihn da raushauen. Aber wie? Wir als Jugendliche ...«, stammelte Alexa traurig.
»Du bist ja eine richtige Schwarzseherin. Und ich dachte, du wärst unsere Aktivistin, nie verzagt und immer an vorderster Front! Oder gilt das nur fürs Reden und nicht fürs Tun?« Ben spürte Rückenwind, fühlte sich sicherer, selbstbewusster. Er hatte bisher einfach zu viel Respekt vor Alexa gehabt. Jetzt, wo es Probleme gab, zeigte sich, dass auch sie nur mit Wasser kochte. Sie waren auf Augenhöhe und er wollte sich zukünftig von ihr nichts mehr vormachen lassen. »Wenn wir zusammenhalten, versetzen wir Berge. Wie beim genialen Qualifikationsspiel!«, verkündete er vollmundig und erschrak selbst etwas. An dieses Selbstbewusstsein musste er sich erst gewöhnen. Mit Tränen in den Augen fiel Alexa Ben um den Hals, hielt ihn lang umarmt, und Ben wollte selig die Augen schließen. Stattdessen tätschelte

er ihr den Rücken. Alexa konnte die Tränen nicht länger zurückhalten, weinte in seine Jacke hinein und löste sich nur sehr langsam von ihm. Ohne die anderen anzusehen, verschwand sie auf der Mädchentoilette.

»Wir, die Schüler der 8. Klasse der Albert-Schweitzer-Schule, sind zutiefst schockiert. Gerade erst ist Akono aus Nigeria zu uns gekommen, gerade erst haben wir ihm etwas Deutsch beigebracht und gerade erst hat er unserer Nachwuchsmannschaft mit einer herausragenden fußballerischen Leistung zur Qualifikation verholfen, da reißt man ihn aus unserer Klasse, verschleppt ihn nach Belgien und will ihn jetzt nach Nigeria abschieben. Dabei steht eindeutig in unserem Grundgesetz, Artikel 1, Absatz 2: ›Das deutsche Volk bekennt sich zu unverletzlichen und unveräußerlichen Menschenrechten als Grundlage jeder menschlichen Gemeinschaft.‹ Wir, die Schüler der 8. Klasse der Albert-Schweitzer-Schule, sind nicht bereit, diese Missachtung der Menschenrechte hinzunehmen. Insbesondere weil Akono nach eigenen Angaben noch nicht volljährig ist. Solange das Grundgesetz derart gebrochen wird, brechen wir, die Schüler der 8. Klasse der Albert-Schweitzer-Schule, ebenfalls das Gesetz und kommen unserer Schulpflicht nicht länger nach!«
In der Klasse herrschte eine unfassbare Stille.
»Ist das von dir?«, fragte Frau Beck.
Ben nickte.
»Hat Alexa dir das diktiert?«
Alexa schüttelte den Kopf: »Hätte ich nicht halb so gut hingekriegt!«
»Wenn das aus deiner Feder stammt, muss ich deine Deutschnote deutlich nach oben korrigieren!«
Frau Beck erntete dafür beipflichtendes Gemurmel. Alle waren begeistert von Bens Text. Fast alle. »Aber das mit dem Schulstreik, das meinst du nicht wörtlich, oder?«, schob Frau Beck schnell nach.
»Alles meine ich so, wie ich es geschrieben habe!«
»Aber mit einem Schulstreik schadet ihr euch nur selbst!«

»Wir fühlen uns an Gesetze, die von den Behörden missachtet werden, ab jetzt nicht mehr gebunden. Wir sind bereit, dafür den Schaden in Kauf zu nehmen. Wir verzichten auf unser Recht auf Bildung, um unserem Freund, Mitspieler und Klassenkameraden Akono diese Bildung zu ermöglichen. Wir streiken ...«

»Halt, langsam!«, fiel Frau Beck Ben ins Wort. »Das meint ihr doch nicht ernst!«

»Dooooch!«, schallte es im Chor zurück.

»Das war einsame Spitze«, flüsterte Alexa Ben zu.

Ben setzte sich, denn er fühlte, dass er sein Ziel erreicht hatte.

»Akono hat alles für unseren Fußballverein gegeben. Jetzt ist es an uns, ihm etwas zurückzugeben ...«

»Das haben wir inzwischen verstanden!« Jeder konnte spüren, dass Frau Beck in einem schweren Gewissenskonflikt steckte.

»Sie haben uns immer dazu angehalten, den Schwachen beizustehen! Und jetzt gilt das nicht mehr?«, fragte Ayşe empört.

»In Deutschland gilt die Schulpflicht. Und ich als Lehrerin bin verpflichtet, sie durchzusetzen. Das gehört zu meinem Beruf«, versuchte Frau Beck sich zu verteidigen. »Also gut. Ich schlage einen Kompromiss vor: Wir behandeln im Unterricht die Flüchtlingspolitik der Europäischen Gemeinschaft unter besonderer Berücksichtigung des Schicksals unseres Klassenkameraden Akono. Im Gegenzug verzichtet ihr auf den Streik.«

Ihre Worte gingen in einem allgemeinen Protestgeschrei unter.

»Das wird Akono kein bisschen helfen! Damit verzichten wir doch auf jedes Druckmittel! Ohne Schulstreik wandert Bens Protestbrief gleich im Papierkorb des Innenministeriums!«

»Also gut, also gut!«, rief Frau Beck. »Dann laden wir zur nächsten Deutschstunde die Presse ein und gehen gemeinsam zur Ausländerbehörde, um unser Protestschreiben zu übergeben.«

»Unser Protestschreiben?«, rief Alexa. »Bisher ist das nur Bens Protestschreiben. Ich setz allerdings meinen Namen drunter. Und wer noch unterschreiben will, soll das tun ... Und Sie, Frau Beck? Unterschreiben auch Sie?«

Frau Beck zögerte. »Ich kann doch nicht als Lehrerin den Aufruf zu einem Schulstreik unterschreiben!«

»Dann unterschreiben Sie privat!«, meinte Alexa.
Frau Beck nickte und unterschrieb.
Am Ende der Stunde prangten fast alle Unterschriften unter Bens Schreiben. Fast, denn im allgemeinen Aufruhr ging unter, dass Armin nicht unterschrieben hatte.

Auf dem Schulhof holte Ben gleich den Ball. Sein Erfolg in der Klasse, aber mehr noch seine Versöhnung mit Alexa, die Erinnerung an die lange Umarmung, all das beflügelte ihn. Es wäre allerdings eher unpassend gewesen, jetzt, wo alle sich dem fast aussichtslosen Kampf um Akonos Bleiberecht verschrieben hatten, vergnügt über den Schulhof zu stolzieren. Deshalb wollte er seine Genugtuung lieber am Fußball austoben. Doch niemand wollte mitspielen, nicht einmal Armin.
»Was ist mit dir?«, fragte Ben.
»Keinen Bock!«
»Gibt's da einen Grund?«
»Ja!«
»Könnte man den vielleicht erfahren?«
»In meinen Augen seid ihr alle komplett abgedreht. Dabei waren wir uns doch einig, dass dieser Akono der größte Angeber weit und breit ist.«
»Das ist er immer noch.«
»Und warum wollen ihn dann alle unbedingt zurückholen?«
»Weil ... weil es einfach unfair ist, jemanden ohne triftigen Grund aus der Klasse zu reißen und abzuschieben.«
»Ohne triftigen Grund? Ist sein Angebergetue, wie er Alexa anmacht, dass er auf deiner Position im Verein spielt und ich jetzt auf der Bank sitze, ist das alles kein triftiger Grund?«
»Nein!«
»Und dass du in letzter Zeit nicht mehr ansprechbar warst, nicht mal mit trainiert und total frustriert aus der Wäsche geguckt hast? Alles vergessen?«
»Ja!«
»Dann rutsch mir doch den Buckel runter!«, zischte Armin wütend, drehte sich um und ging.

Nachricht aus der Finsternis

»Du bist ein scheiß Betrüger!«, simste Alexa Akono. Es war die x-ste SMS und sie hatte keine Ahnung, ob er überhaupt noch ihr iPhone besaß. Eigentlich sollte sie aufgeben. Aber sie konnte nicht einfach zum nächsten Film übergehen, dabei gäbe es Stoff genug. Zum Beispiel der Streik.

Frau Beck hatte die Eltern informiert, dass die Klasse aus einer durchaus berechtigten Empörung heraus nicht mehr zur Schule kommen wollte. Die Eltern sollten auf ihre Kinder einwirken, mit ihnen sprechen, sie dazu bewegen, wieder in die Schule zu kommen. Sie selbst wolle ihren Teil zum Dialog beitragen, im Unterricht das Thema »Flüchtlingspolitik« und »Unbegleitete minderjährige Flüchtlinge« intensiv behandeln. Dazu müssten die Kinder aber zum Unterricht erscheinen. Sie bitte deshalb die Eltern eindringlich, dafür zu sorgen.

Die Reaktionen der Eltern waren gemischt. Die einen überließen ihren Kindern selbst, ob sie in die Schule gingen. Die anderen aber zeigten in hitzigen Telefonaten keinerlei Verständnis dafür, dass ein rechtmäßig abgeschobener Flüchtling derart den Unterricht bestimmen konnte. Vielen Eltern waren die Noten ihrer Kinder wichtiger als die Not eines jungen Nigerianers.

Beck ließ sich nicht irritieren. Sie machte die Flüchtlingspolitik im Allgemeinen und den Fall »Akono« im Besonderen zum Unterrichtsthema. Ein Unterricht, der zunächst nur vor Zweidrittel der Klasse stattfand. Doch selbst die entschlossensten Streikbefürworter, zu denen natürlich Ben und Alexa zählten, mussten schließlich einsehen, dass sie auf verlorenem Posten standen. Zumal sie neugierig darauf waren, wie die Diskussion im Unterricht verlief. Und ob es bereits eine Antwort des Innenministeriums auf Bens Protestschreiben gab. Alexa hoffte inständig, das Ministerium gäbe etwas über Akonos Aufenthalt preis. Sie malte sich aus, es hätte den Fall aufgrund ihres Schülerprotestes noch einmal überprüft und Akono die Wiedereinreise gewährt. Vielleicht saß Akono bereits wieder im Klassenzimmer, während sie noch streikten ...

Ben musste sich erst daran gewöhnen, dass ihm Armin auf dem Schulhof nicht mehr entgegenkam, ihn nicht suchte, keine Lust hatte, mit ihm zu kicken und ihn nicht einmal mehr grüßte, wenn er ihn endlich zu Gesicht bekam. Wer nicht will, der hat schon!, dachte Ben und ignorierte Armin, so gut es ging. Immerhin sprach Alexa mit ihm. Das war das Wichtigste. Doch auch sie hatte sich verändert. Zum ersten Mal seit Menschengedenken schleppte sie ihre Kamera nicht mit in die Schule.

»Vergessen«, behauptete sie.

»Vergessen? Das kannst du mir nicht erzählen!«

»Dann eben: Keine Lust. Gibt sowieso nix Interessantes aufzuzeichnen. Und unsern Film kann ich eh in die Tonne treten!«

»Du musst den Film doch nicht gleich einstampfen, nur weil Akono weg ist. In dem Film geht es ja auch um uns und den FC: *Schulhofkicker auf dem Weg zu den Profis* oder so.«

»Mit dir in der Hauptrolle, nehme ich an.«

»Die Hauptrolle kriegt der objektiv beste Spieler. Wie wär's zum Beispiel jetzt mit einem kleinen Spiel, über das du berichtest?«

»Wer will so was noch sehen?«

»Ich würd' mir den Film ansehen.«

»Ist doch immer dasselbe. Hattrick oder nicht. Traumpass oder Fehlpass.«

»Ich dachte, du brauchst den für die Medien-AG?«

»Ich frag mich ehrlich, ob ich mit dem Filmen überhaupt etwas bewirken kann.«

Ben wollte sich von Alexas mieser Laune nicht runterziehen lassen. Beim nächsten Spiel würde sie bestimmt wieder einsteigen. Unmöglich, dass sie ihre Gewohnheiten so schnell ablegte. Unmöglich, dass sie plötzlich all ihre Ideale und den großen Film über Bord warf. Nein, er kannte sie besser. Sie war momentan down, keine Frage. Das mit Akono hatte sie ziemlich mitgenommen. Und er wollte sie nicht mit weiteren Vorwürfen niedermachen, sondern ihr zurück in ihr gewohntes Leben helfen. Nichts, so dachte Ben, würde sich dafür besser eignen, als ein gutes Fußballspiel, bei dem es ihr in den Fingern juckte und sie bereute, ihre Kamera nicht mitgebracht zu haben.

Ein Problem kommt jedoch selten allein. Als die üblichen Verdächtigen sich auf dem Schulhof zusammenfanden, um zwei Mannschaften zu bilden, fehlte Armin, Bens genialer Passgeber.

»Wer nicht will, der hat schon!«, sagte Ben noch einmal und wollte gerade mit einer neuen Mannschaftsaufteilung beginnen, als Armin doch noch auftauchte. Er kam nicht alleine. Hinter ihm standen ein paar schräge Typen aus den Klassen 9 und 10. Ziemliche Brecher, nicht sehr sportlich, aber mit allen Wassern gewaschen. Alle rauchten, obwohl das auf dem Schulhof verboten war.

»Wir sind dabei!«, erklärten sie.

»Hier spielen die Achtklässler!«, sagte Ben, aber das interessierte sie nicht.

Sie wollten mitspielen – und zwar mit Armin gegen den Rest der Achtklässler. Jedenfalls gegen die, die sich trauten.

Alle Augen ruhten auf Ben, der nicht recht wusste, was von ihm verlangt wurde. In diesem Moment sah er Alexa aus dem Augenwinkel. Er nickte. Da musste er nun durch. Und was auch immer passieren würde, es war geeignet, dass Alexa darüber berichtete.

Bens Vorahnungen bewahrheiteten sich rasch. Kaum hatte er mit ein paar schnellen Haken den Brechern, die gerade ihre Kippen weggeworfen hatten, den Ball abgenommen, wurde er bereits von hinten schwer gefoult. Der Stiefel eines Dicken trat ihm brutal in die Hacken.

»Foul!«, schrie Ben am Boden liegend und hielt sich den getroffenen Fuß.

»Vorteil!«, witzelte der Dicke. Und als Ben protestierte, trat er nach. Traf Ben im Magen.

Ben krümmte sich, aber das schien dem Dicken nichts auszumachen. Er verpasste Ben weitere Tritte, als ob Ben der Ball wäre. Ben versuchte sich zu schützen, so gut es ging.
»Halt!«, erklang da Frau Becks Stimme. Alexa hatte sie geholt. Noch nie hatte sich Ben so über die Anwesenheit eines Lehrers gefreut.
»Wir spielen doch nur!« Der Dicke grinste.
»Die haben es auf Ben abgesehen!«, rief Alexa, während Frau Beck zwischen Ben und die Brecher trat und Ben aufhalf.
»Bist du verletzt?«
Ben schmerzten Ferse, Magen und Kopf. Er schmeckte Blut. »Schon in Ordnung«, murmelte er und sah Alexa dankbar an.
»Der Bimbo kommt dahin, wo er hingehört, kapiert?«, zischte der Dicke. Dann verzogen sich Armins neue Freunde und Armin folgte ihnen, ohne sich ein einziges Mal nach seinem alten Freund umzudrehen.
»Was wollten die eigentlich von dir?«, fragte Alexa, nachdem Frau Beck gegangen war.
»Keinen Schimmer!«, sagte Ben. »Jedenfalls steckt Armin mit denen unter einer Decke.«
»Ich kann mir denken, was er hat«, überlegte Alexa. »Er hat von Akono das Amulett ›ausgeliehen‹, so wie meine Speicherkarte. Und jetzt, wo er sieht, was er angerichtet hat, quält ihn das schlechte Gewissen!«
»Möglich!«, brummte Ben.
»Morgen bringe ich die Kamera wieder mit. Für den Fall, dass die Blödmänner noch mal auftauchen.«

Alexa lag auf dem Bett und schaute sich auf dem Display ihrer Kamera Ausschnitte des Films an, den es nie geben würde. Ein Interview mit Akono. Sie hatte den Ton leise gedreht, da schrillte ihr Handy.
»Akono!«, rief sie Ben zu, der gekommen war, um sie aufzumuntern. Sie schaltete auf Lautsprecher. Die Telefonverbindung war miserabel, die verzerrte Stimme klang, als telefoniere sie mit einem Wesen von einem anderen Stern.

»Ich versteh dich sehr schlecht. Wo bist du?«
»Lagos!«, krächzte es.
»Ist das in Belgien?«, schrie Alexa und schämte sich für ihre Kopflosigkeit. Dass Lagos nicht in Belgien lag, wusste niemand besser als sie.
»Du bist sauer!«, zirpte Akonos Stimme.
»Klar bin ich sauer! Du hast alle belogen: Wie kann ich dir jemals wieder vertrauen? Du hast allen einen Bären aufgebunden, als du von deinem Flug von Nigeria nach Deutschland erzählt hast. Und ich habe deine Falschinformationen sogar mit deinem Wissen in den Film eingebaut und stehe jetzt wie ein Trottel da. Wie soll ich da nicht sauer sein?«
Doch Ben spürte, dass sie jetzt, wo sie Akono am Telefon hatte, nur erleichtert war.
»Lass mich erklären.« Und dann begann Akono eine ellenlange Erklärung darüber, dass der Scout Richard ihn damals zum Klub KSK Beveren in Ostflandern gebracht hatte. Dort habe Akono zu trainieren begonnen, aber auf Umwegen erfahren, dass der Club pleite war. Nach zwei Wochen warf man ihn dort raus. Angeblich wegen zu schwacher Leistungen. Akono wandte sich wieder an Richard. Der erklärte ihm, dass er keinen anderen Club für ihn habe. Akono müsse sich jetzt selbst hocharbeiten. Ohne Sprachkenntnisse würde er allerdings keine Arbeit finden, ohne Arbeit hätte er keine Unterkunft und nichts zum Leben. Das meiste Geld könne man in Deutschland verdienen, deshalb sollte er am besten Deutsch lernen. Wenn er aber nach Deutschland ginge, müsse er unbedingt behaupten, direkt von Nigeria nach Deutschland geflogen zu sein. Sonst würde man ihn wieder nach Belgien abschieben und von Belgien nach Nigeria. Richard besorgte Akono dann ein Flugticket und erklärte ihm, dass das leider das Letzte sei, was er für ihn tun könne.
»Okay!« Alexa wurde unruhig, weil er ihr all diese Dinge erzählte und das Guthaben auf ihrem alten iPhone bald aufgebraucht sein würde, dabei hatten sie noch nicht über die wichtigste Frage gesprochen: Wie sollte es weitergehen?
»Fahre Oshogbo, rede mit Balè. Muss helfen.«

»Der Balè?«, stotterte Alexa.
Ben erinnerte sich an das Interview. Der Balè war der Chef des Viertels, in dem Akonos Eltern in Oshogbo wohnten. Er hatte das Geld für Akonos Ausreise eingesammelt.
»Wie kann der Balè helfen?«, fragte Alexa.
»Geld!«
»Wofür Geld?«
»Komme wieder zu Deutschland!«
»Nach Deutschland!«
»Klar, muss noch gut Deutsch lernen. Bei dir!«
»Super, klar bring ich dir Deutsch bei!«, rief Alexa ins Handy.
»Aber ... am Flughafen schieben sie dich gleich wieder ab...«
»Ich nicht fliege. Ich komme Auto!«
»Wow, das ist sehr weit!«
»Sehr! Deshalb brauch ich Amulett.«
»Ich glaub, das hat Armin geklaut. Der ist seither so seltsam.«
»Kannst du zurückholen und schicken?«
»Ich kümmere mich drum. Aber ich brauch deine Adresse!«
»Schicke ich SMS. Wenn Amulett hier, kann ich schaffen!«
»Ich melde mich, wenn ich es hab!«
»Great! Danke. Tschau!«
Das Gespräch war beendet. Alexa stiegen Tränen in die Augen. Ben hatte es gewusst: Der Fall Akono nahm sie mehr mit, als sie sich eingestehen wollte. Als Dokumentarfilmerin hätte sie den Fall abgeben müssen, denn ihr fehlte offensichtlich die Objektivität, auf die sie bisher so gepocht hatte.

Ein Artikel und seine Folgen

»Recht vor Gnade – Minderjähriger Flüchtling gnadenlos abgeschoben!«, prangte auf der Titelseite der Lokalzeitung, die Ben, Alexa und weitere Klassenkameraden auf dem Schulhof ausgebreitet hatten. Darunter ein Foto von Akono im Kreis der Klasse. *Alexa Vangelis* stand unter dem Foto.
Alexa tat so, als hätte sie die Unterschrift übersehen. Aber tief in ihrem Innern war sie stolz. Dies war das erste Foto von ihr, das veröffentlicht wurde.

»Ben D., Schüler der Klasse 8 der Albert-Schweitzer-Gesamtschule, hatte die Initiative ergriffen und alle waren sofort dabei. Die ganze Klasse droht mit Streik, falls ihr Mitschüler Akono M. aus der südnigerianischen Stadt Oshogbo nicht zurück in ihre Klasse darf. ›Uns sind die Hände gebunden, der Afrikaner war mit falschem Pass und unter falschen Angaben illegal aus Belgien eingereist‹, erklärte die zuständige Ausländerbehörde. Dabei hatte sich Akono gerade erst beim Lokalturnier als Spielmacher hervorgetan und war von Trainer und Funktionären als Nachwuchstalent gefeiert worden.
›Offensichtlich hat die Behörde hier Recht vor Gnade ergehen lassen, denn Akono ist noch nicht volljährig‹, empört sich die Klassenkameradin Alexa V., die Akonos Weg in den FC mit der Kamera begleitet hat. Sie weiß auch, dass der Nigerianer inzwischen in sein Heimatland abgeschoben wurde. Die Ausländerbehörde erklärte dazu einsilbig: ›Das liegt nicht in unserer Verantwortung‹.
›Es wurde einfach in Kauf genommen‹, kommentiert Alexa V.. Die Schüler haben in der Zwischenzeit den Schulbesuch wieder aufgenommen. ›Wir haben den Kampf gegen Akonos Abschiebung verloren. Aber nicht den Kampf um sein Bleiberecht. Wir fordern, dass man ihn zu-

rückkehren lässt‹, erklärt Alexa V., die in engem Kontakt zu dem jungen Mann steht. Sie sammelt Spenden, um ihm die sichere Rückkehr nach Deutschland zu ermöglichen. Das Ganze will sie in einem abendfüllenden Film für die Medien-AG der Albert-Schweitzer-Gesamtschule dokumentieren. Für dieses ehrgeizige Projekt und Akonos Rückkehr drückt die Redaktion beide Daumen.«

»Hey, cool!«, zischte Ben, den nicht kalt ließ, dass er in dem Artikel vorneweg erwähnt wurde.
Die anderen nickten. Sie waren zwar nicht namentlich erwähnt, aber ihre ganze Klasse erregte Aufsehen.
»Das ist nur ein kleiner Anfang«, sagte Alexa.
»Immerhin ein Anfang!«, erwiderte Ben. »Die Ausländerbehörde liest den Artikel und sieht, dass sie nicht alles machen kann. Und wir sammeln inzwischen Geld.«
»Das genügt nicht!«, beharrte Alexa.
»Aber mehr können wir nicht für ihn tun!«, sagte Ben. Und er wollte auch nicht mehr tun. Dass es Alexa gelingen würde, die Ausländerbehörde dazu zu bringen, ihren Entschluss rückgängig zu machen und einen bereits Abgeschobenen zurückzuholen, hielt er für vollkommen ausgeschlossen. Und niemals würden sie genug Geld für seine Rückreise zusammenkriegen. Das beruhigte ihn.
»Akono kommt zurück! Dazu braucht er keine Genehmigung«, erinnerte Alexa Ben.
»Das wird er kaum schaffen. Und selbst wenn er durchkäme: Wie könnte er hier leben, als Illegaler?«
»Klingt, als hättest du ihn schon aufgegeben«, fand Alexa.
Ben hielt ihr den Zeitungsartikel unter die Nase: »Schon vergessen, wer das alles hier eingetütet hat?«
»Okay, das warst du. Aber war das schon alles?«
»Nein, natürlich nicht!«
»Gut, denn ich habe einen Vorschlag: Wir unterstützen Akono auf seinem Weg und halten das in meinem Film fest: Ein Afrikaner legt den weiten Weg von Nigeria nach Deutschland zurück, nur um auf unserem Rasen zu spielen! Das ist doch ein Hammerthema! Wie findest du das?«

»Hmm ...«
»Nicht gut?«
»Das hab ich nicht gesagt.«
»Solltest du dich nämlich für das Projekt entscheiden, bitte ich dich um deine Mithilfe. Wir müssen den Kontakt halten, die Telefonate mitschneiden, wahrscheinlich Skype-Verbindungen abspeichern, Kommentare einsprechen ... All so was.«
»Klingt ganz interessant.«
»Wir schneiden den Film bei mir. Bist du dabei?«
»Schon überzeugt!« Ben konnte sich so viele Nachmittage neben Alexa nicht entgehen lassen.
Alexa plante weiter: »Als Erstes brauchen wir Akonos Amulett! Das ist das Wichtigste.«
»Das meinst du jetzt nicht ernst!«, fuhr Ben sie an. »Wenn Akono an diesen Zauberquatsch glaubt, ist das seine Sache. Wenn du auch noch damit anfängst, machen wir uns komplett lächerlich! Daraus kannst du doch keinen Film machen.«
»Ich will ja keine Suchmeldung in der Zeitung aufgeben. Wir müssen das Amulett selbst zurückholen und es Akono schicken.«
»Wie willst du das anstellen?«
»Wir wissen, wer es hat!«
»Der wird es uns wohl nicht freiwillig zurückgeben.« Ben versuchte, seine innere Unruhe in den Griff zu kriegen.
»Meine Speicherkarte hat er auch freiwillig zurückgegeben. Warum nicht das Amulett?«
»Auf mich hört er jedenfalls nicht mehr. Und dann diese Fettsäcke, die ihn beschützen. Mir reichen die Tritte in den Magen!« Ben warf einen Blick quer über den Schulhof. Dort, am Ausgang, sah er Armin. Armin rauchte wie seine ›neuen Freunde‹ und sie studierten die Lokalzeitung. Nachdem sie den Artikel gelesen hatten, zerknüllten sie die Zeitung und warfen sie in den Papierkorb.
»Wenn du nicht mit ihm redest, mach ich es«, entschied Alexa. »Ich muss ihn allerdings ohne seine Bodyguards erwischen. Ohne die ist er immer noch einer von uns.«
»Das bezweifle ich.«

»Lassen wir es auf einen Versuch ankommen!« Alexa sah Ben herausfordernd an.
»Okay, okay, ich red mit ihm«, willigte Ben ein.

Klar, dass es keinen Sinn hatte, mit Armin zu reden, überlegte Ben auf dem Heimweg. Es wäre also nicht verkehrt, wenn Armin noch eine Weile mit seinen Fettwänsten rumhing und niemand wagte, ihn auf das Amulett anzusprechen.
Als ob seine Gedanken öffentlich gewesen wären, trat ihm Armin in den Weg: »Hallo!«
»Hallo! Heute ohne Fettsäcke unterwegs?« So schnell würde Ben die Magentritte nicht vergessen. Keinen Finger hatte Armin für ihn gerührt!
Statt einer Antwort erschienen zwei der Schläger hinter Armin. Sie grinsten.
Ben machte eine schnelle Drehung, um bei der Flucht einen Vorsprung rauszuholen. Doch hinter ihm tauchten weitere Schläger auf. Er saß in der Falle.
»Du hast es offenbar nicht kapiert: Der Bimbo bleibt im Bimboland!«, zischte einer der Schläger.
»Was hab ich mit dem Bimbo zu schaffen?«, stieß Ben hervor. »Meint ihr, ich finde den toll?«
»In der Zeitung steht, du willst ihn zurückholen!«
»Ich?«
»Wer hat dann den bescheuerten Brief an die Ausländerbehörde geschrieben?«
»Den haben alle unterschrieben!«
»Willst du uns verarschen? Du hast ihn geschrieben, Blödmann!«
»Lasst mal, Jungs! Den Brief hat er nicht für Akono geschrieben. Ben findet Akono genauso bescheuert wie wir. Das hat er nur für Alexa getan! In die ist er so verknallt, dass sein Gehirn manchmal aussetzt. Er merkt nicht einmal, dass sie voll auf Akono steht.«
»Stimmt das?«
Ben war vollkommen überrumpelt, nickte nur.
»Dann reden wir vielleicht mal mit dieser Alexa«, erklärte der Schläger und drehte ab. Die anderen folgten ihm. Nur Armin war-

tete noch einen Augenblick und klopfte Ben auf die Schulter: »Wieder ganz der Alte!«
Dann lief er hinter seinen neuen Freunden her, während Ben ihm sprachlos nachschaute: War das ernst gemeint oder zogen die Jungs eine Show ab? Und plötzlich bereute er zutiefst, sich nicht sofort in eine Schlägerei gestürzt zu haben, selbst wenn er dabei jämmerlich untergegangen wäre. Ein paar Prellungen oder Schlimmeres wären besser gewesen, als Alexa zu verraten.

Schlechte Nachricht

»Schlechte Nachricht« hatte Akono in einer Mail geschrieben. Alexa hatte sie ausgedruckt und gemeinsam mit Ben zu entschlüsseln versucht. Die vielen Interviews, die sie mit ihm gemacht hatte, halfen dabei.
Akono schrieb, er habe mit dem Taschengeld, dass sie ihm in Belgien für die Heimreise gegeben hatten, ein Sammeltaxi bezahlt. Damit verließ er die höchst gefährliche und absolut chaotische Stadt Lagos Richtung Oshogbo. Ständig standen sie im Stau und alle befürchteten, überfallen zu werden. Sie zuckten zusammen, wenn einer der Straßenhändler an die Autoscheibe klopfte oder einer der zahllosen Bettler ihnen die von Lepra verkrüppelte Hand entgegenstreckte. Dann endlich erreichten sie die Stadtgrenze und kamen auf der Autobahn gut voran. In Ibadan endete die Autobahn und sie fuhren durch das unfassbare Verkehrschaos dieser Millionenstadt. Ein paar Fahrgäste stiegen aus, weitere quetschten sich zu ihnen hinein. Akono klebte an der Scheibe. Er vertrieb sich die Zeit damit, mit dem Handy Aufnahmen zu machen, die er später nach Deutschland schicken würde.

Eine Landstraße. Rechts und links nur Busch. Am Straßenrand halten Kinder tote Tiere am Schwanz in die Höhe.
»Hmm, bushmeat.« Eine Stimme aus dem Hintergrund. Dann andere aufgeregte Stimmen. Die Straße ist wie leergefegt. Der Fahrer wird mit jedem Meter unruhiger, verlangsamt die Fahrt, kriecht schließlich nur noch vorwärts. Seine Unruhe überträgt sich auf die Fahrgäste.
»What is going on here?« Akonos Stimme direkt hinter der Kamera. Das Gemurmel wird lauter, schließlich schreien alle durcheinander,

der Fahrer wendet und fährt mit hoher Geschwindigkeit wieder Richtung Lagos.
»What are you doing?« Akono protestiert. Für ein neues Taxi nach Oshogbo hat er kein Geld, und dass der Taxifahrer ihm das Fahrgeld zurückgibt, ist ausgeschlossen. Da überholt sie ein Kleinbus, aus dem die Insassen fröhlich winken. Ein Aufatmen geht durch ihr Taxi, der Fahrer wendet und fährt mit hohem Tempo Richtung Oshogbo.
»Why?« Akono fragt, was diese Wendemanöver zu bedeuten haben. Zunächst will ihm keiner Auskunft geben.

Die dicke Yoruba-Frau neben ihm, die ihn so einquetschte, dass sein Arm bereits kurz nach der Abfahrt eingeschlafen war, erklärte ihm schließlich, dass schwer bewaffnete Banditen öfter die Durchfahrtstraßen blockierten und alle Fahrgäste ausraubten. Manchmal waren es Banden, häufig aber auch Soldaten, die auf diese Weise ihren Sold eintrieben. Entdeckten die Banditen ein Taxi auf der Flucht, würden sie sofort das Feuer eröffnen, damit niemand Hilfe holen konnte. Die Yoruba-Frau schien Gefallen an dem alleinreisenden Jungen zu finden, denn sie redete ohne Punkt und Komma weiter. Er erfuhr, dass sie mit Batik-Stoffen handelte, die sie preiswert in Lagos einkaufte und in Niger gewinnbringend verkaufte. Das sei deshalb günstig, weil das nigerianische Geld, der Naira, ständig an Wert verliere. Die nigerianische Regierung lasse einfach Geld nachdrucken, um die Korruption bezahlen zu können. Der Franc in Niger aber sei stabiler, weil er an den Wert des Französischen Franc gebunden sei. Akono interessierte das nicht sonderlich. Aber in Nigeria haben sich Jugendliche den Alten zu fügen, und so hörte er zu, nickte und sagte »Ja« und »Aha« und »Interesting!«. Und dann, völlig unvermittelt, fragte die Frau, die mehr auf als neben ihm saß und ihm in jeder Kurve die Luft abdrückte, wohin er unterwegs war.
»Oshogbo.«
»Was willst du da?«
Und dann erzählte er ihr die ganze Geschichte, angefangen bei Richard, weiter mit dem Balè und dem Besuch beim Babalorisha,

dem Flug nach Belgien, dem Rausschmiss beim dortigen Fußballverein, dem Flug nach Frankfurt, der Schule und schließlich der Abschiebung nach Lagos.
Alle im überfüllten Bus hörten aufmerksam zu und dann sagte die dicke Frau: »Der Babalorisha hat dir etwas gegeben, stimmt's?«
»Nnnnja!«
»Wo ist es?«
»Weg!«
»Was sagst du?«
»Geklaut!«
»Junge, du bist wahnsinnig! Du willst ohne Geld und ohne das Amulett vom Babalorisha nach Hause kommen? Das ist nicht dein Ernst, oder?!«
Auch die übrigen Fahrgäste gaben empörte Kommentare ab. Alle redeten auf ihn ein und alle sagten dasselbe: »Geh auf keinen Fall ohne Geld und das Amulett vom Babalorisha nach Hause!«
Die Frage, was sie mit ihm machen würden, wenn er ohne Geld und Amulett nach Oshogbo käme, stellte sich Akono schon lange. Dass die Yoruba-Frau sie jetzt derart öffentlich zur Sprache brachte, war ein Schock. Schlagartig wurde ihm bewusst, dass er sich so in Oshogbo nicht blicken lassen konnte.

»Was willst du jetzt tun?«, schrieb Alexa. »Und wie können wir dir helfen?« Gut, dass Akono so freimütig berichtete und sie sein Vertrauen genoss. Solange dieser dünne, virtuelle Faden sie miteinander verband, war nichts verloren. Doch es kam keine Antwort. Nach zehn Minuten nicht, nach einer halben Stunde nicht, tagelang nicht. Nichts!

Alexa kämpfte gegen ihr Misstrauen an. Das musste sie Ben gestehen. Schrieb Akono wirklich aus Nigeria oder tischte er ihr eine neue Geschichte auf, während er vielleicht gemütlich in Belgien saß? Das waren dunkle, durch nichts gerechtfertigte Zweifel. Aber sie nagten an ihr. Wie wollte sie in Zukunft mit Akonos ›Berichten‹ umgehen – gutgläubig oder misstrauisch?

Mit Misstrauen kam sie nicht weiter, da konnte sie den Kontakt gleich beenden und den Film vergessen. Nein, sie wollte Akono glauben, bis ihr Glaube widerlegt wurde.

Nach tagelanger Funkstille schickte Ben ihr eine Nachricht. Er habe etwas Wichtiges für sie und müsse sie treffen, schrieb er.
»Wo und wann?«
»Am besten gleich. Kannst du zum Training kommen?«
Alexa hatte keine Lust, wollte ihren Mail-Eingang im Auge behalten.
»Können wir das verschieben?«, schrieb sie.
»Ich hab das Amulett!«
»Echt?! Wo war es?«
»Kommst du?«
»Mache mich sofort auf die Socken!«
»Ich warte vor der Umkleide.«

Am Rand des Fußballfeldes hingen die Typen herum, die Ben gefoult hatten. Sie rauchten und tranken Bier. Sie hatten Alexa bereits bemerkt und redeten offensichtlich über sie.
Alexa dachte nur an Akono und daran, dass sie ihm etwas Wunderbares vermelden konnte: Sein Amulett war wieder da!
»Da bist du ja endlich!«, empfing Ben sie genervt.
»Was machen denn Armins Saufkumpane hier?«
»Sind mit Armin gekommen.«
»Anscheinend seine Bodyguards.«
»Kann schon sein.«
»Machst du dir Sorgen?«
»Nö!«
»Haben sie gesehen, wie Armin dir das Amulett gegeben hat?«, fragte Alexa nervös.
»Armin hatte das Amulett nicht!«
»Wer dann?«
»Niemand!«, log Ben und versuchte dabei Alexa nicht in die Augen zu schauen.
»Wie meinst du das?«

»Das Amulett hat Akono in der Umkleide verloren. War scheint's so aufgeregt, dass er's nicht geschnallt hat. Lag jedenfalls unter der Bank.«
»Da habt ihr doch alles abgesucht!«
»Offenbar nicht genug ... Jetzt haben wir es jedenfalls!« Ben gab ihr das haarige Ding, froh, es endlich los zu sein.
»Wie können wir Akono das Amulett am schnellsten zurückgeben?«
»Schick es ihm nach Oshogbo zu seinen Eltern.«
»Da will er nicht hin.«
»Woher weißt du das?«
»Von Akono.« Alexa wartete Bens Reaktion nicht ab, packte das Amulett in ihre Jackentasche und machte sich auf den Heimweg. Es wunderte sie nicht, dass Ben nicht mitkam. Sie ahnte, wie weh sie ihm tat, aber sie konnte nicht anders.

»Können wir den Aufruf auch unterschreiben?«
Alexa fuhr herum. Armins ›Freunde‹.
»Ich bring morgen die Unterschriftenliste mit in die Schule«, stieß sie hervor.
»So lange können wir leider nicht warten!«, grunzte der Anführer und streckte die Hand aus, um Alexa festzuhalten.
Später, als Alexa Ben davon erzählte, fragten sie sich, wie alles so schnell hatte passieren können. Diese blitzartige Reaktion. Wie es sein konnte, dass sie, die sich noch nie auf körperliche Auseinandersetzungen eingelassen, die nie Selbstverteidigung gelernt hatte, einem Kerl, der einen Kopf größer und doppelt so schwer wie sie war, blitzschnell zwischen die Beine treten konnte, so dass all die Idioten, die drum herum standen, in Schockstarre verfielen. Wie sie sich reflexartig hatte drehen und dann loslaufen können, als hätte sie einen Orkan im Rücken. Und wie die Typen so langsam reagierten, dass Alexa längst um die nächste Ecke und auf dem Heimflug war.
Es war zwar anzunehmen, dass diese Begegnung ein Nachspiel haben würde. Aber Alexa machte sich keine allzu großen Sorgen. Viel wichtiger schien die Frage, wie Akono an sein Amulett

kommen konnte. Sie würde ihm gleich schreiben und ihn fragen, wie und wohin sie ihm das Amulett schicken konnte. Sie fuhr den Rechner hoch und öffnete ihren Mailaccount.
Da war dieses Video, das Akono angehängt hatte. Ein Video, das sie und Ben später noch oft ansehen würden.

Offenbar hat Akono schon auf den Auslöser gedrückt, bevor er aussteigen konnte. Die Aufnahmen jedenfalls zeigen ein Knäuel von Stoffen, Armen, Beinen, die sich mühsam entwirren. Unterlegt von einem tief gurrenden Gelächter. Dann ist Akono draußen, filmt sich vor dem schrottreifen, völlig überladenen Bus. Im Hintergrund die rundliche Yoruba-Frau, die Haare zu einem kunstvollen Ornament geflochten, den fülligen Körper mit einem bunten Tuch umwickelt, das sie über der Brust zusammen gebunden hat, sie grüßt in die Kamera. Sie kommt näher, bis nur noch ein Ausschnitt ihres Gesichtes zu sehen ist, die breite Nase, die lustig blinkenden Augen grell geschminkt. Ihre dicken Lippen werfen einen Kuss ins Bild, dann lacht sie dieses tiefe, markerschütternde Lachen. Unvermittelt stoppt sie das Gelächter. Ihr Gesicht wird schlagartig ernst. »You're stupid!«
»Why?« Akonos Stimme.
»You can not go home without money. You're crazy!« *Sie bricht in neues Gelächter aus. Offenbar schlägt sie Akono dabei so kräftig auf die Schulter, dass das Video vollkommen verwackelt, bevor es abbricht.*

Ben hatte sich gefragt, was daran ›crazy‹ sein sollte, wenn Akono nach Hause ging. Dann aber erfuhr er Dinge, die ihm zu denken gaben …

Fluchtwege

Akonos Plan, den Balè erneut anzupumpen, schien ebenso verrückt wie die Idee, dem Babalorisha wieder unter die Augen zu treten. Am allerwenigsten wollte Akono aber seinen Eltern und Geschwistern begegnen, so groß seine Sehnsucht nach ihnen auch war.

Sofort würde sich herumsprechen, dass er zurück war und sofort würden alle Nachbarn nach ihrem Geld fragen. Nein, die Yoruba-Frau hatte Recht: Nach Hause zu gehen war reiner Wahnsinn. Er musste Oshogbo verlassen, ohne irgendeinem Bekannten zu begegnen. Nur wie, wo ihm bereits jetzt das Geld ausging? Akono hatte ganz offensichtlich keinen Plan.

»Ich mache dir einen Vorschlag«, begann die Yoruba-Frau. »Oben auf dem Dach ist mein Stoff verpackt. 15 Ballen, das ist eine Menge. Du lädst sie nachher in Oshogbo ab und packst sie auf ein neues Taxi. Ich nehm dich mit nach Kano.«

Akono war verzweifelt. Nach mehr als vier Stunden Fahrt, eingequetscht in einem überfüllten Taxi, kamen sie endlich in Oshogbo an, seiner Heimatstadt. Eine schöne, ruhige Stadt, in der er fast jeden Winkel kannte.

Er sehnte sich danach, seinen Vater zu sehen, auch wenn er nicht sagen konnte, wo der inzwischen arbeitete. Seine Mutter würde er wie gewohnt auf dem Markt treffen, seine Geschwister wären sicher unterwegs, die Kleinen mit Tabletts voller Süßigkeiten auf dem Kopf für den Verkauf, die Größeren auf der Suche nach irgendeiner Arbeit. Er sehnte sich nach der Hütte seiner Eltern, nach dem Zimmer, das er mit zwei Brüdern teilte. Er sehnte sich nach dieser Geborgenheit und kämpfte gegen Tränen an.

Am Busbahnhof gönnte er sich an einer Garküche eine Pfeffersuppe. Seine Lieblingssuppe. Wieder stieg ihm das Wasser in die Augen, diesmal, weil die Suppe höllisch scharf war, so wie er sie mochte. Dann stellte die Köchin ihm eine Cola hin. Er lehnte ab. Cola konnte er sich nicht leisten. Aber die Köchin erklärte ihm, dass sie schon bezahlt sei. Verwundert sah er sich um. Hoffentlich hatte ihn kein Bekannter entdeckt und spendierte ihm großzügig Getränke, in der Hoffnung, bald alles doppelt und dreifach von ihm zurückzubekommen. Zum Glück war da niemand, den er kannte. Als er ein zweites Mal die Cola zurückgehen lassen wollte, wies ihn die Köchin auf eine Frau hin, die erwartungsvoll grinste. Die Yoruba-Frau, die neben ihm im Taxi gesessen hatte, aß am Nachbarstand Suya, scharfe Grillspieße mit Paprika, Ingwer und gerösteten Erdnüssen.

So was essen nur die Bonzen!, dachte Akono und bedankte sich mit einer kleinen Verbeugung für die Cola.

Die Yoruba-Frau wies die Köchin an, Akono auch ein paar Spieße rüberzubringen.

Akono wusste, für ein gutes Essen verkauft man nicht seine Seele. Aber Suya konnte er einfach nicht ablehnen, nicht mit dem Hunger, den er selbst nach der Suppe noch hatte, nicht mit dem Duft in der Nase. Und so konnte er auch nicht Nein sagen, als sie sich schwerfällig von der Holzbank erhob und ohne Umstände seine Pfeffersuppe und die Suya bezahlte.

»Wir müssen weiter. Mein Gepäck ist schon verstaut!«

Akono war davon ausgegangen, dass sie kein Interesse mehr an ihm hätte, weil er keinen Finger für ihr Gepäck gerührt hatte. Doch die Yoruba-Frau ließ sich offenbar nicht so schnell von ihren Plänen abbringen. Aus irgendeinem Grund mochte sie ihn und war sich außerdem verdammt sicher, dass er gar keine andere Wahl hatte, als mit ihr weiterzureisen.

Auf dem Dach eines rostigen Kleinbusses türmten sich bereits ihre Stoffballen. Die Frau schwang ihren dicken Leib erstaunlich behände in das Taxi und gab Akono einen Wink, sich neben sie zu setzen. Er zögerte, doch der Taxifahrer schob ihn in den Wagen. Hier kämpfte jeder Fahrer um seine Fahrgäste. Akono setzte sich notgedrungen neben die Yoruba-Frau, die ihn kichernd an sich zog. Er versank erneut in ihren Fleischbergen und wollte von ihr abrücken, doch nun stiegen weitere Fahrgäste ein und zwangen ihn, eng an die Yoruba-Frau gequetscht sitzen zu bleiben. Im Handumdrehen war das Taxi überfüllt. Vom Wagendach sah er nackte Füße herabbaumeln. So gesehen konnte er fast froh sein, drinnen in das weiche Fleisch gedrängt zu sitzen.

Dann setzte sich der Kleinbus in Bewegung, fuhr auf eine Gruppe Leute zu, die ziemlich entspannt Platz machten. Hupend ging es weiter durch die Menge. Sie hatten fast die Hauptstraße erreicht, als sie an einem Kreisverkehr vor einer aufgebrachten Menschenmenge anhalten mussten. Akono gefror das Blut, als er hinaus sah. Vor dem Bus stand der Babalorisha. Er schien auf Akono zu warten. Durch die schmutzige Scheibe des Taxis starrte er ihn bedrohlich an, zeigte dann auf die aufgeregte Gruppe.

Ein Junge in Akonos Alter rannte dort. Eine schnell anwachsende Gruppe junger Männer war hinter ihm her.

»Da olè!«, schrien alle und ihre Schreie waren wie ein Weckruf. »Haltet den Dieb!« Schon schnitt ein Mann dem Jungen den Fluchtweg ab und brachte ihn in vollem Lauf zu Fall. Was dann passierte, konnte Akono aus dem Taxi heraus nicht genau erkennen. Alle zerrten an dem Jungen, und als sie wieder auseinander stoben, sah Akono ihn. Er war splitternackt, hatte einen alten Autoreifen um den Hals und wurde mit Benzin übergossen. Sekunden später löste sich das Bild in Rauch auf.

Akono sah entsetzt zum Babalorisha. Der nickte und Akono verstand, dass der Babalorisha alles über ihn, den Verlust des Amuletts und seine Ausweisung wusste. Doch der Babalorisha gab ihm eine zweite Chance, zerrte ihn nicht aus dem Bus, sondern murmelte irgendetwas, das Akono nicht verstehen konnte. Mit klopfendem Herzen blickte er sich um. Hatten die anderen gesehen, was er gesehen hatte? Aber der Fahrer legte unbeeindruckt eine Kassette ein und drehte den Pegel hoch. Die Yoruba-Frau lehnte sich mit geschlossenen Augen entspannt zurück. Alles schien für alle in bester Ordnung. Außer für Akono, der sich kaum beruhigen konnte.

Tief in der Nacht erreichten sie Abuja, die Hauptstadt Nigerias. Der Fahrer ließ sie an einer kleinen Pension raus. Die Yoruba-Frau drückte Akono ihre Tasche in die Hand und ging an die Rezeption. Sie verlangte ein Zimmer. Der Rezeptionist fragte, ob sie für Akono ein zweites Bett brauche.
»Nein!«, sagte sie. »Das ist mein Sohn!«
Der Yoruba-Frau, deren Namen er nie erfuhr, hatte Akono zu verdanken, dass er aus Kano heraus und über die Grenze in den Niger kam. »Nordnigeria ist gefährliche Gegend. Sehr streng Islamisten. Mögen uns Yoruba nicht«, schrieb er.
Die Yoruba-Frau kannte Leute, die Flüchtlinge über die Grenze in den Niger bringen, und gab ihnen Geld, damit sie Akono bis nach Agadez brachten. Für die Durchquerung der Sahara würde Akono das Geld selbst verdienen müssen. In den Uranminen von Arlit, 250 km von Agadez entfernt in der Ténéré-Wüste.
Mit einem kleinen Rest Geld erreichte Akono den Busbahnhof von Agadez.
Verdreckte Männer mit kleinen Reisetaschen dösten im Schatten der Lastwagen und Hütten. Akono wusste nicht, wem er trauen konnte und schlich deshalb möglichst unbemerkt über den Platz. Händler boten Decken, Wasserflaschen, Turbane und SIM-Karten an, alles, was Reisende auf dem Weg durch die Sahara benötigten. Akono kaufte nichts. Obwohl seine Kehle trocken war und ihm der Schweiß lief. In der Mitte des Platzes fand er schließlich etwas Schatten unter einem Dach, unter dem auch andere warteten. Fast ausschließlich Flüchtlinge. Alle beobachteten die Lastwagen rundherum. Und immer wenn ein Wagen aus dem Süden ankam, rannten die Händler aus ihren Läden und schrien den Ankommenden die Preise entgegen.
Für ein wenig Geld hatten einige Flüchtlinge sich einen Wächter auf dem Busbahnhof gemietet. Damit sie nicht beklaut wurden. Akono aber hatte nichts zu bewachen und musste sein Geld zusammenhalten, hatte nur Geld für die Fahrt nach Arlit. Dort musste er Arbeit suchen, um das Geld für die Weiterreise zu verdienen. Aber eine kleine Summe zweigte er doch ab: Für eine neue SIM-Karte und das Aufladen eines Gesprächsguthabens.

»Wie viel brauchst du, um durch die Wüste zu kommen?«, wollte Alexa von Akono wissen.
»1500 Euro!«
Alexa schluckte. Sie hatte knapp 150 Euro mit ihrer Spendensammlung für Akono zusammengebracht – ein Zehntel von dem, was Akono benötigte. Und wahrscheinlich brauchte er noch mehr Geld, um bis nach Deutschland zu kommen.
»Geh nicht in die Uranminen. Ich besorge das Geld!«, schrieb Alexa.
Da war die Verbindung schon abgebrochen.

Revanche

Um den Platz hatten sich Eltern, Großeltern, Geschwister, Tanten, Onkel, Freunde und Klassenkameraden versammelt. Es war das erste Spiel nach der Qualifikation. Ein Spiel ohne Akono. Man sah der Mannschaft an, wie verunsichert sie war. Van Nissen hatte ihnen zwar Mut gemacht, hatte von der überragenden Bedeutung des Mannschaftsspiels gesprochen, die weitaus entscheidender sei, als die individuelle Klasse einzelner Spieler. Er hatte die Mannschaft neu eingestellt, die Defensive verstärkt und Ben als einzige Spitze nach vorne geschoben. Ihm sollte jeder nach Balleroberung sofort den Ball zuflanken. Nicht jeder Ball würde Ben erreichen, hatte van Nissen eingeräumt, wahrscheinlich bekäme er nur 20 Prozent der Bälle, die aber müsste er dann umgehend aufs Tor weiterleiten.
Soweit die Theorie. In der Praxis sah es so aus, dass Ben sich mies und völlig überfordert fühlte. Der Erwartungsdruck machte ihm gewaltig zu schaffen.
»Wir müssen es probieren und auf schwache Gegner hoffen!«, hatte van Nissen schließlich als Devise ausgegeben. Das war alles andere als motivierend.

Vor Beginn des Spiels ging Alexa von Zuschauer zu Zuschauer und fragte jeden, ob er sich an den genialen afrikanischen Mitspieler Akono erinnere. Und wer erinnerte sich nicht an Akono?! Sie berichtete über dessen mehr als fragwürdige Abschiebung, darüber, dass sie Kontakt zu ihm habe und wisse, dass er in großer Gefahr schwebe. Er sei zur Durchquerung der Wüste gezwungen, einem Vorhaben, bei dem bereits zahllose Flüchtlinge ihr Leben verloren hätten…

Mit Hilfe eines Stativs filmte sie ihre Sammelaktion. Manche gaben fünf Euro, Eltern schon mal zehn Euro. Frau Beck hatte 50 Euro beigesteuert. Als Alexa sah, wie sich Armins neue Freunde hinter dem Tor von Armins Mannschaft breit machten und die ersten Bierflaschen köpften, versuchte sie, ihre Spendenaktion unauffälliger und möglichst weit von den Jungen entfernt durchzuführen. Die Schmach des Trittes in die empfindlichen Weichteile ihres Wortführers hatten sie wohl kaum vergessen. Immerhin brachte Alexa es fertig, bis zum Anpfiff unentdeckt zu bleiben. Während des Spiels würde sie ihre Aktion ohnehin unterbrechen, zumal sie den Spielverlauf aufzeichnen wollte.
Der verlief zunächst wie befürchtet. Die hastig nach vorne geschlagenen Pässe kamen überall an, nur nicht bei Ben. Und wenn Ben sich mal in die Nähe des Balles gebracht hatte, wurde er sofort gedoppelt und in die Zange genommen. Kurz: Nach vorne lief so gut wie nichts. Stattdessen legten die Gegner ein wirklich ansehnliches Kurzpassspiel hin, das den Ball in immer kürzeren Abständen in den gegnerischen Strafraum und die Nähe des Tors brachte. Und Armins Freunde brüllten: »Armin, Armin!«
Ungeachtet seiner nikotinbedingten Konditionsschwäche fühlte Armin sich beflügelt. Er war der wachste Spieler seiner Mannschaft, dachte voraus, berechnete Spielzüge frühzeitig und stand auf diese Weise meist im richtigen Moment am richtigen Ort. Er grätschte dem Gegner den Ball weg, behauptete sich ruppig, stets haarscharf an der Grenze zum Foul. Er war auch derjenige, dem – so weit hinten er stand – die brauchbarsten Pässe nach vorne gelangen. Und so stimmten langsam mehr und mehr Zuschauer in die Lobgesänge für Armin ein. Ihm war es zu verdanken, dass das Angriffsspiel den Gegnern bis zum Pausenpfiff nichts Zählbares einbrachte. Allerdings hatte es auf der eigenen Seite auch keine einzige nennenswerte Torchance gegeben. Es war also nur eine Frage der Zeit, wann sie das erste Gegentor kassieren würden.
In der Halbzeitpause setzte Alexa ihre Spendenaktion fort, flankiert von Ben, der – obwohl schwer von seinen Rutschpartien über den Rasen gezeichnet – den eigenen wie den gegnerischen

Fans versicherte, wie unentbehrlich Akono als Spieler für alle zukünftigen Spiele der Mannschaft war. Und tatsächlich gelang es Alexa und Ben, Verständnis zu wecken und das eine oder andere Scheinchen herauszukitzeln.
Doch dann, mitten im Eifer der Aktion, sah sich Alexa von den Kerlen umstellt, die mit ihr noch eine Rechnung offen hatten. Diesmal genossen sie das Überraschungsmoment und grinsten siegessicher.
Das Stativ mit der laufenden Kamera fiel um.
»Ups!«
»Was wollt ihr?«, drängte sich Ben zwischen Alexa und die Jungs.
»Einen Scheiß geht dich das an!«
Sie schoben Ben unsanft beiseite und bauten sich vor der sprachlosen Alexa auf.
Ben sah rot, stieß wilde Schreie aus und fuchtelte wild mit den Armen. Sekunden später war van Nissen zur Stelle und die Kerle suchten das Weite.
»Das hat ein Nachspiel!«, brüllten sie, bevor sie sich wieder hinter dem Tor niederließen.
»Lass dich nicht von solchen Idioten ablenken! Irgendwie musst du in der zweiten Halbzeit an den Ball kommen und die verdammt stabile Abwehr des Gegners knacken«, redete van Nissen auf Ben ein.
Ben nickte und machte sich auf den Weg zurück auf den Rasen. Alexa schnitt ihm den Weg ab. »Danke!« Sie umarmte ihn und ehe er sich versah, hatte sie ihn geküsst.
»Hey!«
Ein weiterer Kuss brachte ihn zum Schweigen.
»Das bleibt unter uns«, flüsterte Alexa und löste sich von ihm.
Ben sah sie fassungslos an, nickte.
»Und nimm das hier!« Sie legte ihm Akonos Amulett um den Hals, ließ es unter seinem Trikot verschwinden. »Vielleicht hilft dir das in der zweiten Halbzeit.«
Ben wollte protestieren. Er glaubte nicht an so einen Scheiß. Und was, wenn das Ding unter seinem Hemd rausrutschte und alle es sahen, einschließlich Armin? Doch er schluckte den Pro-

test runter. Selbst wenn das Amulett ihm kaum helfen dürfte, schaden konnte es nicht. Van Nissen hatte in der Halbzeitpause keine Änderung in Aufstellung und Strategie vorgenommen. Wie auch? Über andere Mittel als die, die in der ersten Halbzeit eine gegnerische Führung verhindert hatten, verfügte seine Mannschaft nicht. Ein Unentschieden war das Äußerste, worauf er hoffen durfte. Deshalb hatte er Armin in der Pause vor allen gelobt, hatte ihm auf die Schulter geklopft und die Außenverteidiger aufgefordert, es Armin gleichzutun.

Natürlich liefen die Gegner voller Selbstvertrauen auf den Platz. Ihr Trainer hatte in der Aufstellung zwei Änderungen zugunsten der Offensive vorgenommen. Vom Sturm der Heimmannschaft ging so gut wie keine Gefahr aus. Dass einer der hastig und unpräzise geschlagenen Pässe tatsächlich ihren Adressaten erreichte und der ihn dann nicht nur unter Kontrolle, sondern an der Abwehr vorbei ins Tor brachte, diese Gefahr konnte er getrost vernachlässigen.

Bereits zehn Minuten nach Wiederanpfiff kam es zu dem, was schon in der ersten Halbzeit zum Greifen nah war: Der Gegner ging hoch motiviert zu Werk, brachte van Nissens Mannschaft durch aggressives Vorpressing zu Abspielfehlern und sich selbst in Ballbesitz, stürmte dann um so vehementer. Armin tat, was er konnte, aber die erste Halbzeit saß ihm in den Knochen. Glück hatte er, als ein Gegner rüde an ihm vorbeizog und nach einem Doppelpass das Runde ins Eckige brachte: Spät, aber regelkonform ertönte der Pfiff. Der Schiedsrichter hatte ein Foul an Armin gesehen und ließ das Tor nicht gelten.

Doch nur wenige Minuten später fand der Ball durch das offensive Spiel der Auswärtsmannschaft erneut seinen Weg ins Tor. Alle waren sich einig, dass dies die Vorentscheidung war. Van Nissen gab Ben ein Zeichen, sich zurückfallen zu lassen und an der Verteidigung mitzuarbeiten. Es galt, eine höhere Niederlage zu verhindern.

Armins Kräfte waren verbraucht, doch niemand konnte ihn ersetzen. So warf er sich verzweifelt in jeden Ball, der in seine Nähe kam, bolzte ihn blind ins Mittelfeld. Hauptsache weit weg

vom eigenen Tor! Der Gegner fuhr eine Angriffswelle nach der anderen. Es gab so gut wie keine Verschnaufpausen mehr, Armin spürte seine mäßige Kondition, spürte, wie seine Konzentration nachließ. Schon hatte ihn die gegnerische Doppelspitze ausgespielt, stand frei vor dem Tor. Da flog Ben heran, grätschte unter dem tosenden Beifall der Fans den Ball vom Tor weg und dem verdutzten Armin vor die Füße.
»Hierher!«, schrie Ben. Sekunden später hatte er den Ball.
Armin lief mit. Der erste ernstzunehmende Angriff, Doppelpass Ben zu Armin, Armin zu Ben. Armin wurde zu Fall gebracht, doch Ben konnte den Ball unter Kontrolle bringen und zog, ohne zu zögern, ab. Ein Kracher aus 20 Meter Entfernung, der in die obere linke Ecke einschlug. Wahnsinn! 1:1!
Wie sie dieses Unentschieden über den Rest der zweiten Halbzeit brachten, erschien ihnen selbst wie ein Wunder. Und doch wusste jeder, dass sie mit einer solchen Leistung in Zukunft gnadenlos untergehen würden.

»Einsame Spitze, Ben!« Van Nissen drückte ihn so fest, dass er kaum Luft kriegte. »Woher hast du diese Kraftreserven genommen? Nach der Halbzeitpause warst du ja wie ausgewechselt. Unglaublich!«
Das war Alexa!, dachte Ben. Er grinste in sich hinein.
»Sag mal, was war das für eine Aufregung in der Pause?«, wollte van Nissen wissen.
»Idioten!«, sagte Ben.
»Armin haben diese ›Idioten‹ aber ganz schön angefeuert.«
»Armin ist mit ihnen befreundet.«
»Und was wollten sie von dir?«
»Alexa eine Abreibung verpassen!«
»Warum denn das?«
»Weil es Idioten sind!«
»Gibt's noch eine andere Erklärung?«
»Weil wir Geld sammeln«, erklärte Ben. »Für Akonos Rückkehr.«
»Steht ihr wirklich in Kontakt zu Akono? Er will zurückkommen?«

»Er hat Alexas altes iPhone. Darüber erreichen wir ihn.«
Ben konnte nicht anders. Er musste alles erzählen, auch wenn er ahnte, was van Nissen von ihren Plänen halten würde. Er selbst fand den Plan, Akono die Rückkehr zu bezahlen, alles andere als durchdacht. Und ohne Alexa wäre er längst aus diesem verrückten Vorhaben ausgestiegen. Statt aber van Nissen von den eigenen Bedenken zu erzählen, erklärte er, dass Akono in der Wüste festsaß und Geld für die Weiterfahrt brauchte.
»Dafür sammelt ihr?«, fragte van Nissen.
Ben nickte.
»Und wie kriegt Akono euer Geld?«
»Das wissen wir noch nicht.«

»Es wirkt auch bei dir! Du warst wie aufgeputscht.« Alexa hatte vor dem Vereinshaus auf Ben gewartet und sie machten sich auf den Heimweg, froh, Armins Freunden nicht noch einmal begegnet zu sein.
Ben dachte an die Küsse. Er konnte an nichts anderes denken. Weder über den ersten, noch über den zweiten wollte er allerdings reden. Obwohl auch er das Gefühl hatte, dass die Küsse Wunder bewirkt hatten. »Hmmm«, brummte er.
»Dann bist du mittlerweile auch meiner Meinung?«, hakte Alexa nach.
»Hab ich je was anderes behauptet?«
»Allerdings! Als Gedächtnishilfe könnte ich dir das entsprechende Interview vorspielen.«
»Darüber habe ich bestimmt noch kein Interview gegeben!«
Doch Alexa bestand darauf. Und Ben beließ es dabei. Bedeuteten die Küsse nicht, dass Alexa und er jetzt ›zusammen‹ waren? Dann könnte er die Sache mit Akono von nun an wesentlich entspannter angehen. Eigentlich ein Grund zum Feiern. Aber er traute dem Braten nicht.
»Gib es mir am besten, bevor es wieder verloren geht!«
Ben glaubte tatsächlich, sie wollte ihn nochmals umarmen, als sie ihm das Amulett über den Kopf zog und es an sich nahm.

Liebesbeweise

»Das Beste wäre, wir würden Akono Geld und Amulett persönlich bringen.«
»Das meinst du jetzt nicht ernst, oder?« Ben fühlte Wut in sich aufsteigen. »Wer ist dir eigentlich wichtiger: Akono und dein komischer Film oder ich?«
Alexa blieb überrascht stehen. »Warum muss ich das entscheiden?«, fragte sie nach einer unerträglich langen Weile.
»Du hast mich geküsst, schon vergessen? Einige aus unserer Klasse würden sagen, dass wir jetzt miteinander gehen. Aber du redest von nichts anderem als von Akono.«
»Ich weiß nicht, ob wir miteinander gehen. Auf jeden Fall gehen wir nebeneinander. Das ist doch wenigstens etwas!«, witzelte Alexa.
Aber Ben war es ernst: »Entscheide dich! Er oder ich?«
»Ich überleg's mir.«
»Ich muss es jetzt wissen!«
»Jetzt braucht Akono unsere Hilfe. Das ist das Wichtigste. Wenn wir ihn heil zurück nach Deutschland gebracht haben, können wir uns meinetwegen Gedanken darüber machen, ob wir miteinander gehen.«
»Du meinst, ich soll dir helfen, Akono zurückzuholen. Und wenn er wieder da ist, willst du entscheiden, ob du ihn nimmst oder mich?«
»Ben, du nervst. Ich nehme keinen von euch. Ich komme gut alleine zurecht.« Alexas Laune war sichtlich auf einem Tiefpunkt. Ben ließ sie ziehen, erinnerte sich an die Küsse. Fast spürte er sie noch auf seinen Lippen. Irgendetwas mussten sie auch für Alexa bedeutet haben.

Alexa blieb stehen. »Es tut mir leid!«
»Die Küsse tun dir leid?«
»Nein.«
Ben atmete durch. Zum Glück. »Was dann?«
»Das Durcheinander!«, antwortete sie. »Du bist der wichtigste Mensch, den ich hier habe. Und Akono ist dort und nicht hier. Und dass er wieder heil hierher zurückfindet, hat im Moment einfach Vorrang.«
»Liebst du uns also beide?«
»Gewissermaßen. Jeden auf andere Weise. Meinst du, du kannst damit leben?«
»Das ist nicht leicht.«
»Wenn es dir zu schwer ist, such dir eine andere.«
»Die anderen interessieren mich nicht. Ich versuch's«, stammelte Ben.
Alexa umarmte ihn. Ihr Kopf lag auf seiner Schulter. Eine ganze Weile, die Ben wie eine wunderbare Ewigkeit vorkam, standen sie bewegungslos da. Ben spürte ihren Körper, als wäre er ein Teil seines Körpers. Das erregte ihn. Dann löste sie sich von ihm. Und Ben fühlte sich, als stünde er plötzlich nackt da. Hoffentlich bemerkte sie seine Erregung nicht. Er wandte sich möglichst unauffällig ab.
»Kann ich auf dich zählen, wenn ich Akono helfe?«
Eine grausam ernüchternde Frage.
»Klar!«, sagte Ben bemüht sachlich. »Ich bin dabei!«
»Lass uns zu mir gehen und das Geld zählen. Dann überlegen wir, wie wir es zusammen mit dem Amulett sicher in die Sahara bringen. Ich hab keine Idee, aber mit dir habe ich das Gefühl, dass es irgendwie klappen könnte.«
Das empfand Ben durchaus als zweideutig. Aber er beschloss, es nicht als persönliche Liebeserklärung misszuverstehen.

Später saß er auf Alexas Bett und zählte das Geld, das sie beim Fußballspiel gesammelt hatten. Alexa recherchierte am Computer, wie man Wertgegenstände sicher in den Niger schicken konnte.

»Die Post ist mindestens elf Tage unterwegs. Aber wo wird Akono in elf Tagen sein?«
»323,46 Euro«, sagte Ben statt einer Antwort. »Nicht schlecht für ein einziges Fußballspiel. Aber viel zu wenig für Akono.«
»1500 Euro allein für die Fahrt durch die Wüste. So viel kriegen wir auf diese Weise nie zusammen und die Postsendung in den Niger ist auch nicht gerade umsonst«, pflichtete Alexa ihm bei.
»Wir könnten Aushilfsjobs annehmen. Einige aus unserer Klasse machen das, um sich coole Klamotten oder geile Handys zu kaufen. Nur dass wir's eben für Akono machen.« Die Vorstellung, gemeinsam mit Alexa in einem Café zu arbeiten oder abends Büroräume zu schrubben, fand Ben verlockend.
Alexa schüttelte den Kopf: »Bis wir so die 1500 Euro zusammen haben, ist Akono in der Sahara verdurstet.«
»Dann weiß ich auch nicht«, murmelte Ben und zum ersten Mal verspürte er nicht den Wunsch, Akono bliebe besser da, wo er war. Wenn sie ihn tatsächlich retteten und herbrächten, würde das Alexa und ihn sicher weiter zusammenschweißen. Und dann wäre endlich Zeit für ein anderes Thema – zum Beispiel, ob Alexa und er definitiv zusammen waren.
»Extreme Zeiten erfordern extreme Maßnahmen«, sagte Alexa. »Warte hier und lenk meine Eltern ab, wenn sie kommen!« Alexa öffnete leise die Tür und schlich aus dem Zimmer.
Ben war zum ersten Mal alleine in ihrem Zimmer und sah sich neugierig um. Ob es irgendwelche Zeichen gab, die ihm etwas über Alexas Gefühle verrieten?
Er schlich zum Kleiderschrank, öffnete ihn. Alexa machte sich nicht viel aus Klamotten. Ihre Eltern waren wohlhabend, also trug sie ausschließlich solide, kostspielige Markensachen. Und so sah es auch im Kleiderschrank aus. Pullover, Hosen, irgendwo Hemden, T-Shirts, ziemlich unordentlich hineingepfeffert. Ihre Unterwäsche war weiß oder rosa. Einen Büstenhalter fand er nicht. Wenn sie überhaupt einen trug, besaß sie nur einen (oder zwei, falls sich einer in der Wäsche befand). Ihre Nachthemden waren lange, baumwollene Sleepshirts. Er schnupperte daran. Waschmittel, sonst nichts.

Sein Blick fiel auf Alexas Laptop, dessen Bildschirmschoner hin und her wanderte. Er berührte die Mouse und Alexas Mail-Account kam zum Vorschein. Ein paar neue, ungeöffnete Nachrichten lagen dort, eine offensichtlich von Akono.
Ben lauschte. Irgendwo klapperte jemand im Haus. Wahrscheinlich Alexa, was auch immer sie da machte. Er öffnete die Mail. Später würde er sie als ›ungelesen‹ markieren...
»Alexa, I miss you so much! Habe Arlit erreicht«, schrieb Akono. »Ist Teerstraße. Bin mit einem Truck gefahren. Scheiß Fahrer fummelt an mir!«
Ben musste sich einlesen, um zu verstehen, was da stand. Langsam fügten sich die nebulösen Worte zu klaren Bildern.
»Arlit ist Hölle! Wann du hilfst?«
Wieder hatte Akono ein Video angehängt. Ben drehte den Ton leiser und startete den Film:

Das Bild ist zunächst komplett rot. Langsam wird es schärfer und aus dem roten Dunst schält sich roter Sand. Wüstenwind wirbelt ihn über eine Lehmstraße. Arlit ist rot: die Häuser aus rotem Lehm, die Straßen aus rotem Staub, der Himmel voll rotem Sand. Sandstürme, die den Himmel violett-rot verdunkeln.
Ein Kameraschwenk vor die Stadt. Ein gewaltiger Berg türmt sich dort auf und Ben weiß inzwischen, woraus er besteht: aus Millionen Tonnen Gestein aus der französischen Uran-Mine. Gestein, das strahlt. Der Wüstenwind fegt darüber. Die Aufnahme zeigt Gemüsebeete. Zwischen Halde und Stadt bauen die Bewohner Tomaten und Salat an. Eine Frau mit drei Tomaten, zehn Kartoffeln und einem halben Glas Mayonnaise sitzt an einem zusammengezimmerten Tisch. ›Restaurant‹ steht auf einem Schild davor. Die Menschen haben sich aus Abfall Häuser gebaut. Strahlendem Abfall aus der Fabrik.
Die nächste Aufnahme zeigt ein Werk, in dem viele Arbeiter die radioaktiven Felsbrocken zerkleinern, zu rotem Staub zermahlen und dann das Uran herauslösen. Am Ende bleibt ein rötlich-gelber Kuchen, den sie in Fässern verladen. Konvois transportieren die strahlende Fracht ab – nach Marseille in Frankreich.

Akono richtet die Kamera auf sich selbst. Er trägt eine Atemschutzmaske aus Papier. Seine Aufgabe besteht darin, Steine zu zerklopfen.
»Ich brauch Job, brauch Geld für Weiterfahren. Nicht scheiß Driver, der mich gebracht. Der nur rumfummelt an mir«, erklärt er in die Kamera.
Die nächsten Aufnahmen zeigen seinen Schlafplatz im Lehmhaus einer alten Frau. Sie gleicht eher einer Schildkröte als einem Menschen. Sie redet Französisch. Ben versteht: Ihr Mann arbeitete in der Mine, bis er krank wurde. Kein Arzt gab zu, dass es Krebs war, Krebs verursacht durch die radioaktive Strahlung.
»Aber ich muss. Geht nichts anders. Brauch Geld. Und vermiss dich!«, rechtfertigt sich Akono.

»Hallo Ben!«
Ben klickte das Video weg und fuhr erschrocken herum. Alexa hatte ihn ertappt. Aber nein, Alexas Mutter stand hinter ihm.
»Oh, ich wollte dich nicht erschrecken!«, sagte sie.
»Schon gut!«, stammelte Ben. »Hab gerade nur gelesen.«
»Was liest du da? Etwas interessantes?« Die Mutter trat näher. Ben roch ihr Parfüm. Sie war wie aus dem Ei gepellt. Schickes Kostüm, figurbetont. Dezent geschminkt. Völlig durchgestylt. Wie sehr sie sich von ihrer Tochter unterschied, die weder auf Kleider noch auf Schminke achtete.
»Liest du Alexas Mails?«
»Hat sie mir erlaubt …«
»Wo ist sie eigentlich?«
»Weiß nicht …«
»Soll das heißen, du hast dich ohne sie hier reingeschlichen?«
»Ähmm, nein!« Ben betete, dass Alexa kam. »Ich soll hier auf ihren Computer aufpassen …«
»Was auch immer du hier machst, ich möchte nicht, dass irgendjemand in Alexas Zimmer herumhängt, wenn sie nicht da ist. Und ich glaube, Alexa möchte das auch nicht!«
Ben sackte zusammen. Witterte sie sein schlechtes Gewissen?
»Wie wär's, wenn du deine Jacke und die Sporttasche nimmst und gehst?«

Natürlich. Er sollte gehen. Deutlicher konnte sie kaum werden. »Tut mir leid!«, stammelte Ben. »Kommt nicht wieder vor!« Dann verließ er geduckt wie ein Dieb das Haus, ohne die leiseste Ahnung, wo Alexa steckte.

Alte Freunde

»Hi! Du warst echt Spitze!«

Ben war so damit beschäftigt, den Hof nach Alexa abzuscannen, dass er Armin gar nicht bemerkt hatte. »Ähh, danke.« Er sah sich verstohlen nach Armins ›Freunden‹ um. Die aber standen am anderen Ende des Schulhofs und schienen sich nicht die Bohne für ihn zu interessieren. Seit wann sprach Armin wieder mit ihm?

»Heute ohne Bodyguards?«, versuchte Ben witzig zu sein.

»Die brauche ich nicht.. Ich kann selbst auf mich aufpassen.«

»Schön für dich, Armin!«

»Aber mir ist was aufgefallen!«

»Da bin ich aber neugierig.«

»Vielleicht lässt du einfach mal den coolen Unterton weg und wir reden ganz normal miteinander!«

»Können wir gerne machen, sobald deine ›Freunde‹ Alexa und mir nicht mehr die Fresse polieren wollen!«

»Erstens sind das nicht ›meine Freunde‹, sondern mein einziger Freund warst du. Zweitens hab ich ihnen gesagt, dass sie dich in Ruhe lassen sollen, weil wir dich im Sturm brauchen. Und drittens stehe ich dir bei, sollten sie dir trotzdem was tun wollen. Gemeinsam waren wir eigentlich immer ziemlich stark!«

Wow! Ein so langes Statement hatte Ben von dem maulfaulen Armin noch nie gehört. »Niemand hat sich von dir abgewandt. Alexa und ich haben uns lediglich um Akono gekümmert. Der hängt nämlich in der Wüste fest und braucht deshalb etwas mehr Aufmerksamkeit als du!«

»Für dich gibt es doch nur Alexa. Das ist mir letztes Wochenende klar geworden. Als du eine ziemliche Abreibung riskiert hast, nur um ihr aus der Patsche zu helfen.«

Ben schluckte. Armin hatte er noch nie viel vormachen können.
»Und was ist dir aufgefallen?«
»Dass es wieder funktioniert!«
»Was?«
»Unser Zusammenspiel!«
»Stimmt. Das war ein krass-geiler Doppel-Pass. Einsame Spitze!«
»Vielleicht lassen wir mal Alexa und Akono und den ganzen Scheiß beiseite und konzentrieren uns auf unser krass-geiles Zusammenspiel. Was hältst du davon?«
Ein Versöhnungsangebot von Armin, damit hatte Ben am allerwenigsten gerechnet. Er nickte.
In diesem Moment kam Alexa auf ihn zu, zögerte kurz, als sie Armin sah. »Gibt's Ärger?«
»Hier nicht!« Ben ließ Armin stehen und ging zu ihr. »Aber vielleicht bei dir zu Hause?«
»Wieso?«
»Hat deine Mutter nichts gesagt?«
»Ach die. Kein Problem. Hab ihr erklärt, dass alles in Ordnung war.«
»Und hat sie's dir abgekauft?«
»Keine Ahnung. Jedenfalls habe ich Akono erreicht. Zum Glück!«
»Was schreibt er denn?«, fragte Ben scheinheilig.
»Er schuftet in den Uranminen von Arlit. Klopft Steine zu Staub.«
»Die Steine sind doch radioaktiv, oder?«
»Allerdings! Deshalb musste er mir versprechen, sofort damit aufzuhören!«
»Und wie will er dann das Geld für die Fahrt durch die Wüste verdienen?« Ben erschrak. Er war drauf und dran, sich zu verraten.
»Der Fahrer, der ihn nach Arlit mitgenommen hat, bietet ihm an, ihn bis Tamanrasset mitzunehmen.«
»Taman ... was?«
»Tamanrasset ist die größte Oase in der algerischen Sahara. Von da an ist die Straße fast durchgehend geteert.«
»Aber der Fahrer ...«
»Was soll mit dem sein?«

Ben biss sich auf die Zunge. »Ich meine: Kann Akono ihm vertrauen?«
»Er hat keine andere Wahl. Außerdem muss er ihn bezahlen.«
»Wovon? Hat er in den Uranminen echt schon so viel Geld verdient?«
»Nein, natürlich nicht. Wir müssen es ihm schicken!«
»Unsere paar Piepen reichen?«
»Natürlich nicht. Für die Wüstendurchquerung braucht er viel mehr.«
»Und woher soll das Geld kommen?«
»Ich hab es!«
»Du hast es? Woher?«
Alexa grinste triumphierend: »Tu mir den Gefallen und frag nicht!« Sie streichelte ihm kurz mit der Hand über die Wange und schwebte so beschwingt, als wäre sie mit Helium gefüllt, über den Schulhof.
»Bei der dreht sich alles um den Afrikaner, stimmt's?« Armin gesellte sich erneut zu Ben.
»Er braucht unsere Hilfe!« Doch insgeheim wurmte es ihn gewaltig. War er liebesblind und hoffnungslos naiv? Würde er, wenn Akono zurück war, böse erwachen?
»Mit der wirst du noch eine ziemliche Bauchlandung erleben!«, führte Armin Bens Gedanken fort.
»Is meine Sache, oder?!«, blaffte Ben.
»Ja. Tu, was du nicht lassen kannst! Kann mir völlig egal sein, solange ich beim Training wieder auf dich zählen darf.«
»Darfst du!«

Money

Alexa lief so schnell, dass Ben alle Mühe hatte, Schritt zu halten. Dabei hielt sie ihren Rucksack vor dem Bauch fest umklammert. Ben fand das nicht übertrieben, denn im Rucksack befand sich eine Menge Hunderter. Genauer gesagt mehr als 20 Stück. Ben überlegte, was er tun könnte, wenn jemand Alexa den Rucksack entwenden wollte. In diesem Moment waren sie da. Als ob sie's gerochen hätten.

Zwischen ihren Lippen hingen Zigaretten. Und diesmal war auch eine Frau dabei. Eigentlich sah sie recht hübsch aus, wenn ihre blonden Haare nicht so seltsam verschnitten gewesen wären.

»Alexa, renn!« Ben postierte sich vor sie.

»Wow!«, höhnte der Älteste der Blödmänner.

»Nicht schlecht, der Kleine!«, pflichtete die Blonde ihm bei.

»Was wollt ihr?«

»Dir gratulieren!«

»Ich hab nicht Geburtstag, kommt in zwei Monaten noch mal!«

»Wer redet denn von Geburtstag? Du warst einsame Spitze in der zweiten Halbzeit. Hast uns echt rausgerissen!«

»Seit wann interessiert ihr euch für Fußball?« Eigentlich interessierten sich diese Typen doch mehr für Saufen und Randale als für Fußball.

»Hey, Kleiner, wir beißen nicht. Kannst mit uns normal reden!«, flötete die Blonde und näherte sich Ben. »Solange ihr keine Bimbos reinholt, sind wir ganz auf eurer Seite!«

Die übrigen Blödmänner grunzten zustimmend.

»Mit uns kann man sogar richtig Spaß haben!« Sie kam näher. Ben wich ihr flink aus.

»Na, dann wünsch ich noch was!« Ben wunderte sich selbst darüber, dass sie ihn ziehen ließen.
»Überleg's dir!«, riefen sie ihm hinterher.
»Mach ich!«, antwortete Ben und verschwand um die nächste Ecke.
Ein Stück weiter wartete Alexa in einem Hauseingang, von dem aus sie alles hatte beobachten können. Sie umklammerte den Rucksack, hatte gleichzeitig das Handy in der Hand, bereit, sofort die Polizei zu rufen, sollten diese Idioten Ben angreifen.
»Gratuliere!«, stieß sie hervor.
»Anscheinend mögen die mich«, erklärte Ben mit einem Schulterzucken.
»Ja, vor allem die Blonde!« Alexa stürmte voran.
»Dafür kann ich aber nix!« Ben versuchte, zu Alexa aufzuschließen, um von ihrem Gesichtsausdruck abzulesen, ob sie eifersüchtig war. Vielleicht sollte er öfters an Mädchen sein Flirt-Potential austesten, natürlich in Alexas Gegenwart. Doch er konnte keinen Schimmer von Eifersucht in Alexas Gesicht ausmachen.

Zum Glück war in der Bankfiliale wenig los. Alexa strebte auf den ersten Schalter zu. »Gibt es hier den Western Union Service?«
Die ältere Bankangestellte nickte: »Wie kann ich weiterhelfen?«.
»Wir haben einen Geldtransfer!«
»Wohin soll's denn gehen?« Die Dame wirkte leicht amüsiert.
»Arlit, Niger!« Alexa zog einen Packen Hunderter aus dem Rucksack und legte ihn auf den Tresen.
Das Lächeln der Bankangestellten gefror. »Woher hast du so viel Geld?«
»Müssen Sie das für eine Überweisung wissen?«
»Nein.«
»Würden Sie mich lieber darüber aufklären, wie ich das Geld nach Arlit schicken kann?«
»Ich fürchte: gar nicht.«
»Und wenn ich Ihnen sage, woher ich das Geld habe?«
»Auch nicht.«
»Warum nicht?«

»Wie alt bist du?«
»14, fast 15. Was tut das zur Sache?«
Die Dame setzte ihre Lesebrille auf und studierte ein Merkblatt.
»Hier: ›Um den Western-Union-Dienst zum Geldversand nutzen zu können, müssen Sie volljährig (18 Jahre oder älter) sein.‹ Hol deinen Vater und wir können das regeln.«
»Mein Vater ist tot!«
Ben schluckte.
»Meine Mutter auch. Ich bin Vollwaise.«
»Hol deinen Erziehungsberechtigten.«
»So was hab ich nicht …«
Ben tippte Alexa von hinten auf die Schulter. »Lass uns gehen!«
Alexa sah ihn verwundert an, dann wurde auch ihr bewusst, dass sie hier nichts ausrichten konnte. Sie stopfte das Geldbündel zurück in ihren Rucksack und ging ohne ein weiteres Wort zum Ausgang.
»Passt mit dem Geld auf!«, rief die Angestellte und schüttelte den Kopf, während sie sich wieder ihrer Arbeit zuwandte.
»Machen wir. Und danke!«, stammelte Ben. Dann eilte er hinter Alexa her. »Der hast du aber schön was vom Pferd erzählt!«
»Extreme Zeiten erfordern extreme Maßnamen.«
»Meinst du echt, es ist eine so gute Idee, dass Akono zurückkommt?«
Alexa stoppte abrupt: »Das meine ich allerdings! Du etwa nicht?«
»Ich denke an all die Gefahren auf der Flucht. In der Wüste. Auf dem Mittelmeer. Und eigentlich mochte er doch sein Leben in Nigeria …«
»Du redest wie deine neue Nazifreundin!«
»Quatsch! Aber Akono steckt fest und wir können ihm nicht helfen.«
»Akono kann nicht zurück. Schon vergessen? Seine Familie, seine Nachbarn, der Balè, der Babalorisha, alle warten darauf, dass er ihnen seine Schulden zurückzahlt. Er ist zum Erfolg verdammt!«
»Wenn er es nicht schafft, muss er eben klein beigeben. Selbst wenn das nicht unbedingt seine Stärke ist.«

»Er hat sich entschieden. Jetzt musst du dich entscheiden: Willst du ihm nun helfen herzukommen, oder findest du, er sollte dort bleiben, wo er deiner Meinung nach hingehört? Ein bisschen helfen geht nicht.«
»Okay. Aber wie sollen wir ihm helfen, wenn wir das Geld nicht schicken können?«
»Wir bringen es ihm und filmen gleichzeitig alles. Zwei Fliegen, eine Klappe!«
»Das ist nicht dein Ernst!«
»Du steigst also aus. Hab ich mir gedacht.« Alexa ging weiter, ohne sich nach Ben umzusehen.
»Ich steige nicht aus. Ich versuche nur, auf dem Boden der Tatsachen zu bleiben. Wir sind 14! Wir dürfen nicht einmal Geld nach Niger schicken. Was meinst du, wie wir da hinkommen?«
»Akono, der ist nur ein bisschen älter als wir, hat aber kein Geld und niemanden, der ihm hilft. Er ist mutterseelenallein. Und du hast keine bessere Idee, als ihn zurück nach Nigeria zu schicken!«
»Okay, uns geht's besser als ihm. Das bezweifelt doch keiner. Die Frage ist: Können wir ihm helfen?«
»›Deutschland ist nicht das Sozialamt für die ganze Welt‹. Der Spruch steht bei jeder rechten Partei auf dem Werbeplakat.«
»Hör auf, mich in die rechte Ecke zu schieben. Ich bin nicht Armin. Und Armin will mit denen scheint's auch nichts mehr zu tun haben.«
»Bist du weiter dabei oder kneifst du?«
»Dabei!« Ben war schwer genervt. Alexa drehte langsam durch und er konnte sie nicht aufhalten. Am Ende stolperte er noch bis in den Niger hinter ihr her. Und wenn Akono dort nicht mehr war, ging es vielleicht weiter nach Algerien. Er musste Alexa zur Vernunft bringen und Akono helfen. Nur wie? Damit die Sache nicht komplett aus dem Ruder lief, brauchte Ben selbst Hilfe. Dringend!

Wüste

Ben dribbelte an ihrem Torwart Holger vorbei. Holger setzte nach, kam an den Ball, der ihm aber vom Fuß sprang. Mit zwei Bewegungen hatte Ben den Ball erneut unter Kontrolle und deutete einen Konter an. Holger setzte nach, doch Ben bremste ihn mit einem Stopper aus. Holger glitt über den Rasen und Ben konnte flanken. Armin nahm den Ball aus der Luft an und stürmte im nächsten Moment los.

Ben sah sich kurz um, während er nach vorne mitlief. War da Alexa? Er sah zu den Zuschauerrängen hinüber. Den Rückpass von Armin verfehlte er. Holger nutzte die Chance und setzte sofort zum Konter an. Ben blieb stehen, hob die Hand. Da hatte Holger bereits erfolgreich abgeschlossen.

»Was ist los, Ben?«, schimpfte van Nissen am Spielfeldrand. »Ein bisschen mehr Konzentration bitte!«

»Ich bin mal eben weg!«, rief Ben.

Nur Armin blieb cool. »Es gibt mal wieder Wichtigeres!«, murmelte er und zeigte, wie lässig er den Ball in der Luft halten konnte.

»Zeichnest du jetzt auch unser Training auf?«, rief Ben Alexa zu. Als er näher kam, schaltete er schnell um. »Nachricht von Akono?«

Alexa nickte.

»Das ist doch gut. Konntest du sie für unseren Film gebrauchen?«

Wieder nickte sie.

»Und?«

Ben ging in seinem Trikot neben Alexa her. Alle sahen den beiden nach, die offensichtlich Training und Mitspieler und van Nissen völlig vergessen hatten. Heute musste es mal ohne Ben gehen. Zum Glück waren es noch ein paar Wochen bis zum nächsten Qualifikationsspiel.

»Ist Akono was zugestoßen?«, wollte Ben wissen.

Alexa war blass wie ein Leichentuch. »Kann man so sagen... Akono hat sich auf diesen Drecksfahrer eingelassen.«

»Der, der ihn befummelt?«

»Woher weißt du das? Hat er dir geschrieben?«

»Mir hat Akono noch nie geschrieben.«

»Dass der Fahrer ihn befummelt hat, habe ich erst jetzt erfahren. Hätte ich das früher gewusst, hätte ich ihn überredet, in Arlit auf uns zu warten.«

»Was ist passiert?« Offenbar hatte Ben die Mail, die er bei Alexa gelesen hatte, durch sein hektisches Runterfahren gelöscht. Er ahnte, was er damit angerichtet hatte.

Alexa erzählte, dass der ›Drecksfahrer‹ Akono und einen Haufen weiterer Flüchtlinge mitgenommen hatte. Alle hatten geblecht. Außer Akono, der kein Geld hatte.

»Du zahlst anders!«, hatte der Fahrer gesagt und dem zweiten Fahrer zugezwinkert. Denn durch die Wüste fahren immer zwei Fahrer, die sich Tag und Nacht abwechselten. Vorerst sollte Akono zu den anderen auf die Ladefläche des LKWs steigen. Ohne Geld hatte sich Akono nicht einmal einen Wasserkanister leisten können. Als sie losfuhren, hingen außen am hoch aufgetürmten Gepäck, auf dem dicht gedrängt die Flüchtlinge saßen, bunte Wasserkanister mit Namen, damit niemand das Wasser eines anderen trank. Nur einen Kanister mit dem Namen Akono gab es nicht. Und während alle auf der langen, sehr heißen, sehr sandigen Strecke von Arlit zur algerischen Grenze in kleinen Schlucken von ihrem Wasser tranken, trocknete Akonos Kehle unaufhaltsam aus. Schließlich konnte er nicht mehr anders, pochte mit der flachen Hand auf die Fahrerkabine und schrie. Die Fahrer drehten die Musik lauter.

Es war wackelig auf der Pritsche. Die Räder gruben sich in den Treibsand. *Fech-fech* nannten die Einheimischen den feinen Sand, in den die Räder tief einsanken. Das Gepäck auf dem Fahrzeug bekam Schlagseite. Ein Flüchtling, der außen auf dem Gepäck gesessen hatte, konnte sich nicht mehr halten, fiel herab und kam nicht sofort auf die Beine. Mühsam rappelte er sich auf und rannte hinter dem LKW her, der sich durch ein weiteres Fech-fech-Feld grub. Auch der Flüchtling sank ein in dem feinen Sand, streckte die Arme aus. Er stapfte bereits auf Höhe der Ladefläche, nur eine Armlänge von seiner Rettung entfernt. Doch keiner wollte ihm die Hand reichen. Alle befürchteten, selbst hinabgerissen zu werden. Der Mann stürzte vornüber. Hilflos und völlig entkräftet musste er dem LKW nachschauen, der sich langsam, aber unerbittlich durch den Sand fraß. Auf festem Boden, so hoffte Akono, würde der Fahrer anhalten. Doch auch als sie die glatt glänzende Steinebene erreichten, machte der Fahrer keinerlei Anstalten, wegen eines über Bord gegangenen Flüchtlings zu stoppen.

Wut kochte in Akonos leerem Bauch, kroch ihm die trockene Lunge hoch. Er schlug mit aller Kraft auf die Fahrerkabine: »Anhalten!«

Drinnen drehten die Männer die Musik noch ein wenig lauter, überließen den Herabgestürzten seinem sicheren Tod. Akono ließ entsetzt die Arme sinken. Er konnte nichts mehr tun. Ob ihm bald dasselbe Schicksal blühte? In diesem Moment sehnte er sich nach seinem Amulett mehr als nach einem Schluck Wasser.

Sie fuhren durch die Täler am Rande des Aïr-Gebirges. Mal war der Boden steinig und hart, mal weich und pulvrig; kilometerweit wuchs nichts. In der Nähe der Oasen standen Kamele am Rand der Sandpiste und glotzten ihnen nach.

Auf der Pritsche war es so eng, dass Akonos Füße und Hände einschliefen.

Es gab auf der Ladefläche Chefs, die sich mit ihren Kumpels die besten Plätze gesichert hatten; am Rand nahe dem Führerhaus, wo man die Beine baumeln lassen konnte. In der Mitte der Ladefläche drängten sich die Schüchternen, die Stillen, die Schwächlinge – die anderen Flüchtlinge stiegen über sie hinweg, stützten sich auf ihnen ab. Manche fanden nicht einmal mehr Sitzplätze, standen und lehnten gegeneinander, hielten sich gegenseitig und schwankten mal in die eine, mal in die andere Richtung.

Das Schlimmste aber war der Dreck: Nach nur wenigen Stunden sahen sie aus wie Schweine. Weiße Flecken auf zerkratzter Haut, die Brauen und Lippen von Salz und Staub verkrustet. Aufgeschürfte Hände, leere Augen. Es roch ekelerregend nach Exkrementen. Viele wurden offenbar von Durchfall geplagt, der sie noch schneller austrocknen ließ.
Endlich legte sich die kühle Nacht über den LKW. Die Scheinwerfer leuchteten nur wenige Meter weit. Die Räder folgten den Spuren tausender anderer Räder. Wie Wellen eines Sees kräuselte sich der Sand, schien flüssig wie Wasser. Eine Wolke aus Staub hüllte die Flüchtlinge ein, so dicht, dass er die Sterne verdeckte. Akono bekam kaum mehr Luft, hustete.
Sobald sich die Sandwolke verzogen hatte, erschienen im Scheinwerferlicht die Umrisse von ruhenden Dromedaren. Eine Karawane verbrachte hier die Nacht. Irgendwo in der Nähe musste es eine Weidemöglichkeit geben. Und Wasser! Wenn das Motorgeräusch leiser wurde, weil der Fahrer schaltete, konnte man die Tiere brüllen hören. Um sie herum brannten zahlreiche Feuer. Ein Lager der Tuareg-Hirten. Aber der LKW kroch müde weiter. Über ihnen sausten unzählige Sternschnuppen über den Himmel. Zu schnell, um sich etwas zu wünschen. Und doch hatten alle auf der Pritsche ein und denselben Wunsch: zu überleben und Europa zu erreichen. Ein dunkler Traum.
Der Motor ächzte. Erster Gang, zweiter, erster. Sie fuhren kaum fünf bis zehn Stundenkilometer schnell. Auf der Pritsche bedrohte ein Mann die Leute um sich herum mit einem Messer. Die Körper wichen vor der Klinge zurück. So eroberte er sich mehr Raum, um schlafen zu können. Auch die Müdigkeit der anderen war so groß, dass sie immer wieder wegsackten und sich an ihren Nachbarn festklammerten. Alle hatten Angst herunterzufallen und zurückgelassen zu werden.

Ein schmaler roter Streifen am Horizont kündigte den Morgen an. Die Schatten wurden länger. Die Landschaft im Westen färbte sich kupferrot. Der Sand war von zahllosen parallelen Spuren zerfurcht, die nach Norden und Süden auseinander strebten.

Jeder Fahrer wählte seinen eigenen Weg. Wenn die Spuren zu tief waren, verließ der LKW die alte und suchte eine neue Spur. Ein paar aufgestellte Steine bezeugten das Ende einer Reise. Sie fuhren ein paar Meter an dem Grab vorbei. Die Flüchtlinge senkten die Blicke. Einige versuchten, sich zur Beruhigung eine Zigarette anzuzünden, wurden aber von den anderen daran gehindert. Unter ihren Füßen schwappten viele Tonnen Diesel, dessen scharfer Geruch zu ihnen aufstieg.
Die Köpfe der Menschen wurden im Rhythmus der ächzenden Federung hin und her geworfen. Wie ein einstudierter Tanz. Doch Akono bewegte sich dagegen. Sein Durst wurde unerträglich. Und niemand auf dem LKW wollte ihn von seinem Wasser trinken lassen. Jeder teilte sich seine Wasserreserven strikt ein, denn niemand wusste, ob sie überhaupt bis zum nächsten Brunnen reichten. Und sollte Akono sich irgendwo in diesem Dreck infiziert haben, würde das Wasser eines Mitreisenden, von dem er trank, auch infiziert...
Akonos Durst wurde übermächtig. Er drängte sich an den Rand, sprang von der Pritsche und rannte an der Fahrerkabine vorbei. Wahrhaftig, er hatte Nerven, zückte das Handy und filmte den Truck von vorne.

Ein vorsintflutlicher Lastwagen mit zwei Turban-verhüllten Fahrern hinter der gesprungenen Windschutzscheibe kriecht auf die Kamera zu. Über der Pritsche schwanken zahllose Kanister. Nur gelegentlich taucht kurz der Kopf eines Flüchtlings auf. Der Mann am Steuer lehnt sich aus dem Fenster, gestikuliert wild und schreit etwas, das Ben nicht versteht, schon weil das Dröhnen des Motors seine Stimme übertönt. Doch eindeutig fordert er Akono auf, sich von der Piste zu verziehen. Akono hält stattdessen weiter die Kamera auf ihn gerichtet, die Fahrer kommen zum Greifen nah. Nur wenige Meter sind sie noch entfernt, da endlich setzt ein lautes Quietschen ein. Der Fahrer macht eine Vollbremsung. Von der Ladefläche mischen sich wilde Schreie in den Lärm. Dann steht der Truck und eine unnatürliche Stille legt sich über die Szene. Die Beifahrertür wird aufgerissen, der verhüllte Beifahrer springt heraus, läuft auf die Ka-

mera zu und zerrt Akono, der nicht aufhört zu filmen, in die Fahrerkabine. Die Aufnahme schwankt wild, dann richtet sich die Kamera durch die geborstene Windschutzscheibe nach draußen.

»Hat es der schlaue Hund doch tatsächlich bis in die Fahrerkabine geschafft.« Ben konnte nach diesem Video seine Bewunderung kaum verbergen.
Alexa nickte: »Sie konnten ihn nicht einfach in der Wüste zurücklassen. Jedenfalls nicht mit dem Beweismaterial auf seinem iPhone, von dem Akono behauptete, es bereits losgeschickt zu haben. Sie nahmen ihm das Handy ab und legten es auf das Armaturenbrett. Akono platzierten sie zwischen sich und gaben ihm von ihren nicht so knapp bemessenen Wasservorräten zu trinken. Dann begannen sie, ihn während der Fahrt anzugrabschen. Dafür gaben sie ihm zu trinken. Und so ließ er alles über sich ergehen und hoffte nur, dass sie bald die Grenzstation erreichen würden. Den ganzen Tag saß er mit ihnen in der Kabine, trank ihr Wasser, aß mit ihnen, ließ sich begrabschen.«
»Das ist ja eklig!«, rief Ben.
»Es kommt noch schlimmer…«

Assamaka

Männer in Uniformen der nigrischen Armee stoppten den Truck mit vorgehaltenen Gewehren. Beide Fahrer sprangen mit erhobenen Händen aus dem Führerhaus und verschwanden in die Wüste. Offenbar wussten sie, wohin sie fliehen konnten. Akono schnappte sich sein iPhone und verkroch sich im Fußraum der Kabine. Von dort beobachtete er, wie die Uniformierten die Flüchtlinge von der Ladefläche scheuchten und im Sand zusammentrieben. Ihm stockte der Atem. Würden sie sie erschießen? Die Soldaten brüllten herum, verlangten von jedem Geld für die Weiterfahrt. Die, die zögerten, wurden mit Gewehrkolben gestoßen, mit Gürteln und Schläuchen geschlagen. Alle zahlten. Durch die geöffnete Beifahrertür beobachtete Akono, wie die Uniformierten den Flüchtlingen Handys, Uhren und Schmuck abnahmen. Einen Mann mit einem ziemlich neuen T-Shirt zwangen sie sogar, das Shirt auszuziehen. Nachdem sie alle Wertgegenstände an sich gebracht hatten, jagten sie die Flüchtlinge in die Wüste. Wer versuchte, an sein Wasser zu gelangen, wurde geschlagen, getreten und mit Gewehrkolben traktiert. Eine Frau mit einem Kind an der Hand protestierte lautstark. Sie wollte sich nicht abhalten lassen, ihren Kanister zu holen. Ohne Vorwarnung schossen ihr die Soldaten in den Rücken. Sie fiel mit dem Gesicht in den Sand. Das Kind ließen sie leben. Es hockte sich zu seiner Mutter auf den Boden, wartete, dass sie wieder aufstand. Niemand kam, um es zu holen. Und Akono saß in der Fahrerkabine fest. Die anderen Flüchtlinge waren schon weit in die Wüste gestolpert, da näherte sich ein Uniformierter der Kabine. Akono ließ sich aus der Beifahrertür hinabgleiten und verbarg sich hinter dem großen Reifen. Als der Soldat den Truck

startete, gelang es Akono, einen Wasserkanister zu lösen. Mit dem drückte er sich flach in den Sand, bis von den Soldaten nichts mehr zu hören war. Dann lief er zu der Frau, die reglos im Sand lag. Er rüttelte an ihr. Sie war tot. Unwiderruflich. Das Kind sah ihn stumm und mit großen Augen an. Es schien nicht zu verstehen, was geschehen war. Akono reichte ihm die Hand, sprach mit ihm. Auf Englisch, auf Yoruba, schließlich auf Deutsch. Er bot ihm von dem Wasser an. Aber das Kind wollte kein Wasser, wollte sich keinen Millimeter von seiner Mutter entfernen. Es klammerte sich an ihr fest, weinte nicht, schrie nicht. Es blickte Akono einfach nur stumm und aus großen Augen an.
So ließ er es bei seiner Mutter im Sand zurück und machte sich auf den Weg. Die großen Augen des Kindes begleiteten ihn. Ein paar Mal überlegte er, umzukehren und das Kind mitzuschleifen. Doch dazu fehlte ihm die Kraft.
Er folgte der Spur der Flüchtlinge. Da keiner von ihnen Wasser hatte mitnehmen können, achtete er darauf, sie mit dem Kanister, auf dem ein fremder Name stand, nicht einzuholen. Er teilte sich das Wasser sehr gewissenhaft ein und lief gleichmäßig weiter. Irgendwann mussten die Spuren im Sand zu einer Wasserstelle führen. Das jedenfalls war seine Hoffnung.
Bald begegnete er Flüchtlingen, die zusammengebrochen waren und nicht weiterkonnten. Alte und Kranke. Sie bettelten um Wasser. Doch er machte einen weiten Bogen um sie und stapfte weiter. Hier konnte nur jeder ums eigene Leben kämpfen. Wer Mitleid bekam und all diese Leute retten wollte, war selbst verloren.

Gegen Abend, als es kühler und der eigene Schatten blau und länger wurde, erblickte Akono am Horizont eine Ansammlung flacher Lehmbauten. Er lief schneller, denn er wusste inzwischen, wie schnell die Sonne in der Sahara unterging. Und nachts sollte man auf keinen Fall an einer Grenzstation ankommen. Wenige hundert Meter von den Gebäuden entfernt trank er sein restliches Wasser und warf den Kanister in die Dünen. Die anderen sollten ihn nicht mit dem Wasserkanister sehen.

Als er sich der Grenzstation bis auf zehn Meter genähert hatte, hielt er unwillkürlich inne: Die Soldaten, die dort vor den Gebäuden herumlungerten und Alkohol tranken, sahen denen, die sie ausgeraubt und ausgesetzt hatten, zum Verwechseln ähnlich. Was tun? Umkehren? Das wäre sein Ende. Er musste sich ihnen ausliefern, wenn er nicht verdursten wollte.

»Wenn er das nicht überlebt hätte, wüsstest du von all dem nichts«, brummte Ben, um die unerträgliche Spannung zu lindern.
»Das ist wahr«, stimmte Alexa ihm zu. »Aber wart's ab. Ich erzähle der Reihe nach!«
Ben wusste nicht recht, ob er noch mehr hören wollte. Alexa war in dieser Hinsicht härter als er. Sie wollte schließlich Reporterin werden und einen Film über all das drehen. Ben traute ihr zu, dass sie für gute Bilder selbst in die Wüste reisen würde. Darüber hatte sie schon mehrfach laut nachgedacht, wenn sie am Computer die Bilder aus der Sahara bewunderte und manche davon in ihren Film montierte.

Akono jedenfalls war in das Grenzlager Assamaka gegangen. Assamaka ist der Grenzposten zwischen Niger und Algerien, ein Schlagbaum mitten in der Wüste und eine kleine Siedlung aus ein paar Lehmhütten. In einigem Abstand ragten zwei rostige Gestänge aus dem Boden: provisorische Tore eines provisorischen Fußballfeldes.
Seine Ankunft an der Grenzstation löste schallendes Gelächter aus. Erst war er irritiert, dann bemerkte er, dass sämtliche Soldaten vollkommen betrunken waren. Mit den paar Fetzen Englisch, die sie beherrschten, erklärten sie ihm ihre Spielregeln. Wer die Grenze passieren wollte, musste zahlen. Wer etwas zu essen wollte, ebenfalls. Selbst Wasser gaben sie den Flüchtlingen nur gegen Geld.
Tatsächlich hatten einige Flüchtlinge beim Überfall Geld verstecken können. Sie boten es den Soldaten an, die es zählten, sich aber nicht anschickten, Essen oder Trinken dafür herauszurücken, geschweige denn die Flüchtlinge passieren zu lassen. Eini-

ge Flüchtlinge erklärten den Grenzsoldaten auf Arabisch, dass die meisten der Ankömmlinge nichts mehr hatten, außer den Kleidern, die sie am Leib trugen. Dass sie bereits ausgeraubt worden waren und deshalb nichts mehr bei ihnen zu holen war.
Die Grenzsoldaten bestanden jedoch auf einer Gegenleistung, wenn sie eine Horde Flüchtlinge ohne Papiere über die Grenze nach Algerien lassen sollten. Und wenn sie nichts bekämen, müssten sie sie leider in die nigrische Wüste zurückschicken.
»So sind die Gesetze! Und die haben wir nicht gemacht.«
Die Flüchtlinge flehten und bettelten. Die Grenzsoldaten genossen das. Akono erkannte, dass diesen Männern mit gesundem Menschenverstand nicht beizukommen war. Womit könnte man sie gewinnen? Geld. Ohne Frage waren sie heiß auf jeden Franc, jeden Dollar, jeden Euro. Auch Schmuck und Uhren würden sie nicht verschmähen. Bier, Wein oder Schnaps waren mit Sicherheit ebenfalls sehr begehrt. Doch all das besaß keiner der Flüchtlinge.
Akonos Blick blieb an einem Poster hängen, das an einer Hüttenwand blau schimmerte: Lionel Messi im Trikot des FC Barcelona. Schlagartig hatte er eine Idee. Er fasste sich ein Herz und trat vor.
»Ich dribble jeden von euch so lange aus, bis ihr nicht mehr wisst, wo Niger und wo Algerien ist!«, rief er auf Englisch.
Alles andere als freundlich forderten die Soldaten, zu übersetzen, was dieser Grünschnabel da gesagt hatte. Ein Flüchtling übersetze ins Französische.
Schallendes Gelächter.
Doch ein junger, nicht gänzlich betrunkener Soldat rannte in eine der Hütten und brachte einen Fußball. Er warf ihn Akono zu. Akono nahm ihn barfuß an und hielt ihn in der Luft, kickte ihn über den Kopf und hob ihn mit der Hacke zurück auf die Fußspitze ... Mit solchen Tricks konnte er immer beeindrucken. Sie waren ihm so in Fleisch und Blut übergegangen, dass sie trotz Hunger, Durst und Gliederschmerzen gelangen.
Die Soldaten starrten ihn einigermaßen bewundernd an, nickten heftig und brachen in begeistertes Gelächter aus: »Mlêh![5]«

5 Gut!

Wohin man in Afrika auch kam, einen Fußballbegeisterten fand man stets. Mindestens einen. Und hier war offenbar die ganze Wachmannschaft fußballvernarrt. Er solle zeigen, was er noch drauf habe, gaben sie ihm zu verstehen.
Akono stoppte ihren Eifer: »Ich zeige euch das nicht umsonst. Ich bin ein Star!«
Das verstanden die nigrischen Soldaten sogar ohne Übersetzung. Sie berieten sich.
Unter den Flüchtlingen breitete sich ein ängstliches Wispern aus: Ritt der kleine Wahnsinnige sie ins Verderben?
»Tu parle français?[6]«, wandten sich die Grenzsoldaten an Akono. Die anderen Flüchtlinge nickten an seiner statt.
»Jouer au foot?[7]« Sie deuteten auf ihn und sich.
Das verstand Akono. »Wenn ihr euch traut!«
Es dauerte eine Weile, bis seine Bemerkung übersetzt und von den Betrunkenen verstanden wurde. Dann grölten die Soldaten. Der Kleine war eine willkommene Abwechslung an diesem einsamsten, traurigsten Ort der Welt, an den die meisten von ihnen strafversetzt worden waren. Ja, sie wollten das Fußballspiel.
»Worum spielen wir?« Akono ließ nicht locker.
»Bière!«, schlug ein völlig betrunkener Soldat vor. Aber Akono schüttelte den Kopf. »Kein Bier!«
»Musulmane?«, fragten die Männer, die selbst allesamt Muslime waren und daher gar keinen Alkohol hätten trinken dürfen.
»Nein, ich will kein Bier. Ich will über die Grenze!«
»Über die Grenze? Ihr alle?«
»Wenn wir gewinnen, lasst ihr uns über die Grenze. Wenn wir verlieren, könnt ihr uns zurück in die Wüste schicken. Das ist der Deal!«
Es bedurfte mehr als nur der Sprachkenntnisse des Übersetzers, bis die Militärs das Angebot kapiert hatten. Sie fanden es so lustig, dass sie immer wieder in Lachen ausbrachen. Dann rissen sie sich zusammen und nickten.

6 Sprichst du Französisch?
7 Willst du Fußball spielen?

»D'accord[8]!«
Die Soldaten wollten sofort spielen. Wieder hielt Akono sie zurück und bestand darauf, dass die Flüchtlinge eine Nacht ausruhen, trinken und essen durften, bevor sie antraten. Erst murrten die Grenzer, weil sie jetzt Unterhaltung wollten. Dann aber sahen sie ein, dass ein Fußballspiel mit Flüchtlingen, die sich mit letzter Kraft ins Grenzlager geschleppt hatten, keinen Spaß machen würde. Man musste sie aufpäppeln, um sie schließlich zu besiegen.

An diesem Abend saßen die Flüchtlinge bei Couscous und Wasser zusammen. Plötzlich stand Akono, den alle bisher für komplett verrückt gehalten hatten, im Mittelpunkt. Sie gratulierten und dankten ihm. Viele aßen sich zum ersten Mal wieder satt. Dabei berieten sie in vielen Sprachen und mit Hilfe zahlreicher Übersetzer, wer mit Akono gegen die Soldaten antreten sollte. Es gab viele Fußballbegeisterte unter ihnen, auch einige aktive. Aber eigentlich fühlte sich keiner in der Lage, zu rennen oder gar ein ganzes Spiel zu überstehen. Lediglich die Aussicht, über diese Grenze zu gelangen, hielt sie aufrecht.
Akono selbst war einigermaßen zuversichtlich: Die jüngsten Soldaten waren nur wenig älter als er. Ihre Kommandeure waren zwar ziemliche Muskelprotze, wobei ihre Masse in Wirklichkeit aus Fett bestand. Die einfachen Soldaten aber waren fast so ausgemergelt wie die Flüchtlinge. Er rechnete sich aus, dass die einen zu schwerfällig, die anderen zu abgezehrt zum Spielen waren. Und alle zusammen waren nicht halb so motiviert wie die Flüchtlinge. Dieser Gedanke ließ ihn beruhigt unter dem unglaublichen Sternenhimmel einschlafen.

»Laila saîda![9]«, weckte ihn eine Stimme. Er sah den Umriss einer Gestalt, deren Gesicht mit einem Tagelmust, dem Gesichtsschleier der Tuareg-Männer, verdeckt war. Die Stimme aber klang hoch.

8 Einverstanden
9 Gute Nacht!

»Who are you?«, zischte Akono.
»Dazol!«
»What do you want?«
»Congratulations!«, antwortete die Piepsstimme. Der Mann sprach gebrochen Englisch. »But tomorrow you dead!«
»Woher willst du das wissen?«
»Soldaten spielen nicht fair. Brauchst du Schiedsrichter.«
»Wer soll das machen? Etwa ein Soldat?«
»Nimm Targi. Is nich Soldat, nich *refugee*[10], nich Nigrer, nich Algerier. Is unparteiisch.«
»Und wo kriegen wir diesen ›Targi‹ her?«
»Is morgen da. Du musst darauf bestehen! Wachcha[11]?«
»Wachcha!«
Im nächsten Moment war die Piepsstimme verschwunden. Akono drehte sich auf die andere Seite. Plötzlich war er sich nicht mehr so sicher, dass sie das Spiel gewinnen würden. Jetzt erst wurde ihm bewusst, dass er an diesem Ort, mitten in der Wüste, im ausgedörrten Niemandsland zwischen Niger und Algerien, die Fußballregeln vergessen konnte. Er musste auf alles gefasst sein!

10 Flüchtling
11 In Ordnung

Länderspiel

Akono schaute sich um. Die Mannschaft der Flüchtlinge bestand aus abgerissenen, ausgemergelten Typen aus Kamerun, Ghana, Togo, Benin und Nigeria. Keiner trug etwas, was annähernd einem Trikot ähnelte. Bestimmt waren sie alle einmal gute Kicker gewesen, früher, bevor sie sich auf diesen mörderischen Trip begeben hatten, jetzt aber löste ihr Anblick allgemeines Gelächter aus. Denn ihnen gegenüber stand eine Mannschaft halbwegs durchtrainierter Soldaten, die zwar ebenfalls nicht viel auf den Rippen hatten, aber immerhin mit so was wie Trikots antraten. Ihr Gelächter angesichts der Flüchtlingsmannschaft breitete sich unter dem zahlreich erschienenen Publikum aus: Kameraden der Soldaten, eine nicht geringe Zahl von Wüstenbewohnern, von splitternackten Kleinkindern, in weite, bunte Tücher gehüllten Frauen und von Männern hinter Gesichtsschleiern. Das waren die ›Kel Tamasheq‹, die ›Leute, die Tamasheq sprachen‹.

»Mettons-nous avec ça!«, brüllte der Kommandeur. »Bringen wir's hinter uns!«

Akono riss die Arme hoch. »Where's the ref?«

»Où est l'arbitre?[12]«, schallte es aus dem Publikum.

»Inda ne Ref?«, hallte es auf Hausa zurück.

»Nibo ni referee?«, riefen die Nigerianer zur Unterstützung auf Yoruba, denn längst hatte sich herumgesprochen, woher Akono stammte.

Alle wollten plötzlich wissen, wo der Schiedsrichter war.

Obwohl die Soldaten mit abgeschnittenen Schläuchen gleich auf das zivile Publikum eindroschen, konnte die Unruhe solange nicht

12 Wo ist der Schiedsrichter?

besänftigt werden, bis ein Targi mit traditionell blauem Gesichtsschleier, einem schmuddelig grauen Kleid und Flip-Flops an den Füßen vortrat. Irgendjemand hatte ihm eine Schiedsrichterpfeife umgehängt.

»Voila, l'arbitre![13]«, akzeptierte der Kommandeur den Schiedsrichter, den ohnehin keiner ernst nehmen würde.

Und dann begann unter den lauten Rufen und den spitzen Trällern der Zuschauer das ungleiche Spiel.

Akono ließ sich von Anfang an weit zurückfallen. Die Strategie der Militärs war einfach zu durchschauen: Durch robustes Einsteigen die körperliche Überlegenheit ausspielen, den Gegner umsäbeln, möglichst ohne dass er wieder aufstand, dann den Ball unter Kontrolle bringen und aufs Tor ballern. Eine Taktik, die unter normalen Umständen von einer einigermaßen professionell aufspielenden Mannschaft leicht unterlaufen würde. Ein paar schnelle Dribblings, gut platzierte Pässe, schnelles Kurzpassspiel und direkter Abschluss – so bekäme man eine Holzhackermannschaft wie diese in den Griff. Doch hier wurde von der ersten Minute an gefoult. Egal ob der Gegner in Ballbesitz war oder nicht, er wurde niedergemäht. Im Handumdrehen drohte das Spiel in ein brutales Gemetzel auszuarten, an dem die Soldaten ihre sichtliche Freude hatten.

Ein erstes Tor hatten sie den Flüchtlingen schon reingeprügelt, als ein lauter Pfiff gellte. Da die Soldaten sich nicht darum scherten, rannten jetzt die Tuareg auf den Platz. Das Spiel musste unterbrochen werden. Die Ordner bekamen das Chaos nicht in den Griff, bis Akonos Mannschaft ihren Freistoß erhielt. Die Zuschauer zogen sich zurück. Der Ghanaer führte aus, spielte scharf auf Akono, der einen Moment Mühe hatte, den Ball unter Kontrolle zu bringen. Dann lupfte er ihn hoch. Ein, zwei Stationen hielten der Ghanaer und Akono ihn in der Luft, dann ließ Akono ihn dicht am Körper abgleiten und zog ab: Unhaltbar für einen Torwart, der sein sauberes Trikot nicht mit einer Parade beschmutzen wollte.

13 Na also, der Schiedsrichter!

Auf die Blutgrätschen, die Stöße, Schläge und Tritte, mit denen die Soldaten ihn daraufhin ausschalten wollten, war Akono gefasst. Er sprintete hin und her, sprang über ausgestellte Beine, wich Remplern geschickt aus und ließ Angreifer ins Leere laufen. Das motivierte seine Mitspieler ungemein. Alle versuchten es ihm gleichzutun, und auch wenn kaum einer mit Akono mithalten konnte, verstanden alle schnell das Prinzip: Die Gewalt ins Leere laufen lassen, den Ball nicht länger als ein paar Sekunden halten, sich auf keine Zweikämpfe einlassen.
Schnell stand es 2:1 für Akonos Mannschaft. Der nächste Vorstoß der Flüchtlinge konnte nur durch ein äußerst krasses Foul gestoppt werden, das in jedem zivilisierten Fußballspiel einen Platzverweis nach sich gezogen hätte. Hier ertönte nur ein Pfiff, den wiederum keiner der inzwischen ziemlich erhitzten Soldaten beachten wollte. Wieder stürmte das Publikum auf das Spielfeld. Wieder konnten die Soldaten die Leute nicht zurückdrängen. Da befahl der Kommandeur den Spielabbruch.
Das Chaos, das folgte, war unbeschreiblich. Die Kel Tamasheq forderten ultimativ die Fortsetzung des Spiels, für das sie einen langen, beschwerlichen Weg durch die Wüste auf sich genommen hatten. Die Flüchtlinge forderten ihre Passierscheine, die ihnen versprochen worden waren. Die Soldaten versuchten mit aller Härte, Ordnung zu schaffen. Der Kommandeur gab Schüsse in die Luft ab. Das sandige Spielfeld lag in einer einzigen Staubwolke.

Ben klickt auf Play. Das Video von Akono, Beweis für den Wortbruch des Militärs. Aber außer sehr viel Staub sind nur durcheinander rennende Gestalten, Turbane und flatternde Tücher zu sehen. Das Bild wackelt gewaltig. Offenbar befindet sich auch Akono im Getümmel. Alle schreien durcheinander und immer wieder knallen Schüsse.
»You great!«, piepst eine helle Stimme ganz nah. Die Kamera fährt herum, nimmt eine kleine, mit einem weiten, grauen Gewand und einem Gesichtsschleier verhüllte Gestalt ins Visier. Der kleine Targi kichert und versucht, die Filmaufnahmen zu unterbinden. Akono aber weicht aus, bis der Targi ihn an der freien Hand fasst und wegzerrt.

»Where are we going?«
»Imuhagh[14]!«, piepst der Kleine und zerrt Akono an der Grenzstation vorbei. Total verwackelte Aufnahmen von Sand, Füßen, einem flatternden Tuch und ein paar Dünen, die die beiden offenbar hinaufrennen. Dahinter kauern zwei gesattelte Kamele. Das Geschrei wird lauter. Akono steigt auf den Rücken des einen Tieres. Dann macht die Aufnahme eine wilde Drehung, um im nächsten Moment Sandkörner in Nahaufnahme zu zeigen. Das Kamel steht ohne Akono da. Der Targi hilft ihm auf seinen Rücken. Mit einem letzten Ruck bricht die hektische Aufnahme ab.

Akono konnte sich nur mit Mühe auf dem schmalen Rücken des ausgemergelten Tieres halten. Da ahnte er noch nicht, was weiter auf ihn zukommen würde. Denn der Targi brachte ihn zu den Kel Tamasheq. Gemeinsam überquerten sie abseits der algerischen Grenzstadt In Guezzam die grüne Grenze nach Algerien, die in Wirklichkeit eine sandig-gelbe war.
Tagelang ritten sie weiter, obwohl Akonos Hintern blutig gerieben wurde. Trotz Sattel und Decken. Er biss die Zähne zusammen. Sie folgten schmalen Pfaden, die ins Nichts zu führen schienen. Bis sie eines Morgens von einer Anhöhe herab auf die Ausläufer des Hoggar-Gebirges blickten, das weite Land voller Geröll, durchzogen von *Oueds*, Flussbetten, in denen er sich niemals Wasser vorstellen konnte.
Der rote Sand wirkte wie ein grenzenloses Meer. Kein Vogel breitete in der dichten Luft seine Flügel aus, wo eine mächtige Sonne alles verglühte. Sie erreichten ein Dorf, in dem das Leben gerade begann, Schilfhütten, aus denen die kleinen Kinder nackt hervorkamen, die Männer in Lumpen, die Frauen in abgetragenen Kleidern. Aber den Weg nach Tamanrasset kannte jeder von ihnen im Schlaf.

»Tuareg haben ihn durch die Wüste gebracht? Unfassbar!«, stieß Ben hervor.

14 In Algerien und Libyen bezeichnen die Tuareg sich selbst als »Imuhagh«.

»Jedenfalls hat er mir all das aus Tamanrasset berichtet. Wenn auch mit seinen eigenen Worten.« Alexa wirkte bedrückt.
»Dann ist er ja in Sicherheit. Und wir haben eine irre Story für den Film. Freust du dich gar nicht?«
Alexa starrte vor sich hin. Sie sah blass aus. »Der Targi mit der Piepsstimme ... ist eine Targia in unserem Alter!«
»Na super. Das wird im Film der Kracher!«
»Sie heißt Dazol!«
»Klingt dramatisch!«
»Es bedeutet: ›die Geschminkte‹! Hab ich gegoogelt.«
»Hmmm, und jetzt befürchtest du ...«, murmelte Ben, dem gerade ein saharischer Felsbrocken vom Herzen fiel.
»In den Bloggs steht: Die Tuareg sind Schleuser, die mit den Flüchtlingen viel Geld verdienen. Wenn's eng wird, lassen sie sie aber in der Wüste verdursten!«
»Diese Dazol hat Akono doch schon durch die Wüste gebracht!«
»Stimmt. Aber sie ist nach wie vor mit ihm unterwegs. Das macht mich misstrauisch.«
»Du meinst, sie will mehr von ihm, als ihn nur durch die Sahara bringen?« Eine scheinheilige Frage, das wusste Ben.
Alexa nickte betreten.
»Das Wichtigste ist doch, dass sie Akono hilft, oder?«
»Stimmt«, räumte Alexa mit belegter Stimme ein. »Akono lebt und ich kann den Film weiterdrehen.«
»Wenn du Hilfe brauchst: Ich bin dabei!«, flötete Ben und kehrte beschwingt zum Training zurück. Er hob die Arme, um anzuzeigen, dass er wieder anspielbar war.
»Hat sie dir nen Antrag gemacht? Du bist ja richtig aus dem Häuschen!«, rief Armin ihm zu.
Ben grinste breit und schüttelte den Kopf.
»Erzähl, was ist los?«
»Was soll schon los sein?«
»Irgendwas Großartiges muss es doch gewesen sein!«
»Ja!«, gestand Ben endlich. »Akono hat einen wichtigen Schritt auf dem Weg zurück in unsere Mannschaft geschafft. Er ist lebend durch die Wüste gekommen!«

»Super!« Armin kaufte Ben die Antwort nicht so recht ab. »Und wie geht's bei ihm weiter?«
»Riskier mal einen Blick auf die Landkarte. Da kannst du sehen, dass er noch durch Algerien und Marokko muss. Dann ist er nur noch ein paar Kilometer von Europa entfernt. Ein Katzensprung!«
»Seid ihr zum Reden oder zum Trainieren hier?«, schaltete sich van Nissen ein.
»Akono hat die Wüste geschafft, durchquert jetzt Algerien und Marokko. Dann ist er bald bei uns. Vielleicht können wir für die nächste Quali schon mit ihm rechnen«, beeilte sich Armin, van Nissen über den Stand der Dinge zu informieren.
»Da wär ich mir mal nicht so sicher«, brummte van Nissen. »Vor ihm liegt noch das größte Hindernis: Das Mittelmeer!«
»Labern oder trainieren?«, fragte Ben und gab sich mit einem scharfen Zuspiel auf Armin selbst die Antwort.
Ben fühlte sich leicht. Selten hatte er so locker trainiert. Er trat den Ball ungefähr in Armins Richtung, der Ball eierte durch die Luft, ungefähr in Armins Richtung, und senkte sich genau vor Armins Brust, so dass der ihn sich gleich vorlegen konnte.
»Bravo, Ben!«, rief van Nissen von der Seite.
Doch Bens Gedanken waren bei Akono und dem Tuaregmädchen Dazol. Warum half ihm das Mädchen? Doch nicht aus purer Menschenliebe! Dann hätte sie nämlich viel zu tun bei den Flüchtlingsmassen, die durch die Sahara wollten.
Ben dribbelte auf Holger zu. Holger grätschte. Zu früh, denn der Ball klebte weiter an Bens Fuß.
»Schweinepriester!«, fluchte Holger und rappelte sich auf, um Ben hinterher zu laufen.
Nein, dachte Ben, während er auch Murat hilflos stehen ließ: Das Tuaregmädchen hatte Akono mit dem Ball zaubern sehen. Genau wie Alexa. Und genau wie Alexa hatte sie sich gleich unsterblich in den Fußball-Magier verknallt. Denn gegen das, was Akono drauf hatte, war das, was Ben hier gerade zeigte, Kinderkram, obwohl ihn gerade drei Gegenspieler nicht vom Ball trennen konnten und er einen weiteren Traumpass zu Armin schickte.

Alexa hat Konkurrenz bekommen, dachte er. Und zwar von einem Mädchen, dass Akono in seiner Lage besser weiterhelfen konnte als Alexa. Ben würde es nicht wundern, wenn Akono nun seine ellenlangen Berichte einstellte. Warum sollte er Alexa weiterhin alles haarklein berichten? Es war Alexa, die einen Film über ihn drehen wollte, Akono hatte in dieser Hinsicht wenig Ehrgeiz gezeigt. Ben spürte, wie ihn der Film zum ersten Mal nicht abschreckte, sondern interessierte. Ja, die Geschichte nahm eine interessante Wendung. Und diese Wendung würde er auch gerne im Film sehen. Irgendwie gemein, diese Gedanken, dachte Ben, während er Armins Rückpass in vollem Lauf mitnahm und nun allein vor dem Tor auftauchte, den Keeper mit einem vorgetäuschten Schuss zu Boden gehen ließ, um schließlich seelenruhig abzuschließen.

»Heute richtig gut drauf!«, sagte Armin in der Umkleidekabine. »Am Ende brauchen wir diesen Akono gar nicht, um das nächste Spiel zu gewinnen.«
»An den kommt keiner ran, schon vergessen?«, antwortete Ben. »Denk dran, was van Nissen gesagt hat: Teamplay ist mindestens ebenso wichtig wie individuelle Klasse.«
»Ja, Teamplay, das ist gut«, murmelte Ben, während er die Umkleidekabine verließ. Wie ein besonders guter Teamplayer fühlte er sich allerdings nicht. Zumindest nicht Alexa gegenüber. Ob sie Akono schon erreicht hatte? War Akono wohl noch mit dieser Targia Dazol unterwegs?

Deutschstunde

Frau Beck war recht beliebt bei den Schülern. Es gingen Gerüchte, dass sie im Kollegium als unbequem galt. Die Eltern beargwöhnten ihre angeblich fehlende Leistungsorientiertheit. Aber das war den Schülern entweder egal oder sie mochten Beck gerade deshalb besonders.
Zu Beginn des Unterrichts gab es bei ihr stets eine Diskussionsrunde. Jedes Thema war erlaubt, jede Meinung durfte vertreten werden, allerdings achtete Frau Beck sehr genau auf die Gesprächsführung, die Argumentation, die Klarheit der Aussage. Es gab auch Tabus: Niemand durfte vorsätzlich verletzt, heruntergemacht oder übergangen werden. Und die Kunst des Ausredenlassens paarte sie mit der Forderung, sich kurz zu fassen.
»Wie geht's mit dem Afrikaner weiter?«, eröffnete Armin die Diskussion. »Immerhin haben wir ziemlich viel Geld eingesammelt.«
»Der Afrikaner heißt Akono. Und soweit ich mich erinnern kann, hast du dich weder an der Hilfsaktion noch an den Spenden beteiligt«, stellte Alexa klar. Seit Akonos Abschiebung saß sie alleine an einem Tisch. Nicht, dass Ben etwas dagegen gehabt hätte, neben ihr zu sitzen, aber Alexa hatte darauf bestanden, dass der Platz für Akono frei gehalten wird. Sie hatte Filmaufnahmen von der Klasse mit leerem Stuhl gemacht. Eine ihrer vielen Maßnahmen, die nicht nur Ben übertrieben fand. Aber sei's drum: Sollte der Platz halt leer bleiben.
»Auch wenn er sich nicht beteiligt hat, hat Armin genau wie wir ein Recht darauf, über den Stand der Dinge informiert zu werden. So etwas nennt man Transparenz. Äußerst wichtig für Hilfsaktionen, wenn man die Hilfsbereitschaft erhalten will«, sprang Frau Beck Armin bei.

»Also gut ...«, eröffnete Alexa ihren Bericht. »Wie die meisten von euch wissen werden, ist es Akono dank seines überragenden Fußballtalentes gelungen, halbwegs unversehrt die Sahara zu durchqueren.«

Frau Beck rollte die Afrikakarte aus und Alexa zeigte, welche Route Akono genommen hatte: »Agadez, Arlit, Assamaka, In Guezzam ... Die asphaltierte Strecke von In Guezzam bis in den Nordwesten Algeriens hat er mit Taxis und Bussen recht schnell überwunden ...«

»Zumal er seit der Saharadurchquerung eine Begleitung hat«, meldete Ben sich zu Wort.

Alexa blickte zu ihm rüber und Ben sah sogar aus der Entfernung die Verzweiflung in ihrem Blick.

»Ja, das ist sein Glück. Ein Targi, also jemand vom Volk der Tuareg, hat ihn durch die Wüste gebracht und fährt jetzt weiter mit ihm ...«

»Genauer gesagt handelt es sich um eine Targia namens Dazol«, ergänzte Ben.

»Was ein Problem sein könnte«, fiel ihm Alexa ins Wort. »Die Tuareg kennen die Wüste wie ihre eigene Westentasche. Deshalb verdienen sie nicht selten ihr Geld als Schlepper. Sie bringen Flüchtlinge durch die Wüste. Und bereichern sich an ihnen!«

»Wie viel hat Akono ihr bezahlt, damit sie ihn durch die Wüste bringt?«, fragte Ben scheinheilig, denn er kannte die Antwort.

»Sie arbeitet auf Kredit! Sie will nämlich auch nach Europa. Er zahlt, wenn sie hier angekommen sind und er als Profi-Fußballer Geld verdient. Inzwischen haben die beiden die Grenze passiert und die marokkanische Grenzstadt Oujda erreicht.«

»Können sie einfach über die Grenze fahren? Ohne Visum?«, wollte Ayşe wissen.

»Flüchtlinge können keine Grenze offiziell passieren. Aber über die Grenze nach Marokko haben sie es geschafft, weil die algerischen Behörden kein Interesse daran haben, Flüchtlinge im eigenen Land zu behalten. So schieben sie sie selbst über die Grenze nach Marokko ab und hoffen, dass sie nicht wiederkommen.«

»Ist das legal?«, fragte Nicola.

»Nein, illegal!«, gab Alexa entschieden zurück.
»Dann unterstützen wir Akono also darin, Gesetze zu brechen, wenn wir ihm helfen!«
»Jepp!« Alexa grinste.
»Also legal oder illegal, das ist mir nicht so wichtig«, schaltete sich Armin ein. »Ich frage mich eher, was passiert, wenn alle Flüchtlinge, die aus irgendeinem Grund ihre Heimat verlassen, zu uns wollen? Und wir sie darin auch noch unterstützen? Dann bricht bald unser Sozialsystem, unsere Wirtschaft, unser Staat zusammen. Und damit wäre ja niemandem geholfen, uns nicht und auch den Flüchtlingen nicht!« Er sah herausfordernd in Richtung Ben und Alexa.
Ben überlegte, ob Armin das Gedankengut seiner ehemaligen ›Freunde‹ offen in der Klasse ausbreiten wollte.
»Eine Angst, die viele Europäer angesichts der weltweit über 60 Millionen Flüchtlinge umtreibt. Es könnte allerdings helfen, die Zahlen etwas genauer zu betrachten. Die meisten dieser Flüchtlinge sind nämlich solche, die innerhalb ihres eigenen Landes fliehen«, erklärte Frau Beck.
»Jeder weiß doch, dass die Gefängnisse in Deutschland voller Ausländer und die Asylantenheime total überfüllt sind«, gab Armin zu bedenken.
»Immer und überall sitzen überdurchschnittlich viele Menschen aus ärmeren Schichten im Gefängnis. Bei uns gehören Ausländer zumeist zum ärmeren Teil der Bevölkerung. Das hat nichts mit ihrer Herkunft zu tun!« Frau Beck behielt die Ruhe.
Armin wurde langsam ungeduldig: »Wollen Sie damit sagen, dass es in Deutschland kein Problem mit Flüchtlingen gibt?«
»Nein, will ich nicht. Aber es gibt bei uns ein Grundrecht auf Asyl. Und das möchte ich bewahren. Weil Flüchtlinge Schutz brauchen.«
»Aber vielleicht sollte man lieber in den Ländern, aus denen die Millionen Flüchtlinge kommen, etwas ändern, statt sie bei uns oder sonst wo aufzunehmen«, warf Ayşe ein.
»Ein guter Vorschlag!«, sagte Frau Beck. »Um ihn zu untersuchen, müssen wir uns anschauen, woher die meisten der Flüchtlinge

kommen: aus Syrien, dem Irak, Somalia, Afghanistan, dem Sudan und aus Gambia. Was fällt euch daran auf?«

»Alles total runtergekommene Länder«, brummte Armin.

»... wo keiner mehr leben will, ist doch klar!«, ergänzte Hatice, die sich bei Debatten über Ausländer sonst lieber raushielt, um nicht selbst in die Schusslinie zu geraten.

»In all diesen Ländern herrscht entweder Krieg oder eine brutale Diktatur. Auffällig nur, dass Deutschland und seine Verbündeten daraus immer einen Nutzen ziehen konnten. Also können wir jetzt nicht einfach sagen, dass uns die Zustände in diesen Ländern nichts angehen und die Menschen gefälligst ihre Probleme selbst lösen sollen«, erklärte Frau Beck.

»Wir könnten den Ländern ja mehr helfen, damit sie ihre Probleme lösen«, schlug Ayşe vor.

»Noch ein guter Vorschlag!«, lobte Frau Beck. »Deutschland hat versprochen, 0,7 Prozent seiner Wirtschaftskraft für die Entwicklung solcher Länder aufzubringen. Tatsächlich gibt Deutschland nicht einmal die Hälfte. Die Europäische Gemeinschaft zahlt nicht einmal die zugesagten Gelder für die Ernährung der vielen tausend Flüchtlinge in den Nachbarländern des Irak und Syriens.«

»Für mich steht der Mensch im Mittelpunkt. In unserem Fall heißt der Mensch Akono, kommt aus Oshogbo in Nigeria, musste noch nicht einmal fliehen, sondern wurde mit falschen Versprechungen hergelockt. Dieser Mensch und sein Schicksal interessieren mich viel mehr!«, erklärte Alexa.

»Wenn ich euch richtig verstanden habe, hat Akono es so gut wie geschafft, zu uns zurückzukommen«, sagte Ayşe.

»Jedenfalls ist Oujda nur 150 Kilometer von der spanischen Enklave Melilla entfernt, und dahinter kommt das Mittelmeer ...«, antwortete Ben.

Heiße Fracht

»Schalt mal den Fernseher ein!«, tönte Alexas Stimme durchs Handy.
Ben zockte gerade am Computer und konnte sich nur mühsam losreißen. »Wieso?«
»Es ist unfassbar! Ich schneide es gerade für unseren Film mit.«
Ben unterbrach das Computerspiel. Alexa war offenbar völlig aus dem Häuschen. »Welcher Sender?«.
»Tagesschau ...«
Ben ging auf ›Tagesschau‹:

»Beim Untergang ihrer kleinen Boote im Mittelmeer könnten nach Angaben von Katastrophenhelfern bis zu 500 Flüchtlinge ums Leben gekommen sein«, kommentiert eine Sprecherin aus dem OFF.
Zwei offensichtlich völlig entkräftete Afrikaner hauchen Worte in ein Mikro, das mit großem Windschutz wie ein Tibet-Terrier aussieht. Die Kamera geht nun auf die Kommentatorin.
»Diese beiden Flüchtlinge berichten, ihr Schlauchboot sei vor Gibraltar untergegangen. Auf dem Boot befanden sich den beiden zufolge weitere Flüchtlinge aus Kamerun und Nigeria – unter ihnen zwei unbegleitete Kinder.«
Die Kamera schwenkt übers Meer. Weit in der Ferne schaukelt ein Punkt auf dem Wasser. Die Kamera zoomt ihn heran, aber es ist nicht auszumachen, ob es sich um ein Fischerboot oder ein Boot mit Flüchtlingen handelt. Dazu die Kommentatorin:
»Die spanischen Behörden haben in den vergangenen Tagen knapp 1000 afrikanische Flüchtlinge in der Meerenge von Gibraltar aufgegriffen. Allein am Dienstag nahmen die Rettungskräfte knapp 700 Migranten auf 70 kleinen Booten und improvisierten Flößen in Ge-

wahrsam. An der Meerenge wacht die Guardia Civil mit einer Art ›elektronischem Grenzzaun‹ aus Infrarotkameras und Radar. Große Boote werden schnell entdeckt. Deswegen kommen Flüchtlinge jetzt oft in Schlauchbooten, wie sie die Kinder am Strand benutzen. Eineinhalb bis zwei Meter lang, dabei mit sieben oder acht Leuten an Bord. Oft rufen sie per Handy bei der Seenotrettung an und bitten um Hilfe. Denn die spanische Küstenwache dirigiert seetüchtige Boote zurück nach Marokko – die Seenotrettung dagegen bringt die Flüchtlinge meist aufs spanische Festland.«
Ein spanischer Katastrophenhelfer tritt vor die Kamera. Die Kommentatorin übersetzt:
»Eine große Zahl von Leichen trieb im Wasser. Uns fehlten die Mittel, um die Toten herauszuholen, vor allem, weil es Nacht wurde. Wichtiger war, die wenigen Überlebenden zu retten.«

»Bist du noch dran?«
»Ja. Das ist Wahnsinn!«
»Wenn Akono in Marokko angekommen ist, wird er die Überfahrt von dort aus versuchen. So wie all diese Flüchtlinge, die jetzt tot sind.«
Schweigen. Ben dachte nach. »Wir müssen ihn abhalten, in so ein Boot zu steigen!«, sagte er nach einer Weile.
»Das wird uns kaum gelingen. Akono hat keine andere Wahl.«
»Und was schlägst du vor?«
»Hast du die beiden Afrikaner in dem Bericht gesehen?«
»Klar.«
»Die sind zwar ziemlich am Ende, aber sie leben.«
»Die hatten einfach Glück.«
»Glaube ich nicht. Die konnten wahrscheinlich schwimmen. 90% der Flüchtlinge, die übers Mittelmeer kommen, können das nicht.«
»Und? Kann Akono schwimmen?«
»Keine Ahnung. Aber wir können ihm dabei helfen.«
»Jetzt mach's nicht so spannend!«
»Lass uns eine richtig gute Schwimmweste kaufen, in ein Paket zusammen mit dem Amulett und dem Geld verpacken und nach

Marokko schicken.«
»Klingt alles andere als verlässlich dein Vorschlag.«
»Hast du einen besseren?«

»Von der Beförderung ausgeschlossen sind Pakete, die Geld, Edelmetalle, Scheckkarten, Kreditkarten, gültige Briefmarken oder andere Zahlungsmittel oder Wertpapiere enthalten ...«, las Ben vor.
»Hab ich auch schon gelesen. Dann verstecken wir das Geld in der Schwimmweste«, sagte Alexa, die die sündhaft teure Weste gerade vor dem Spiegel anprobierte.
Ben hatte sie in den Ausrüstungsladen begleitet. Die Rettungsweste, die der smarte Verkäufer ihr schließlich vorgeführt hatte, war zunächst grau und unscheinbar wie eine dicke Jacke gewesen. Dann aber hatte der Mann nicht ohne Stolz demonstriert, dass sie im Notfall zwei große, signalfarben-orange Luftkissen auslöste, die sich so aufbliesen, dass der Körper automatisch in Rückenlage gedreht wurde. Die Weste besaß zudem einen eingebauten Notsender und eine Seenotleuchte. An der Kasse hatte Alexa ein dickes Bündel Scheine aus der Gesäßtasche gezogen.
»Woher hast du das ganze Geld?«, hatte Ben ihr zugeflüstert.
»Du hast versprochen, nicht danach zu fragen!« Alexa hatte knapp 500 Euro für die Weste bezahlt, ohne mit der Wimper zu zucken.
Nur widerwillig war Ben danach mit Alexa nach Hause gegangen. Auf keinen Fall wollte er ihrer Mutter wieder begegnen. Schon gar nicht, wenn Alexa dabei war und er vor ihr beantworten müsste, was er an ihrem Computer zu suchen gehabt hatte...
Jetzt holte Alexa aus der Schrankschublade eine Schachtel hervor. Als sie die Schachtel öffnete, blieb Ben die Spucke weg: Noch nie hatte er eine solche Menge Bargeld auf einem Haufen gesehen. Es juckte ihn, erneut nach der Herkunft des Geldes zu fragen. Aber Alexa wollte ohnehin nicht darüber reden.
»Jetzt musst du die Kamera führen!« Alexa drückte ihm ihren Camcorder in die Hand und er filmte, wie sie 2000 Euro in Hundertern abzählte und in einer Plastiktüte verstaute. Die ver-

schloss sie mit einem Clipverschluss luftdicht und verstaute sie so in den verborgenen Luftkammern der Schwimmweste.
»Das findet kein Mensch!«, meinte Ben. »Nicht einmal Akono.«
»Bevor er die Post abholt, senden wir ihm diesen Film. Dann sieht er, wo das Geld versteckt ist«, sagte Alexa entschieden.
Während Ben weiterfilmte, verstaute sie das Amulett in einer zweiten, luftdicht verschlossenen Tüte, die sie auf der anderen Seite der Weste im zweiten Luftkissen versteckte.
»Ich hole einen passenden Karton, in dem wir alles verschicken können«, sagte sie und lief zur Tür.
»Mach schnell!«
»Bin in einer Minute zurück!« rief sie.
Ben filmte die Schwimmweste mit ihren genialen Verstecken. Seine Hand strich darüber. Es war, als machte sie sich selbständig. Sie suchte. Nein, nicht das Geld, sie berührte das Amulett.
Als die Tür aufflog, zuckte er zusammen. Einen Moment fürchtete er, Alexas Mutter hätte ihn erneut ertappt. Aber es war Alexa, die mit ein paar unterschiedlich großen, mit Markennamen bedruckten Kartons hereinstolperte, um auszuprobieren, in welchen die Schwimmweste passte. Dann holte sie einen Filzstift von ihrem Schreibtisch und schrieb ›An Makinde, Akono, Poste Restante, Bureau de Poste Central, 60.000 Oujda, Marokko‹ auf ein Blatt Papier, das sie auf das Paket klebte, schnürte es sorgfältig zu und verstaute es in einer großen Einkaufstüte.
Ben wollte Alexa die Kamera zurückgeben. Alexa aber gefiel es, auch bei den weiteren Aktionen gefilmt zu werden. Insbesondere, wenn sich die Postangestellten womöglich querstellten, wäre das dem Film sehr zuträglich. Sie nannte Ben zum ersten Mal ihren ›Kameramann‹.
Alexa huschte voraus, um zu sehen, ob ihre Eltern irgendwo waren. Sie gab Ben ein Zeichen. Die Luft war rein. Er schlich mit dem Paket in der einen und der laufenden Kamera in der anderen Hand hinter ihr her. Noch draußen auf der Straße blickten sie sich oft um, während sie eilig Richtung Post liefen.

Diesmal stellte niemand verfängliche Fragen nach ihrem Alter. Ob es daran lag, dass Ben unentwegt weiter filmte? Der Postangestellte ließ Alexa jedenfalls noch einige Formulare ausfüllen, darunter eines mit einer Zollerklärung, die sie auf Französisch ausfüllen sollte. Weder Alexa noch Ben konnten Französisch, geschweige denn das Wort »Schwimmweste« fehlerfrei auf Französisch schreiben. Aber wieder einmal half das Übersetzungsprogramm, das Alexa auf ihrem iPhone aufrufen konnte. Sie beschloss, die Schwimmweste wahrheitsgemäß anzugeben. Das Geld verschwieg sie natürlich. Und das Amulett sowieso.
Eine Schwimmweste schien etwas Unverfängliches zu sein. Niemand fragte, wer der Empfänger war und was er damit vorhatte. Nachdem Alexa das gesalzene Porto bezahlt hatte, wanderte das Paket zu den vielen anderen, und eine Weile standen sie da, als warteten sie auf irgendeinen Haken an der Sache. Dann erst schaltete Ben die Kamera aus.
Vor der Post begann Alexa mit ihren beiden äußerst flinken Daumen eine SMS an Akono einzutippen. Acht bis zehn Tage werde das Paket unterwegs sein, hatte der Postbeamte gesagt. Spätestens dann also sollte Akono das Paket in der Hauptpost von Oujda abholen können. Am besten, er ging schon früher hin, um nachzufragen. Denn die marokkanische Post lagerte Sendungen nur kurze Zeit. Dann schickte sie sie an den Absender zurück.

Ben hatte gleich ein mulmiges Gefühl, als er – inzwischen wieder allein – zu Hause eintraf. Die Polizei parkte vor der Haustür. Und kaum hatte er die Tür aufgeschlossen, waren zwei Beamte bei ihm.
»Ben Dahl?«
»Ja?!«
»Dürfen wir dich kurz begleiten?«
»Worum geht's denn?«
»Das sollten wir vielleicht lieber in der Wohnung besprechen.«
Bei jeder Stufe, die Ben mit den zwei Polizeibeamten die Treppe des Mietshauses hinaufstieg, wurden seine Beine schwerer. Sein

Herz klopfte. Was wollten sie von ihm? Hatte jemand Alexa und ihn beim Absenden des Pakets beobachtet? Was aber sollte daran illegal sein? Hatte jemand aus der Klasse ihn verpfiffen, weil er mit Alexa Geld für Akono gesammelt oder eine Petition geschrieben hatte? Seit wann war das strafbar? Nein, eigentlich gab es nichts, was er sich hatte zu Schulden kommen lassen. Jedenfalls nichts, wovon die Beamten Wind bekommen haben könnten. Und doch nagte an ihm das schlechte Gewissen. Er hatte auf einmal das Gefühl, durch Alexas Aktionen in einen Strudel zu geraten, den er nicht mehr kontrollieren konnte. So viele Heimlichkeiten, Versteckspiele und Lügen – langsam wuchs ihm das über den Kopf.

Schweren Herzens schloss er die Wohnungstür auf. Seine Mutter war zum Glück bei der Arbeit, wie immer um diese Zeit. Wenn sie ihn in Polizeibegleitung gesehen hätte, wäre für sie wahrscheinlich eine Welt zusammengebrochen. Auch ihr gegenüber spielte Ben schon längst nicht mehr mit offenen Karten. ›Wie läuft's bei dir?‹, fragte sie jeden Abend, wenn sie nach Hause kam. ›Alles easy!‹, trällerte er dann zurück und sah zu, dass er sich entfernte, um nicht weitere Fragen beantworten zu müssen.

»Dein Zimmer?«

Ben öffnete ihnen seine Zimmertür.

Sie sahen sich auf seinem Schreibtisch um. Der Computer interessierte sie zum Glück überhaupt nicht, obwohl er im Standby-Betrieb lief und mit einer kleinen Mausbewegung hätte hochgefahren werden können. In seinem Mail-Account genauso wie im Ordner ›Film‹ befand sich durchaus Verdächtiges bis Hochverdächtiges. Immer wieder hatte Alexa ihm Auszüge von Akonos Berichten und Filmaufnahmen weitergeleitet. Und mit ihren Plänen und Überlegungen hatte sie auch nie hinterm Berg gehalten, so als wären E-Mails völlig sicher. Die Beamten blickten weiter in die Runde.

»Darf ich fragen, was Sie suchen?«, traute Ben sich endlich.

»Geld«, sagte der eine Beamte.

»Viel Geld!«, ergänzte der andere.

»Und bevor wir nun dein ganzes Zimmer und danach die ganze Wohnung auseinander nehmen, kannst du uns auch gleich sagen, wo du's versteckt hast.«
»Welches Geld?«, fragte Ben verwirrt. »Meinen Sie das Geld, das wir gesammelt haben? Das liegt bei Alexa.«
»Alexa Vangelis? Von deren Eltern kommen wir gerade. Und es handelt sich auch nicht um gesammeltes Geld, sondern um das Bargeld aus der Schatulle von Frau Vangelis.«
»Was für eine Schatulle?«
»Jetzt spiel hier nicht den Unschuldsengel!«
»Ehrlich, ich weiß nicht, wovon Sie reden!«
Die beiden Beamten sahen sich an.
»Wir sehen uns wieder, Ben«, sagte der eine.
»Und sollte dir doch noch einfallen, wo du das Geld versteckt hast, ruf uns an. Ist vielleicht angenehmer, als wenn wir die Küche und das Zimmer deiner Mutter auf den Kopf stellen.«
»Ich habe ehrlich kein Geld versteckt. Hier nicht und auch nicht anderswo ...«
»Das werden wir prüfen. Das nächste Mal mit einem Hausdurchsuchungsbefehl und wenn deine Mutter da ist.«
Ben wurde heiß und kalt. »Alexa und ich ... wir haben heute Geld verschickt ...«
»Geld verschickt?«
»Aber auch dieses Geld hatte ich nie in der Hand. Es war Alexas Geld!« Ben merkte, dass ihm die Sache entglitt.
»Wieviel?«, wollten die Beamten wissen.
»2000 Euro!«
»Ihr habt 2000 Euro verschickt? An wen?«
»Akono!«
»Wer ist das denn?«
»Der Nigerianer, den sie abgeschoben haben«, murmelte Ben kleinlaut. Es war, als hätte er eine Schleuse geöffnet. Alle Geheimnisse, Sorgen, heimlichen Ängste, verrückten Pläne drängten plötzlich ans Tageslicht. Wie lange schon hatte er mit niemandem mehr offen darüber sprechen können?! Mit Armin nicht. Mit Ayşe, die in der Klasse neben ihm saß, nicht. Mit seiner

Mutter nicht. Immer hatte er nur mit Alexa geredet. Das war natürlich okay, weil Geheimnisse verbinden. Doch auch mit Alexa konnte er nicht wirklich offen über seine Sorgen und Ängste reden. Sie verfolgte unbeirrt ihr Ziel, Akono zurückzuholen und den Film fertig zu drehen. Für Bens Bauchschmerzen war da kein Platz. Erst jetzt, als die beiden Beamten ihn ausfragten, begriff er, dass er sich auch Alexa gegenüber die ganze Zeit über verstellt hatte, den Coolen und Lockeren spielte, bloß um mit ihr mithalten zu können. Und so hätte er den beiden Beamten sicher die ganze Geschichte haarklein verraten, wenn sie die Aussage, dass Alexa das Geld versandt hatte, nicht mehr interessiert hätte als die Geschichte mit der Schwimmweste.

Als die Beamten endlich gegangen waren, rief Ben umgehend Alexa an.

»Hi, ich bin's. Die Polizei war gerade bei mir. Deine Mutter hat sie offenbar auf mich gehetzt. Jedenfalls suchen sie Geld, das aus irgendeiner Schatulle verschwunden ist.«

»Das hab ich da rausgeholt!«, sagte Alexa mit einem Ton, als wäre es das Normalste der Welt. »Wieso beschuldigt Mama dich?«

»Wüsste ich auch gerne. Neulich hat sie mich rausgeschmissen, als ich alleine in deinem Zimmer war.«

»Davon hat sie mir erzählt. Du hättest in meinen Mails rumspioniert, hat sie gesagt. Und du hättest ein verdammt schlechtes Gewissen gehabt, weshalb sie dich achtkantig rausgeschmissen hat.«

»Das weißt du alles?«

»Ja klar!«

»Und warum erklärst du deiner Mutter nicht, weshalb ich da alleine in deinem Zimmer war?«

»Ben, denk nach! Wenn ich das erzählt hätte, woher hätten wir dann das Geld für Akono und die Schwimmweste und das Porto genommen?«

»Jetzt sag nicht, das war das Geld deiner Eltern!«

»Woher hätte ich es wohl sonst nehmen können, du Hirni?!«

»Das hättest du mir ruhig früher stecken können!«

»Ich dachte, das muss ich nicht lange erklären.«
»Jedenfalls ist die Polizei auf dem Weg zu dir. Wäre sehr freundlich, wenn du ihnen erklären würdest, dass sie nicht unsere ganze Wohnung auseinandernehmen müssen, um an das Geld zu kommen.«
»Okay, verstehe!« Alexa schwieg kurz. »Was soll ich denen erzählen, wenn sie mich fragen, wo das Geld geblieben ist?«
Sie war wieder ganz bei ihrem ›Projekt Akono‹. Dass sie Ben in Verlegenheit gebracht, fast noch seine Mutter hineingezogen hatte, war ihr nicht einmal eine Entschuldigung wert. So sehr Alexa Mitgefühl für Verfolgte entwickelte, so wenig Rücksicht nahm sie auf ihren Verbündeten. Vielleicht, dachte Ben, sollte ich ihr das mal sagen.
»Am besten sagst du ihnen die Wahrheit«, schlug Ben vor.
»Wenn die erfahren, dass das Geld für Akonos illegale Überfahrt nach Europa ist, dann werden sie sicher alles tun, um ihn aufzuhalten.«
»Sie wissen es …«, gestand Ben.
»Woher?«
»Egal, sie wissen es jedenfalls.«
In diesem Moment hörte Ben die Türklingel durchs Telefon.
»Ich mach jetzt besser mal Schluss. Aber keine Sorge: Ich halte dich da raus!«, sagte Alexa eilig.
Wenigstens etwas!, dachte Ben und legte auf.

Bhar Amezzyan

Obwohl Armin ihm schon bei seiner Ankunft auf dem Schulhof einen Pass zuflankte, den Ben reflexmäßig annahm, winkte Ben ab. Nach einem Fußballspiel war ihm weiß Gott nicht zu Mute.
»Verstehe: Mal wieder Alexa!« Armin grinste müde. »Sie ist schon ins Klassenzimmer gegangen. Sieht ziemlich mitgenommen aus. Habt ihr Stress?«
»Kann man so sagen!«
Ben machte sich auf den Weg ins Klassenzimmer. Alexa musste mächtig Druck gekriegt haben. Er mochte sich gar nicht vorstellen, wie seine Mutter reagiert hätte, wenn er sie um mehr als 2000 Euro erleichtert hätte. Und dann hatte er es Alexa durch seine Aussage der Polizei gegenüber auch nicht unbedingt leichter gemacht. Bestimmt hatte sie jede Mühe gehabt, den Beamten die Sache mit dem Paket zu erklären. Und dass das Geld weg war. Unwiderruflich.
Alexa saß in der hinteren Ecke des Klassenzimmers. Ihr Gesicht war weiß und ihre Haut fast durchsichtig.
»Haben die Polizisten dich sehr in die Mangel genommen?«, wollte Ben wissen.
Alexa sah ihn abwesend an, dann schüttelte sie sich, als müsste sie sich daran erinnern, wer er war. »Ach die! Nein. Die waren nur kurz da, haben mit Mama geredet. Nach meiner Aussage, dass ich das Geld aus der Schatulle genommen hab, hat Mama sich gleich bei den Beamten entschuldigt. Sie will sich auch bei dir entschuldigen. Weil sie dich zu Unrecht verdächtigt hat.«
»Ja, und? Hat sie dir die Hölle heiß gemacht?«
»So was macht meine Mama nicht mit mir. Ich hab ihr gesagt, wofür ich das Geld brauchte. Und dass ich es bereits losge-

schickt habe. Das Einzige, was sie daran gestört hat, war, dass ich es hinter ihrem Rücken gemacht habe. Sie fand, ich hätte es offen mit ihr besprechen können. Schon, damit sie niemand anderen verdächtigt. Wie gesagt: Das mit dir tut ihr leid!«

»Und die 2000 Euro? Die tun ihr gar nicht leid?«

»Es waren eher 3000. Mama weiß, dass ich Geld nicht sinnlos aus dem Fenster schmeiße. Im Gegenteil: Sie findet, ich sollte mir endlich mal was leisten, neue Klamotten, Schmuck, Friseur und all so was.«

»Weißt du, was meine Mutter gesagt hätte, wenn ich ihr 3000 Euro geklaut hätte?«

»Meine Eltern haben Kohle. Sonst hätten sie auch keine 3000 zu Hause rumliegen. Ist aber unwichtig.«

»Was ist dann wichtig?«

»Akono hat geschrieben.«

»Er freut sich bestimmt auf das Paket!«

»Ja, das Paket gibt ihm die Kraft, noch ein paar Tage in den Wäldern auszuharren.«

»Was für Wälder?«

Zögernd begann Alexa zu berichten, was Akono ihr geschrieben hatte. Sein Deutsch immerhin verbesserte sich von Bericht zu Bericht. Doch was er schrieb, war so niederschmetternd und verzweifelt, dass Alexa nicht wusste, was sie ihm antworten konnte. Das erstaunte Ben zunächst. Die Aussicht auf das Paket müsste Akonos Stimmung doch aufhellen. Alexa schüttelte den Kopf. Es sei weitaus schlimmer, als sie es sich vorgestellt hätten, begann sie.

Akono und Dazol hatten die Wälder vor Melilla erreicht. Melilla ist eine spanische Stadt auf afrikanischem Boden. Wer in die Stadt hineingelangte, hatte die Chance, Asyl zu beantragen. Deshalb hausten Zehntausende Flüchtlinge in einem provisorischen Zeltlager aus löchrigen Plastikplanen und Wolldecken in den Wäldern am Vulkanberg Gurugú vor der Stadt. Sie warteten auf eine Gelegenheit, in die spanische Stadt zu kommen. Auch Akono und Dazol warteten auf den richtigen Moment.

Der Wald sei die Hölle, schrieb Akono. Sie hausten draußen auf der nackten Erde. Manchmal hatten sie drei Tage lang nichts zu Essen. Und selbst das Wasser war knapp. Die Menschen in den Wäldern hatten nichts. Akono und Dazol waren Freiwild, jeder Willkür hilflos ausgesetzt. Am besten machten sie sich unsichtbar. Jeden Morgen um 5:00 Uhr kam die Polizei, um sie aus dem Wald zu vertreiben. Dazu nahmen sie ihnen alles ab und zerstörten die behelfsmäßigen Zelte. Bei der letzten Razzia, so erzählte Akono, habe die Polizei alles niedergebrannt.
Manche Flüchtlinge hatten nur Flip-Flops an ihren Füßen. Akono und Dazol trugen wenigstens noch ihre alten, kaputten Schuhe. Akono hatte sich Nadel und Faden besorgt, um sie zu reparieren. Das brachte ihn auf die Idee: Jetzt nähte er für Marokkaner die Schuhe zusammen. Fünf marokkanische Dirham bekam er dafür, fünfzig Cent. »Andere Arbeit findest du nicht«, schrieb er. »Hier auch Marokkaner keine Arbeit. Wie soll ich Arbeit finden, wenn es für Marokkaner keine gibt?«
Dazol und er saßen im Norden Marokkos fest, nur einen Steinwurf von ihrem Ziel entfernt: Spanien, Europa, eine Fußballkarriere. Es war leichter, die vielen tausend Kilometer von Nigeria dorthin zurückzulegen, als diese letzten 14 Kilometer zur spanischen Küste. Einige der Flüchtlinge saßen bereits Jahre dort fest – ohne gültigen Pass, ohne die Möglichkeit, Arbeit zu finden. Den Weg nach Norden versperrten das Meer, die Lagune Bhar Amezzyan und das aufwendigste Grenzüberwachungssystem der Welt. Zum Glück war Akono nicht mehr allein. Dazol, ›die Geschminkte‹, war bei ihm. Doch jetzt fehlte ihm das Amulett, das ihm Schutz geben könnte.

»Ich habe ihm geschrieben, dass das Amulett mit Schwimmweste und Geld auf dem Postweg zu ihm ist«, erklärte Alexa. »Aber er war sich nicht sicher, ob er so lange warten kann.«
»Wir müssen einen sichereren Weg finden, ihn hierher zu kriegen!«, sagte Ben.
»Für einen illegalen Flüchtling gibt es keinen sicheren Weg zu uns. Das ist der Skandal!«

»Irgendeinen Weg, ihn vor einer unüberlegten Aktion zu bewahren, muss es doch geben. Vielleicht wissen wir nur nicht genug darüber.«
»Ich recherchiere seit Wochen. Da gibt es nichts, was ich nicht gelesen hätte.«
»Lass uns mit der Beck drüber reden!«
»Reden nutzt nichts. Wir müssen handeln!«
»Was willst du tun?«
»Ich muss ihn aufhalten, bis unser Paket ihn erreicht hat. Dann hat er Geld, eine Schwimmweste, falls er es doch übers Wasser versuchen will, und das Amulett, das ihm so viel bedeutet.«
»Okay, dann muss er warten!«

Die Zeit des Wartens zog sich. Eine Woche verging. Die zweite begann. Alexa war kaum mehr ansprechbar. In der Schule hielt sie sich abseits. Auch Ben gab sie keine Auskunft. Bestimmt hatte sie neue Nachrichten von Akono. Nur welche? Sie schwieg, schien plötzlich alles mit sich allein ausmachen zu wollen. Nachmittags besuchte er sie jetzt öfters. Ihre Mutter hatte sich bei ihm entschuldigt: Fortan sei er sehr willkommen in ihrem Haus! Dann saßen sie in Alexas Zimmer und er schaute ihr zu, wie sie die Filme über Akono immer wieder ablaufen ließ und in mühsamer Kleinarbeit zusammenschnitt und bearbeitete. Die Arbeit an dem Film schien das Einzige zu sein, das sie noch aufrecht hielt. Und Ben fiel die zweifelhafte Aufgabe zu, ihr dabei zuzusehen.

Afrikaner sitzen auf Steinen, die aus dem kargen Boden ragen. Im Hintergrund flattern zwischen dornigen Büschen grüne Plastikplanen, die über Äste gespannt sind. Jämmerliche Behausungen. Daneben eine Schnur von einem Busch zum nächsten. Daran hängen zerschlissene Kleidungsstücke zum Trocknen. Außer dem Wind kommt kaum ein Geräusch von der Tonspur. Die Aufnahme fährt schweigende, frustrierte Afrikaner ab, die nichts tun als sitzen und warten.

Immer wieder ertappte Ben sich, wie er wegsah, die Bilder nicht sehen wollte, stattdessen Alexas Silhouette betrachtete und versuchte, ihren Geruch einzufangen. Er befand sich ›in einem anderen Film‹.

Armin unterließ es, Ben für ein Spiel auf dem Schulhof zu gewinnen. Er nahm Ben seine Verweigerung auch nicht mehr übel, eher bedauerte er ihn und beschloss zu warten, bis Ben ein wenig Klarheit in sein Leben gebracht hätte. Natürlich hing alles mit Alexa zusammen. Und die war ganz offensichtlich mindestens genauso neben der Spur wie Ben. Sie versiebte eine Arbeit nach der anderen. Selbst in Deutsch, ihrem Lieblingsfach, handelte sie sich so schlechte Noten ein, dass Frau Beck sie um ein Gespräch bat. Und die Beck wäre nicht die Beck gewesen, wenn sie nicht erkannt hätte, dass auch Ben dazu geholt werden musste. Bens Zensuren waren schon immer mittelprächtig bis weniger prächtig. Schon immer war er ziemlich faul gewesen, oder, wie Frau Beck es ausdrückte, mit seinen Gedanken mehr beim nächsten Fußballspiel.
»Wie geht's Akono?«, begann sie das Gespräch unter sechs Augen. Sie saßen nach Schulschluss im Klassenzimmer.
»Schlecht!«, antwortete Alexa.
»Hm, das hab ich mir gedacht. Mögt ihr mir erzählen, was los ist?«
Ben sah zu Alexa. Er war sich nicht sicher, wie viel sie preisgeben konnten.
Alexa nickte und begann im Flüsterton von Akonos Ankunft an der Lagune Bhar Amezzyan zu berichten, vom Vulkanberg Gurugú, von den Wäldern und den darin hausenden Flüchtlingen. Von Akonos Plan, über die sieben Meter hohe Grenzanlage zu klettern, von seiner Angst und ihrer Angst und von dem Paket, das sie ihm geschickt hatten.
Und dann erzählte sie weiter. Von Dingen, von denen auch Ben noch nichts gehört hatte. Dass bei einer Polizeirazzia in den Wäldern allen Flüchtlingen die Handys abgenommen worden waren. Die billigen Handys hätten die marokkanischen Polizisten auf den Boden geworfen und zertreten. Die besseren Geräte hätten sie unter sich aufgeteilt. Für die Flüchtlinge eine Katastrophe, denn über ihre Handys organisierten sie ihre gesamte

Flucht. Sie riefen Landsleute an, um zu erfahren, wohin sie sich wenden müssten, welcher Weg der Beste sei, wo sie ein sicheres Versteck finden würden. Manche benutzten ihre Smartphones sogar zur Navigation. Andere tauschten übers Internet Erfahrungen aus. All das ging ohne Handys nicht mehr. Die Flüchtlinge waren dann gezwungen, nicht nur irgendwie das Geld für ihren Lebensunterhalt und die Schleuser, sondern auch noch zusätzliches Geld für ein neues Handy zu verdienen.
»Und Akono? Was ist mit seinem Handy?«, fragte Frau Beck.
»Hat ihm wahrscheinlich die Polizei geklaut!«
»Mist!«
»Ja!«, sagte Alexa. »Und jetzt braucht er einen Pass, seinen provisorischen Pass hat er längst weggeworfen.«
»Wofür braucht er einen Pass?«
»Sie geben ihm sonst auf der Post in Oujda unser Paket nicht!«
»Verstehe«, murmelte Frau Beck. »Das ist wirklich blöd!«
Ben begriff nur langsam: Offenbar war das Paket inzwischen angekommen. Akono aber wurde es nicht ausgehändigt, weil er sich nicht ausweisen konnte. Mit anderen Worten: In Oujda lag auf der Post ein Paket mit einer sündhaft teuren Schwimmweste und 2000 Euro darin, das niemand abholen konnte.
»Ob die Postbeamten es wirklich zurückschicken oder selbst öffnen, wissen wir nicht«, stöhnte Alexa.
Und Ben musste unwillkürlich an die Beschriftung des Pakets denken: der Name der Edelmarke ›Chanel‹. War das nicht geradezu eine Einladung an die marokkanischen Postbeamten, sich den Inhalt mal näher anzuschauen?
»Ich werde mich erkundigen, was wir tun können«, unterbrach Frau Beck seine Überlegungen. »Wir werden eine Lösung finden. Aber bitte, Alexa, und auch du, Ben, konzentriert euch wieder mehr auf die Schule. Ich bin nämlich gezwungen, euch für schlechte Schulleistungen schlechte Noten zu geben. Daran ändert euer ehrenwertes Engagement für Akono nichts.«

Doch aus der Konzentration auf die Schule wurde nichts. Zwei Tage nach diesem Gespräch gelang es Alexa, mit Akono zu skypen. Andere Flüchtlinge hatten ihn dazu gedrängt, in ein Internetcafé zu gehen. Sie hatten ihm sogar die Nutzungsgebühr bezahlt. Etwas war geschehen, denn Akono blickte teilnahmslos in die Kamera. Er sah Alexa nicht an. Und es dauerte lange, bis er sich endlich aufraffte, zu erzählen. Ein sehr langer Bericht, den er in recht ordentlichem Deutsch vortrug.

Der Zaun

Akono war verzweifelt. Ungewöhnlich für ihn, der bisher mit Beharrlichkeit und Zuversicht die unmöglichsten Hindernisse überwunden hatte. Auch Dazol, die alle Schmugglerpfade durch die Sahara und Wasserstellen in den trockensten Gebieten der Erde kannte, musste passen. Sie sahen sich einem im wahrsten Sinne des Wortes unüberwindlichen Hindernis gegenüber. Dem Zaun. Tag und Nacht war die Grenzanlage vor Melilla von Hunderten marokkanischer Soldaten auf der einen und Hunderten spanischer Soldaten auf der anderen Seite bewacht. Videoanlagen, Wärmebildkameras und Sensoren leuchteten jeden Zentimeter der sieben Meter hohen, 12,5 Kilometer langen Grenzanlage aus. Drei Barrieren müssten überwunden werden: Die erste auf marokkanischer Seite war so geneigt, dass man sie kaum besteigen konnte. Sie war mit Stacheldraht umwickelt und mit einem speziellen Gitter verstärkt, das es unmöglich machte, mit Fingern oder Füßen Halt zu finden. Rasiermesserscharfe Klingen bestraften jeden Kletterversuch schmerzhaft. Die Drahtgitter waren mit einem Alarm gekoppelt; aus eingebauten Düsen konnte Tränengas auf Flüchtlinge gesprüht werden.

Keine Chance, die Anlage zu überwinden, zumal die marokkanischen Grenzwächter reagierten, bevor die Flüchtlinge überhaupt in die Nähe des Zaunes kamen. Sie bewarfen sie mit Steinen, griffen sie mit Knüppeln an. Wenn das nicht half, kamen Tränengas und Gummigeschosse zum Einsatz.

Akono und Dazol, die sich abseits des Hauptlagers hinter dem Vulkanberg ein Versteck eingerichtet hatten, um den ständigen Polizeiübergriffen zu entgehen, beobachteten nun seit Wochen, wie andere Flüchtlinge sich nachts an die Grenzanlagen heran-

schlichen und versuchten, am engmaschigen, rasierklingenscharfen ersten Zaun hochzuklettern. Alle scheiterten, weil sie sofort gestellt und mit Knüppeln und Tränengas zur Umkehr gezwungen wurden. Sie zerrissen sich dabei die Hände, die Füße, die Kleider, holten sich tiefe Fleischwunden an Ellbogen und Knien oder brachen sich bei Stürzen die Knochen. Das marokkanische Militär, wenn es sie zu fassen bekam, verschleppte sie an die algerische Grenze. Dort wurden sie voneinander getrennt ausgesetzt. Humpelnd, blutend, oft mit gebrochenen Gliedmaßen und Gehirnerschütterungen schleppten sie sich zurück. Ohne Wasser und Nahrung. Das wenige Hab und Gut wurde ihnen abgenommen. Auch Kleidung und vor allem die Schuhe. So waren sie gezwungen, barfuß über große Umwege zurück zu laufen. Alle hatten verletzte Füße. Im Lager aber gab es, seitdem die Polizei die ärztlichen Hilfsorganisationen vertrieben hatte, keinerlei medizinische Versorgung mehr. Jede schwere Verletzung, jede Krankheit wurde fast zum Todesurteil.
Ohne Geld aber gab es für Flüchtlinge wie Akono und Dazol keinen anderen Weg. Und da das Wenige, was sie mit Hilfsarbeiten und Schuheflicken verdienten, kaum fürs nackte Überleben reichte, bestand auch keinerlei Aussicht, einen anderen Weg aus der Misere zu finden. Manche Flüchtlinge hausten hier seit Jahren, hatten Dutzende gescheiterter Grenzübertritte hinter sich. Für sie gab es keinen Weg vorwärts und keinen mehr zurück.
Einem der Schlepper aus Libyen, der viel Geld damit verdiente, Flüchtlinge auf morsche Boote zu setzen und Richtung spanisches Festland loszuschicken, gefiel Dazol. Der Mann bewegte sich unauffällig zwischen den Flüchtlingen, bot ihnen für viel Geld die Überfahrt an, und verschwand sofort, wenn Polizei anrückte. Kein Problem für ihn, denn er musste hier ja nicht wohnen und sein Hab und Gut schützen. Für schöne Mädchen hatte er ein Auge, auch wenn sie seine Töchter oder gar Enkel sein könnten. Dazol war ein Mädchen nach seinem Geschmack: stolz und selbstbewusst. Er verstand es als Herausforderung, sie seinem Willen zu unterwerfen. Ohnehin befanden sich in seinen Augen die Tuareg-Frauen nicht unter dem Schutz des Islam. Sie

waren viel zu freizügig. In den traditionellen Tuareg-Stämmen wählten nämlich die Frauen ihre Männer aus und ließen sich auch nach Belieben wieder von ihnen scheiden. Niemand erwartete von einer Targia, jungfräulich in die Ehe zu gehen. All das stachelte den Libyer an. Dazol war für ihn Freiwild.
Er ignorierte Akonos Anwesenheit und bot Dazol an, ihr einen der begehrten Plätze auf seinem Boot zu verschaffen, wenn sie mit ihm das Bett teilte.
»Eher schwimme ich rüber!«, antwortete sie. »Obwohl ich Nichtschwimmerin bin!«
»Verschwinde!«, zischte Akono.
Der Mann zog ein Messer und deutete an, wo er Akono die Kehle durchschneiden würde, käme er ihm in die Quere. Angeblich würde er das im Namen Allahs tun. Dann ging er.
Dazol aber neckte Akono bloß: »Du hast doch keine Angst vor so einem Fettwanst!? Der kriegt mich nur tot in sein Bett!«
Akono bewunderte ihren Mut. Einem Mädchen mit so viel Mut wie Dazol war er seit Nigeria nicht begegnet. Höchstens der dicken Yoruba-Frau. Aber die hatte Geld, Dazol hingegen hatte nichts als ihren Stolz. Und die seltsame Gewissheit, dass sie mit Akono Europa erreichen würde. Akono selbst hatte längst seine Zuversicht verloren. Kaum konnte er Dazol gegenüber seine Verzweiflung verbergen. Statt ihn jedoch aufzumuntern, verspottete sie ihn und schritt mutig voran.
Immer wieder näherte sie sich den Grenzzäunen, um einen Plan zu schmieden. Sie war eine geschickte Läuferin und kletterte vorzüglich. Fähigkeiten, die sie das Leben in der Wüste gelehrt hatte. Aber diese Grenzanlage stellte ein unüberwindbares Hindernis dar.

Und dann kam dieser Tag, über den Akono Alexa nur nach langem Drängen und Bitten Auskunft gab. Als er endlich zu reden begann, flossen die Worte wie in einem reißenden Strom, der auf einen Wasserfall zutrieb.
Nicht nachts begann der schwärzeste Tag seiner Flucht, sondern an einem nebligen Morgen. Die Sonne stieg, doch der Ne-

bel löste sich nicht auf. Im Gegenteil. Bald sahen die Flüchtlinge kaum mehr die Hand vor Augen. Keine Polizei, kein Militär tauchte auf. Die Soldaten sahen ebenfalls nichts und liefen deshalb Gefahr, in einen Hinterhalt zu geraten.

Wie Gespenster erhoben sich die Umrisse der Flüchtlinge aus den im Nebel versunkenen Unterschlüpfen. Ihr Flüstern wurde lauter, wurde zu Zischen und Rufen. Bewegung kam in das gespenstische Treiben. Die Flüchtlinge fassten sich bei den Händen, redeten in vielen Sprachen eindringlich aufeinander ein.

Diese Bewegung war so ungewöhnlich, dass auch Dazol und Akono nicht abseits bleiben wollten. Bald waren sie inmitten einer Menge, die von Minute zu Minute weiter anschwoll. Immer schneller bewegte sich der Tross in das blinde Weiß. Die Menschen begannen, sich aneinander festzuklammern, verbanden sich miteinander, wurden eine fließende, wogende Masse. Rufe, Ermutigungen, Selbstvergewisserungen von allen Seiten. Und so peitschte sich diese Menschenwoge selbst hoch. Akono hielt Dazols Hand umklammert, hörte ihren Atem, dann begann sie zu singen, ein Lied der Kel Tamasheq, das er noch nie von ihr gehört hatte. Er versuchte mitzusingen und um sie herum stimmten immer mehr Flüchtlinge in vielen Sprachen mit ein, ein Lied der Masse, die bereits so schnell lief, dass die Schwächeren mitgezogen werden mussten, um nicht überrannt zu werden.

Vorne liefen Flüchtlinge, die den Weg zur Grenzanlage im Schlaf kannten, so oft hatten sie ihn bei Tag und Nacht zurückgelegt. Niemand sah, wie weit die Zäune noch entfernt waren, doch alle wussten, dass sie sich auf dem Weg dorthin befanden. Wer mitlief, war dazu verdammt, blind auf den unüberwindbaren Zaun zu zu rennen.

Akono verfluchte, dass er das Amulett nicht hatte. Wenn er unweigerlich ins Verderben laufen würde, und daran bestand kaum ein Zweifel, wäre das der letzte Tribut, den er für den Verlust des Amuletts zu zahlen hatte. Er wurde langsamer, weil ihn der Mut verließ. Doch von hinten schoben und drängten ihn die Nachkommenden. Auf tausend Menschen mussten sie inzwi-

schen angewachsen sein, schätzte er. Sehen konnte er sie nicht, nur spüren und hören.
Dazol zerrte an seiner Hand. »Yalla Habibi!«, rief sie. Das war Arabisch und bedeutete »Lauf Liebling!«.
»Liebling« hatte sie ihn noch nie genannt. Er versuchte wieder mit ihr Schritt zu halten. Doch der Kopf stellte sich quer. Warum waren sie nicht schon lange umgekehrt, lange bevor sie diese Hölle hier erreicht hatten, fragte er sich plötzlich. Sie hätten in ärmlichen Hütten wohnen können, inmitten der unermesslich weiten Sahara, im Schutz der Kel Tamasheq, ihrer Familie. Sie hätten hungern und dursten können, aber sie würden leben, überleben...
Dazol ließ ihn los, denn Akono wurde langsamer. Sie wollte nicht aus der Masse fallen, sich um die einmalige Chance bringen, die entsteht, wenn tausend Menschen unterschiedlichster Herkunft, Sprache, Religion, Überzeugung sich plötzlich einig sind in einem Ziel. Akono wollte Dazol nicht aus den Augen verlieren, preschte vor, stolperte über ein Bein, Foul!, ging ihm durch den verwirrten Kopf, eindeutig gestrecktes Bein!
Anscheinend verlor er in dieser Masse langsam den Verstand. In diesem Spiel konnte er auf keinen Schiedsrichter hoffen, der ein Foul pfiff, es gab keinen Pfiff und keinen Fingerzeig auf den Elfmeterpunkt. Es gab nur Abschluss oder Untergang. Sein Atem flog, gefühlte hundert Beine grätschten ihm in den Lauf, aber er blieb oben, sah sich kurz um nach den Mitspielern, ihre Gesichter waren verzerrt, ihre Augen weit aufgerissen, als wollten sie die Augäpfel ins Spiel bringen. Entsetzt wandte er sich wieder nach vorne. Da war Dazol verschwunden. Er rief nach ihr, brüllte, und alle um ihn herum stimmten ein in das Gebrüll, das langsam immer rhythmischer wurde, um in einzelne wilde Schreie überzugehen.
Direkt neben Akono wurde ein Mann von einem faustdicken Stein getroffen. Er drehte sich um die eigene Achse, fiel in die Menge, sackte langsam nach unten und verschwand in der Tiefe. Salven von Steinen prasselten auf sie nieder, denen kurz darauf Gummigeschosse folgten. In den Nebel mischte sich ein bei-

ßender Geruch. Die Augen begannen zu tränen, die Nase lief, er hustete, keuchte, und alle um ihn herum husteten und keuchten mit, doch alle liefen weiter. Und nun rannte auch Akono wieder, er hätte gar nicht anders gekonnt.

Fetzen von marokkanischem Arabisch drangen aus Lautsprechern an seine Ohren:

»Sirr barra!« Was das hieß, wusste jeder Flüchtling nur allzu gut: »Verpisst euch!« Doch die Lautsprecher gingen kümmerlich unter im Sturm der Schreie und Flüche. Die marokkanischen Stimmen klangen zunehmend verzweifelt und die Angst, die darin mitschwang, entfachte den Sturm weiter. Grenzsoldaten versuchten, sich den Flüchtlingen mit Knüppeln und weiterem Tränengas entgegenzustellen. Nicht einmal eine Pistole hätte die zu allem entschlossene Masse stoppen können. Die Soldaten ergriffen die Flucht. Akono konnte es nicht sehen, aber er hörte es. Unter seinen Füßen fühlte er weiche Körper. Die Flüchtlinge der ersten Reihen hatten sich geopfert. Ein furchtbarer Gedanke schoss ihm durch den Kopf: Was, wenn einer dieser Leiber unter ihm Dazol gehörte?

Ein Aufprall riss ihn aus diesem Alptraum. Die Menschenwelle prallte gegen den Zaun. Die Hinteren schoben die Vorderen. Die Menschen schichteten sich übereinander und die oberen griffen mit alten Arbeitshandschuhen, mit um die Hände gewickelten Stofffetzen, mit bloßen Händen in den Zaun, bogen ihn auf und begannen zu klettern. Keine Sekunde später hing der mit Klingen und Maschendraht präparierte Zaun voller Flüchtlinge. Es wurden mehr. Dann sah Akono Dazol. Ihre Kletterkünste hatten ihr geholfen. Und während von der anderen Seite spanische Polizisten mit langen Knüppeln den Flüchtlingen auf Leitern entgegenstiegen, krachte es. Das Gestänge bog sich unter der Last der Menschen und gab nach.

Mit weiten Sprüngen setzte Akono über die am Boden Liegenden hinweg zum Zaun, sah einem Polizisten der Guardia Civil in die Augen, sah aus ihnen den Zorn weichen und die Angst aufsteigen. Denn der Zaun neigte sich ihm zu und nur mit einem beherzten Sprung konnte er sich davor retten, unter den Mas-

sen begraben zu werden. Gleich darauf ergoss sich der Strom der Flüchtlinge in den Mittelstreifen. Hier gab es einen weiteren Zaun, an dem Düsen angebracht waren. Die spanische Polizei pumpte auf diesem Weg Tränengas in die Menge, doch nach wenigen Minuten war auch dieser Zaun umgelegt. Und Akono lief Dazol in die Arme. Sie hatte ihn kommen sehen. Eng umschlungen tanzten sie. Sie hatten den ersten, den schlimmsten, gemeinsten Zaun geschafft. Dazols Hände waren zerschnitten und bluteten. Aber sie schien gar nicht darauf zu achten. Sie riss sich los und dann standen sie und Akono vor dem nächsten Zaun, hinter dem die Guardia Civil Verstärkung aufgefahren hatte.
Akono sah sich um: Der Strom der Flüchtlinge, die nun in den Mittelgang der Grenzanlage stürzten, riss nicht ab. Gott sei Dank! Denn sonst hätte die Guardia Civil sie leicht aufhalten und einfangen können. Dann wandte er sich wieder nach vorne. Dazol hing im nächsten Zaun, der wiederum fast sieben Meter hoch und oben mit Stacheldraht bewehrt war. »Warte!«, schrie er. Aber selbst wenn sie ihn gehört hätte, wäre sie seiner Aufforderung nicht nachgekommen.
Dieser Zaun war weniger gegen Kletterer gesichert. Dazol und Dutzende weiterer Flüchtlinge arbeiteten sich rasch hoch. Akono begann, hinter Dazol her zu klettern. Sie hing oben im Stacheldraht fest und ein Polizist der Guardia Civil stieg ihr von der spanischen Seite auf einer Leiter her entgegen. Er fuchtelte drohend mit einem langen Knüppel und schlug nach ihr. Dazol wich den Schlägen geschickt aus.
»Stopp, das ist ein Mädchen!«, brüllte Akono bereits auf halber Höhe des Zauns. Der Mann schlug weiter nach Dazol, Akono konnte nicht erkennen, ob aus Wut oder Angst. Dann traf er ihren Kopf. Dazol verlor das Bewusstsein, wurde aber vom Stacheldraht gehalten. Im nächsten Moment war Akono bei ihr, wehrte mit den Ellbogen weitere Schläge auf ihren Kopf ab. Nun setzte der Uniformierte alles daran, Akono am Übersteigen des Zauns zu hindern. Und während Akono Mühe hatte, den harten Schlägen auszuweichen, rappelte Dazol sich auf, glitt ohne Rücksicht auf den Stacheldraht auf die andere Zaunseite und ließ

sich dort fallen. Sieben Meter tief. Akono verschlug es den Atem. Auch der Spanier von der Guardia Civil hielt inne, um zu sehen, ob sie den Sturz überlebt hatte. Akono stieg ihr entsetzt hinterher. Er konnte den Blick nicht von dem Bündel lassen, das unten im sich lichtenden Nebel lag. Keinerlei Bewegung. Weitere Flüchtlinge stürzten hinterher. Manche blieben liegen, andere humpelten davon, um keine zehn Meter weiter von der Guardia Civil eingesammelt zu werden.
Was war mit Dazol? In diesem Moment traf ihn ein Knüppel der Guardia Civil hart am Kopf. Ihm wurde schwarz vor Augen und er stürzte hinter Dazol her. Als er die Augen wieder öffnete, sah er in ihr lächelndes Gesicht. Sie hatte es geschafft. Er sprang auf, zog sie aus der Gefahrenzone. Ihr Körper fühlte sich vollkommen entspannt an.
Im nächsten Moment kamen weitere Flüchtlinge über den Zaun und nahmen die Leiter der Guardia Civil in Beschlag. Immer mehr kletterten über den Zaun und rannten in Richtung Stadt. Akono wusste, dass er nun, da das Chaos am größten war, laufen musste. Aber er konnte nicht. Er hockte da wie gelähmt, Dazols Kopf auf seinen Schoß gebettet. Dann zerrte ihn ein Polizist hoch, so dass Dazols Kopf hart auf dem Boden aufschlug. Bei ihrem Anblick wurde der Polizist panisch. Er stieß Akono weg von Dazol.

»Ist sie etwa tot?«, fragte Ben, dem langsam übel wurde.
»Kann sein«, gab Alexa kühl zurück.
»Und Akono? Was haben sie mit ihm gemacht?«
»›Asilo!‹, hatte er gerufen. Ein Reflex. Aber der Mann von der Guardia Civil brüllte nur:
›Cerrar!‹. Heißt so viel wie ›Schnauze!‹. Er legte ihm Handschellen an und stieß ihn grob vor sich her, immer am Zaun entlang. An einem Wachturm gab es eine Gittertür im Zaun. Dort warteten weitere Grenzbeamte, schlossen auf und schoben Akono durch die Tür zu den Marokkanern ab.«
»Er sitzt also im marokkanischen Gefängnis?« Ben war so übel, dass er hätte kotzen können.

»Nein, sie haben ihn hinter Oujda an der Grenze ausgesetzt. Weil sie merkten, dass er völlig weggetreten war, haben sie ihm sogar die Schuhe gelassen. Jetzt ist er wieder am Berg Gurugú, ohne dass ich ihn erreichen kann. Andere Flüchtlinge haben ihn dazu gedrängt, in ein Internetcafé zu gehen. Nach dem Massenansturm scheint die Gemeinschaft der Überlebenden zusammenzurücken.«
»Was hat er jetzt vor?«
»Er wartet auf seine nächste Chance, nach Europa zu kommen. Was bleibt ihm anderes übrig?«
»Ein weiterer Massensturm?« Bens Übelkeit wuchs.
Alexa sah besorgt in sein Gesicht.
Er sprang auf, stürzte auf die Toilette. Aber er konnte nicht erbrechen, konnte das Übel nicht loswerden. Er war schuld an diesem Wahnsinn! Er hatte Akono das Amulett geklaut. Aus niederen Beweggründen. Unverzeihlich! Benommen kehrte er zu Alexa zurück.
Nach einer endlos langen Stille nahm Alexa zaghaft seine Hand. Sie lag schlaff in der ihren. Ihre Zuwendung ließ Ben kalt. Irgendetwas war mit ihm während dieses Berichts geschehen. Langsam legte sich die Übelkeit, stattdessen stiegen ihm Tränen in die Augen. Er versuchte, sie herunterzuschlucken, biss die Zähne zusammen. Aber das seltsame Gefühl wuchs, ergriff Stück für Stück Besitz von ihm. Er begann zu zittern, weinte, erst zaghaft, dann wurde er von Weinkrämpfen geschüttelt. Alexa schloss ihn in die Arme. Durch den Tränenschleier sah er: Keine einzige Träne glänzte in ihren Augen.

Vorbereitungen

»Sieh mal, was ich in der Presse zu dem Thema gegoogelt habe«, sagte Alexa mit sachlichem Ton und scrollte auf dem Bildschirm abwärts. »›Invasion‹ und ›Sturm auf Europa‹ nennen die Zeitungen das, was Akono und die anderen Flüchtlinge versuchen. Dabei steht hier: ›Mehr als 70 Millionen Euro hat Europa Marokko für den Ausbau der Grenzen, die Überwachung durch Satelliten und für das Abschiebungsprogramm zur Verfügung gestellt. Dort, wo die Hightechgrenze die Flüchtlinge nicht stoppen kann, rücken die Grenzpolizisten aus. Immer wieder übergeben spanische Beamte die Flüchtlinge der marokkanischen Polizei, ohne zu prüfen, ob sie Anspruch auf Schutz haben.‹ ›Heiße Abschiebung‹ nennt man das und es ist ein klarer Verstoß gegen internationale Gesetze.«

»Hmmm. Mich interessiert mehr, was aus Akono wird.«

»Meinst du mich nicht? Aber sie machen mit ihm, was sie wollen. Legal, illegal, scheißegal!«

»Ich hab's verbockt«, flüsterte Ben unter Tränen.

»Wieso du?«

»Ich habe das Amulett geklaut!«

»Wie geklaut?«

»Damals nach dem Spiel in der Umkleidekabine!«

»Echt?!« Ein Schatten verdunkelte Alexas Miene.

Ben nickte. »Ja, leider. Ich wollte auch so spielen können, auch so einen Erfolg haben, auch so viele Interviews geben und von dir auch so bewundert werden wie er. Und ich hab es dir nie gestanden... Ich hatte solche Angst, dass du mich fallen lässt.«

»Du warst das?!«

»Ja, ich! Und ich bring das auch wieder in Ordnung!«, sagte Ben.

»Das kriegen wir wieder hingebogen!«
»Nein, nicht wir. Ich muss das machen. Die ganze Zeit schon mache ich alles mit, was du machst. Nicht wegen Akono, sondern nur deinetwegen.«
»Du warst meine größte Hilfe. Bei unserem Film. Und auch für Akono. Das zählt am Ende!«
»Sehe ich anders. Ich hab's verbockt, ich werd's auslöffeln!«, sagte Ben so entschieden, dass Alexa aufgab, ihm zu widersprechen.
»Was hast du vor?«
»Ich geb dir Bescheid, wenn ich sicher bin!« Ben packte seine Sachen und wollte gehen. Da schrillte ein Klingelton aus Alexas Computer. Akono wollte Kontakt zu ihr via Skype. Rasch erlaubte sie die Verbindung. Dann brachte sie Frisur und Bluse in Ordnung und vergrößerte das verpixelte, viel zu grelle Kamerabild. Akono saß offenbar in einem Internet-Café. Sie suchte seinen Blick. Akono reagierte nicht darauf. Er lächelte nicht, er weinte nicht, er machte keine Scherze und unterließ auch die Liebeserklärungen. Ja, er grüßte nicht einmal, sondern schaute in die Kamera, als blicke er in weite Ferne. Hinter ihm konnte sie weitere Bildschirme erkennen, an denen Personen saßen. Einer skypte mit einem verschleierten Mädchen, eine andere Person betrachtete eingehend irgendwelche Dessous. Über allem plärrte arabische Musik, die eine Vielzahl von Stimmen zu übertönen versuchten. Wahrlich kein Ort, um vertraulich miteinander zu reden. Alexa wollte es trotzdem versuchen.
»Wie geht es dir?«
»Keine Ahnung.«
»Meinst du, du kommst darüber hinweg?«
»Nein!«
»Kann ich dir helfen?«
»Nein ... oder ... doch, ich brauche mein Amulett dringender als je. Komme aber nicht dran. Weil keine Papiere!«
»Ich habe versucht, mit dem Postamt zu telefonieren. Auf Englisch, was keiner da versteht. Aber du kennst mich: Ich lasse nicht locker. Sie holten schließlich einen Beamten, der Englisch sprach. Der sagte das, was sie dir gesagt haben: Sie dürfen das

Paket nur an Personen aushändigen, die sich ausweisen können. Weil sonst jeder behaupten kann, er sei Akono und wolle das Paket. Dann haben sie mich gefragt, ob sie das Paket zurückschicken sollen. Was meinst du?«
»Egal!«
»Was hast du vor?«
»Habe Platz in Boot!«
»Du hast doch kein Geld, um den Platz zu bezahlen!«
»Hab dem Schlepper Dazol angeboten. Für Platz im Boot kann er sie haben.« Akono wurde von einem Krampf geschüttelt, als müsste er heulen. Aber keine Träne war auf seinem Gesicht zu sehen. So als wäre er komplett ausgetrocknet.
»Ist Dazol denn wieder da?«, fragte Alexa und Ben spürte, wie sich ihr Magen zusammenkrampfte.
»Dazol ist in mir. Ganz tief in mir drin!«
»Oh wie schön! Ist sie auch im Internetcafé? Kann ich sie sehen?«
»Nein, kannst du nicht sehen. Für euch sie ist tot. Für mich sie ist in anderer Welt und doch hier. Innen drin.«
Alexa schluckte. »Unternimm bitte nichts, bevor du nicht das Paket hast!«
Akono sah sie starr an. Dann zerbröckelte sein Bild auf Alexas Monitor und die Verbindung brach ab.
Alexa sprang auf: »Wir müssen etwas tun. Dringend!« Ben nickte und lief los: »Bin schon unterwegs.«

Van Nissen freute sich, dass Ben ihn ins Vertrauen zog und um seine Hilfe bat.
»Wir müssen unbedingt verhindern, dass Akono auf ein Boot geht. Selbst wenn er es lebend übers Mittelmeer schafft, landet er nur in einem Auffanglager. Und selbst, wenn er sich bis nach Deutschland durchschlägt, wird er hier keine Aufenthaltsgenehmigung bekommen, denn er wurde schon einmal abgeschoben. Er bringt sich also völlig sinnlos in allergrößte Gefahr!«
»Hat er eine andere Wahl?«
»Eine Frage, über die ich seit Wochen nachdenke.«

»Seit Wochen?«
»Seitdem ihr mich in seine Flucht eingeweiht habt. Denn eines ist klar: Wir müssen Akono eine Perspektive anbieten, sonst wird er nicht auf uns hören.«
»Was für eine Perspektive soll das sein?«
»Ich war nicht untätig, habe mit allen möglichen Leuten telefoniert. Beim Vorstand des FC konnte ich schließlich eine offizielle Einladung erwirken. Akono bekommt einen Ausbildungsvertrag. Der Verein verbürgt sich für seinen Aufenthalt und seine Unterkunft, kommt für Pass und Visum auf.«
»Grandios!«, rief Ben. »Dann müssen wir ihm die Einladung nur noch zuschicken!«
»Leider nein! Die Sache funktioniert nur, wenn Akono nach Nigeria zurückkehrt, sich dort mit unserer Hilfe alle Papiere beschafft und dann auf dem offiziellen Weg mit Visum und Einladung nach Deutschland reist.«
»Das hieße ja, dass er ohne Pass nochmals den ganzen Weg zurück nach Nigeria machen müsste. Darauf lässt er sich niemals ein!«
»Einen anderen Weg sehe ich leider nicht. Aber ich zahle ihm die Rückreise nach Nigeria.«
Van Nissen sah sehr ernst und sehr entschlossen aus.
»Wie willst du ihm das Geld und die Einladung zukommen lassen? Er hat noch nicht einmal eine private Postadresse …«
»Ich habe ohnehin nicht vor, so wichtige Dokumente und so viel Geld per Brief nach Marokko zu schicken.«
»Wie sonst?«
»Ich fliege nach Oujda. Habe ich bereits recherchiert. Das ist das kleinste Problem.« Van Nissen lächelte, als er Bens offenen Mund sah. »Ich muss persönlich mit ihm reden. Sehr deutlich. Sonst wird aus meinem Plan nichts!«
»Das planst du aber nicht ohne mich, oder?«, warf Ben ein, dem eine spontane Idee kam. »Ich muss Akono nämlich auch etwas geben!«
»Das habe nicht ich zu entscheiden, sondern deine Mutter.«
»Du hast alles haarklein geplant – über unsere Köpfe hinweg!«, beschwerte sich Ben.

Van Nissen nickte. »Vergiss nicht: Als Trainer bin ich für Aufstellung und Taktik zuständig!«
»Hoffentlich erfüllen alle Mitspieler deine Erwartungen. Da hätte ich zum Beispiel bei meiner Mutter Bedenken. Schon, weil sie den Flug nicht zahlen kann. Alexas Eltern wiederum zahlen so einen Flug aus der Portokasse, haben aber viel zu viel Angst um ihr Töchterchen ...«
»Und du meinst, darüber habe ich mir noch keine Gedanken gemacht? Hältst du mich wirklich für einen so schlechten Taktiker?«, fragte van Nissen gespielt beleidigt.
»Wir spielen hier nicht Fußball ...«
»Nicht? Ich habe Frau Beck jedenfalls ins Mittelfeld gestellt. Von dort kann sie Bälle verteilen, bei Gegenangriffen aber auch absichern.«
»Spielt die wirklich mit?« Ben traute Frau Beck viel zu, das aber übertraf seine Erwartungen.
»Sie wird Alexas Eltern einen sauberen Pass zuspielen, den die voraussichtlich annehmen werden.«
»Wow!« Ben musste grinsen: Van Nissen hatte es einfach drauf!

Als Ben am Abend nach Hause kam, saß seine Mutter am Küchentisch und trank ein Bier. Das tat sie normaler Weise nur am Wochenende. Er zwang sich, sich zu ihr zu setzen. »Mama, ich muss etwas mit dir bereden. Aber flipp bitte nicht gleich aus!«
Sie lächelte müde. Er spürte, wie die Arbeit an ihr zehrte. Die Belastung, hier alles alleine schmeißen zu müssen. Und ihn verließ der Mut. Seine Mutter lebte auf einem anderen Stern mit anderen Gesetzen und anderen Problemen. Wenn er ihr jetzt mit Marokko kam, könnte er ihr auch gleich erzählen, er wolle auf den Mars fliegen. Mal ganz zu schweigen von den Gründen. Sie hatte genug eigene Probleme. Da brauchte sie nicht noch einen Akono.
»Dein Trainer hat angerufen«, sagte sie. »Es geht um Marokko.«
»Dann weißt du ja schon ...«
»Eigentlich geht's dir ja mehr um deine Alexa, oder?«
»Das ist kompliziert. Sie ist in einen anderen verknallt.«

»Ich weiß nicht, ob ich nach der Trennung von Papa eine gute Ratgeberin bin, aber ich würde sagen: Das solltest du klären.«
»Wegen dem Geld, Mama, für den Flug und so. Ich nehm einen Job an und zahl alles zurück. Versprochen!«
»Van Nissen hat mir die Preise genannt. Ist billiger als Urlaub im Schwarzwald.«
»Dann erlaubst du es also?«
Sie nickte.
»Du bist die Coolste!« Ben hielt inne: »Da ist noch was!«
»Raus damit. Ich freu mich, wenn du endlich mit mir redest.«
»Ich finde meinen Reisepass nicht.«
»Den können wir morgen gemeinsam suchen.«
»Ich hab alles abgesucht. Auch bei dir im Schlafzimmer. Er ist einfach weg.«
»Ohne Pass geht es nicht.«
»Ich hab mich erkundigt: Im Bürgeramt stellen sie mir einen vorläufigen Reisepass aus. Ich brauche meine Geburtsurkunde und ein Passbild. Und du musst mitkommen, mit deinem Personalausweis.« Ben wusste, dass sie dafür einen Urlaubstag nehmen musste. Und Urlaubstage waren ihr kostbarstes, sorgsam gehegtes Kleinod.
»Na gut.« Seine Mutter erhob sich müde.
Auch Ben stand auf und schloss sie in die Arme. Er konnte sich nicht erinnern, wann er sie das letzte Mal umarmt hatte. Aber es fühlte sich gut an.

Auf seinem Handy fand er eine Nachricht von Alexa: »Ich muss mit dir reden!«
Klar, dachte Ben. Frau Beck hatte bestimmt schon mit Alexas Eltern telefoniert. Und wie er wusste, schlugen Alexas Eltern ihrer Tochter nichts aus. Das Geld für die Reise zahlten sie sicher aus der Schatulle, obwohl Alexa fast 3000 Euro rausgenommen hatte. In der Familie Vangelis redete man nicht über Geld. Man hatte es einfach.
Normalerweise wäre Ben sofort zu ihr aufgebrochen. Alexas Einladung nicht zu folgen, war ihm nie in den Sinn gekommen. Nir-

gendwo fühlte er sich wohler als in ihrer Nähe. Stundenlang hatte er mit ihr das Rohmaterial für den Film gesichtet und interessante Passagen markiert. Er hatte das Schneiden und Bearbeiten des Filmes bei ihr gelernt, das Einsprechen von Kommentaren, das Setzen von Untertiteln. All das hatte er nur aus einem Grund getan: Um in ihrer Nähe zu sein, ihren Geruch in der Nase zu haben, sie beiläufig berühren und beiläufig von ihr berührt werden zu können. Doch heute mochte er nicht mal auf ihre SMS antworten. Das überraschte ihn selbst. Erschreckte ihn fast. Zumal die Aussicht, mit Alexa zu verreisen, ihn vor kurzem noch in Ekstase versetzt hätte. Was war bloß mit ihnen geschehen?

Während er seinen Reisepass sorgsam im Futteral seiner Reisetasche versteckte, wurde ihm bewusst, wie sehr er bisher mit Alexa mitgelaufen war, ihr eigentlich nur hatte gefallen wollen. Doch jetzt, wo klar wurde, wie folgenschwer und lebensbedrohlich seine Eifersucht für Akono geworden war, wuchs ihm plötzlich eine riesige eigene Verantwortung zu. Jetzt musste er selbst handeln, nicht um Alexa zu gefallen, sondern um nicht noch mehr Schuld auf sich zu laden.
Sein Handy klingelte. Alexa. Er überlegte kurz, sie wegzudrücken. Aber das wäre feige. »Ja?«
»Ben?«
»Wer sonst?«
»Hast du meine SMS gelesen?«
»Ja.«
»Und?«
»Ich brauch gerade ein bisschen Abstand.«
»Genau darüber wollte ich reden.«
»Miteinander reden und Abstand voneinander halten geht irgendwie schlecht zusammen, oder?!«
»Du willst ja nur Abstand, weil ich dich schon so lange hinhalte. Und das verstehe ich. Sogar gut.«
»Da könnte was dran sein. Aber das ist nicht der einzige Grund.«
»Du magst mich nicht mehr!«

»Nein, das heißt: doch!«
»Was denn nun?«
»Gib mir etwas Zeit.«
»Das wird schwierig: In den Herbstferien fahren wir zusammen nach Marokko. Das ist jedenfalls mein Stand.«
»Deine Eltern haben also zugestimmt?« Ben war erleichtert, zu einem sachlichen Thema wechseln zu können.
»Klar. Sie wissen ja, wie viel mir Akono und der Film bedeuten. Da unterstützen sie mich. Sie sind schließlich selbst mal als Einwanderer nach Deutschland gekommen.«
Daran hatte Ben gar nicht gedacht: Alexas Eltern waren Kinder griechischer Einwanderer. Alexas Vater hatte ein sehr erfolgreiches Geschäft mit griechischen Oliven und Olivenöl aufgebaut.
»Und irgendjemand sollte auch das Paket mit dem Geld in Oujda von der Post abholen«, fuhr Alexa fort.
»Also ganz so egal sind ihnen die 3000 Euro anscheinend auch nicht!«
»Nein. Wir sollen das Geld für Flüchtlinge verwenden, haben sie gesagt.«
»Hey, deine Eltern sind ja die Allercoolsten!«
»Na ja, geht so.«
»Sag bloß, du beklagst dich auch noch über sie?«
»Ich sag nur: Sie haben dick Kohle, wenig Zeit und deshalb immer ein schlechtes Gewissen. Und das beruhigen sie mit viel Geld, damit sie keine Zeit investieren müssen. So seh ich das!«
»Deine Probleme hätte ich gerne mal.«
»Da wär ich mir gar nicht so sicher!«

Hinter Oujda

Eine Gardine bläht sich, von weit her die krächzende Stimme des Gebetsrufers. Ben schlurft verschlafen ans Fenster. Ein Gewirr von Frauenstimmen dringt von der Straße hoch. Er schaut hinunter, räkelt sich ungeniert. Jetzt erst bemerkt er, dass Alexa ihre Kamera auf ihn richtet. Sie folgt Ben ans Fenster. Filmt von oben. Im Licht der Straßenlaterne warten Frauen. Ihre Gesichter fast weiß. Schleier und Tücher lassen sie aussehen wie Gespenster. Sie umarmen sich, reiben die von Gesichtsschleiern verdeckten Wangen aneinander, lachen und gehen auseinander. Jede, die hinzukommt, wird gestreichelt, umarmt, geküsst. Bis ein Lastwagenfahrer vorfährt. Die Frauen steigen auf die Ladefläche, auf der Hacken, Eimer und andere landwirtschaftliche Geräte verstaut sind. Dann fährt der LKW ab.
»Wahrscheinlich fahren sie raus auf die Plantagen.« Ben schaut ihnen nach.

Diese Aufnahmen hat Alexa in der vierten Etage des schmucklosen Hotels gemacht, in das van Nissen mit Ben und ihr letzte Nacht eingecheckt hatte. Van Nissen war ein weitgereister Mann. Er konnte sogar ein paar Worte Arabisch, genug, um auf der Straße weiterzukommen. Und Ben war sehr froh, van Nissen bei sich zu wissen. Alleine hätte er sich verloren, verraten und verkauft gefühlt. Marokko fand er gewöhnungsbedürftig.

Wie wird es bei uns weitergehen?, fragte sich Ben. Gestern hatte es gleich nach ihrer Ankunft auf dem kleinen, muschelförmigen Flughafen Oujda-Angads hektisch begonnen. Ben hatte fast ausschließlich marokkanische Reisende gesehen. Auch im Flugzeug waren sie bis auf ein deutsches Ehepaar die einzigen Europäer

gewesen. Oujda war offenbar alles andere als ein beliebtes Urlaubsziel. Jedenfalls für Europäer.
»Der Marokkaner haut mit dem Gepäck ab!« Ben war dem untersetzten Marokkaner hinterher gelaufen, der mit ihrem Gepäckwagen auf den Ausgang zu steuerte.
Er bringe sie zum Taxi, hatte er seelenruhig in fast perfektem Deutsch geantwortet.
»Nicht nötig«, hatte van Nissen sich eingeschaltet.
»Kein Problem, ya chûya[15]. Taxi wartet!« Und der Marokkaner hatte den Rollwagen unverdrossen weitergeschoben, bis van Nissen ihm den Wagen abgenommen hatte und auf den Taxistand zugesteuert war. »Was kostet es nach Oujda?«
Der Marokkaner hatte gegrinst. »Kein Problem, ganz billig!«
»Wir gehen zur Bushaltestelle«, hatte van Nissen geantwortet.
»Gibt kein Bus nach Oujda. Du musst bis morgen früh warten«, prophezeite er.
»Hier übernachte ich aber nicht!« Alexa hatte sich misstrauisch umgesehen.
»Combien?[16]« Der Marokkaner hatte genau gewusst, dass van Nissen den Preis nicht kannte.
»200«, hatte van Nissen ihm angeboten.
»Ya latîf![17]« Die Entrüstung des Marokkaners hatte beinah echt gewirkt:. »Sind über 50 Kilometer!«
»12 vielleicht«, hatte van Nissen gesagt. »250 Dirham. Mein letzter Preis.«
Der Marokkaner hatte den Kopf geschüttelt.
»300.«
Der Marokkaner hatte gelacht und sie in seinen Wagen gewunken. »Weil heute Freitag ist. Ein Feiertag für den *meslem*[18].«
Van Nissen hatte ihnen erklären wollen, dass der Freitag für Muslime der Tag des Gebetes ist wie in Deutschland der Sonntag, doch das hatten sie längst bei Frau Beck gelernt.

15 Oh Bruder
16 Wie viel?
17 Um Himmels Willen!
18 Moslem

Später auf der Fahrt hatte der Taxifahrer unverhohlen seinen Anteil von ihrem Proviant gefordert. Hatte von den Keksen gegessen, aus ihrer Wasserflasche getrunken. Sie waren auf einer fast schnurgeraden, breit ausgebauten und neu asphaltierten Straße gefahren. Gelbe Büsche flogen an ihnen vorbei. Die Landschaft war immer grüner geworden und in der Ferne hatte sich das Riffgebirge erstreckt. Und dann war da dieser Geruch gewesen. Erst langsam waren Bens Sinne so zur Ruhe gekommen, dass er ihn hatte wahrnehmen können. Ein Geruch von Trockenheit und Staub und leichter Würze. Als hätten die Dornbüsche am Straßenrand, der wilde Oleander, die Akazien und der Feigenkaktus, als hätten die Ziegen und die traurigen Esel die Luft ausgeatmet, bevor er sie einatmete.

Schließlich hatten sie die Stadt erreicht. Der Taxifahrer hatte das Gepäck aus dem Kofferraum gewuchtet. Van Nissen hatte gezögert, denn er hatte das Taxigeld nicht passend. Und der Fahrer kein Wechselgeld. Van Nissens Schein war durch fremde Hände gewandert, in dunklen Kanälen verschwunden. Ben hatte es bereits verloren gegeben, da war das Geld in kleinen Scheinen wieder aufgetaucht.

Zum Abschied hatte der Fahrer ihnen allen die Hand gedrückt. »B-es-slâma!«, hatte er gesagt, alles Gute, und: »Allâh yehfadena w-yehfadkum!« Dabei hatte er die Hand ans Herz geführt, war wieder eingestiegen, hatte gewunken und war losgefahren.

»Das ist schön, dass er nicht nur sich, sondern auch uns den Segen Gottes wünscht«, hatte van Nissen gesagt.

»Tss, tss, Monsieur, Sie suchen Hotel?«, hatte ihnen ein Marokkaner zugeraunt, kaum dass der Taxifahrer weggefahren und sie in die dunklen Gassen der Stadt getreten waren.

»La, shukran[19]!«, hatte van Nissen ihm eine Absage erteilt.

»Ahhh! Monsieur spricht bel arbiya[20]!« Der Marokkaner hatte van Nissens Ablehnung ignoriert und war vorangegangen. Sie waren mit dem Gepäck hinter ihm her durch die engen Gassen der Innenstadt gelaufen.

19 Nein danke!

20 Der Herr spricht gut Arabisch!

Erst heute, am Fenster des Hotels, kehrte dieser Augenblick in Bens Erinnerung zurück. Die ersten Verunsicherungen in einem fremden Land und einer ganz fremden Kultur. Oujda und die Gassen der Innenstadt und der Kräuterhändler, der zugleich Heilpraktiker, Magier und Schlitzohr war. Ob Akono das alles auch fremd fand, oder war er hier noch zuhause und erst in Deutschland ein Fremder?

Nach dem Frühstück fuhren sie mit einem klapprigen Taxi zur Hauptpost. Alexa hatte alle Unterlagen mitgebracht. Und nachdem sie lange in einer Warteschlange angestanden hatten und Zeugen hitziger Diskussionen zwischen Postbeamten und Kunden wurden, waren sie endlich an der Reihe. Alexa zeigte ihren Pass, erinnerte an ihre Anrufe und verlangte die Aushändigung des Paketes. Der Beamte verstand ihr Englisch kaum. Oder wollte er nicht verstehen? Van Nissen half mit Französisch, diskutierte auch auf Arabisch. Doch der Beamte schien von allen Sprachen keine zu verstehen. Van Nissen verlangte, den Vorgesetzten zu sprechen. Auch diese Forderung wurde nicht verstanden.
Ben wunderte sich, mit welchem Gleichmut die hinter ihnen wartenden Marokkaner den Ausgang der Diskussion abwarteten. Als van Nissen fragte, wer bei der Übersetzung helfen könne, war sogleich ein deutschsprechender Marokkaner zur Stelle, übersetzte das Anliegen nochmals haarklein in den marokkanischen Dialekt. Er erntete nur Kopfschütteln. Auf die Forderung, den Vorgesetzten zu sprechen, reagierte der Beamte mit einer Kopfbewegung zu einem Büro nebenan. Also bahnten sie sich den Weg dorthin.
»Ich räume uns wenig Chancen ein. Ein Paket aus Deutschland, das ein Flüchtling ohne Papiere unbedingt abholen will, wegen dem Alexa auch noch mehrmals angerufen hat, wird hier große Begehrlichkeiten geweckt haben«, brummte van Nissen, während sie vergeblich auf ein »Herein« aus dem Büro warteten. Dann drückte er die Klinke herunter und betrat den Raum unaufgefordert.
Der fette Vorgesetzte sah auf. »As-salāmu 'amalaikum!«

Van Nissen erklärte ihm ihr Anliegen auf Französisch.
Der Vorgesetzte quälte sich aus seinem Stuhl und ging hinaus. Draußen hörte man ihn mit den Angestellten herumschreien. Dann kam er wieder. »Je suis désolé[21]!« Er schüttelte van Nissen bedauernd die Hand. »Ein solches Paket ist hier leider nicht angekommen.«
Van Nissen war wütend. Aber das half nichts.
»Meine Eltern werden den Verlust verkraften«, versuchte Alexa ihn zu beruhigen. Aber van Nissen war einfach genervt. Und Ben fragte sich, wie Akono auf die Nachricht reagieren würde, dass sein Amulett in der marokkanischen Post verschwunden war.

Später am Tag bestiegen sie den Bus nach Beni Enzar, der Hafenstadt unmittelbar vor Melilla. In den Wäldern vor dieser Stadt musste Akono hausen. Sie hatten ihm eine Mail geschickt, dass sie kommen würden. Dass er keinesfalls ein Boot besteigen solle, bevor er sie getroffen habe, denn sie hätten wichtige Neuigkeiten für ihn. Und das Amulett!, hatten sie geschrieben. Da wussten sie noch nicht, dass das Paket verschwunden war. Wo sie ihn treffen konnten, musste er ihnen noch bekannt geben. Sie wussten nicht, ob er diese Nachricht hatte abrufen können. Eine Antwort jedenfalls hatten sie bisher nicht.
Im Bus gingen singende, zahnlose Bettler auf und ab, trugen arabische Segenswünsche vor und hielten die Hand auf. Van Nissen entlohnte sie so großzügig, dass sie ihnen einen nicht endenden Segen zusprachen.
»Können wir gebrauchen, den Segen Gottes!«, meinte van Nissen. Ben spürte, wie froh Alexa war, als die Bettler den Bus verließen. Nur kurz hatte sie die Kamera auf die Männer gerichtet. Auch ihn gruselten ihre leicht wahnsinnigen Blicke.
Dann setzte sich der Bus schnaubend in Bewegung. Die Passagiere fielen in eine seltsame Teilnahmslosigkeit. Ihre Oberkörper wurden vor und zurück geworfen. Bald rollten sie in Garbouz ein. Es war Markt und Alexa zückte ihre Kamera:

21 Es tut mir leid!

Der Bus gräbt sich durch das Gewirr von Menschen und Waren. Dann kommt er nicht weiter. Der Busbegleiter springt raus, gestikuliert. Zwischendurch winkt er in die Kamera. Ein Gruß, der natürlich Alexa gilt. Die aber richtet die Kamera auf den Markt. Der Fahrer beginnt, den Bus zu wenden. Er schiebt mit der Front des Busses die Stände vor sich her. Dann legt er den Rückwärtsgang ein und bricht mit dem Heck in einen Stand ein. Teekannen, Töpfe, Gläser zerschellen, werden zerquetscht. Draußen schreien die Markthändler, reißen die Gepäckklappen auf, zerren am Gepäck.
»Gehen die an unsere Koffer?« Bens besorgte Stimme aus dem Hintergrund. »Und stürmen die danach den Bus?«
»Pas d'problème!« Der Busbegleiter ist wieder eingestiegen und grinst jetzt in die Kamera, als gäbe es im Moment nichts Wichtigeres zu tun. In der nächsten Einstellung wühlt sich der Bus durch das Gedränge und fährt weiter.

Sie erreichten das Meer. Den Badeort Saidia. Ein langer Strand, wie eine Plantage mit Sonnenschirmen bepflanzt. Der Bus hielt: Pause vor einer Garküche!, erklärte der Busbegleiter. Sie stiegen mit den Passagieren aus und setzten sich in ein kleines Restaurant.
Ein Kellner brachte einen Tonteller mit spitzem Deckel drauf. Er stellte ihn in die Mitte, hob den Deckel hoch und zu dritt begannen sie, nachdem Alexa Aufnahmen vom Gericht gemacht hatte, sich langsam vom Rand her durch das gegarte Gemüse bis zum gebratenen Huhn in der Mitte vor zu essen. »Tajine« nannten sie das Gericht hier.
Van Nissen erklärte, dass es dieses sehr schmackhafte Nationalgericht in unendlichen Variationen gab und die Variation mit Huhn die einfachste und üblichste war. »Ich hoffe, bald isst auch Akono mit uns.«
Ben und Alexa nickten. Plötzlich war ihnen peinlich, mit einem solchen Appetit zu essen, während nicht weit von ihnen die Flüchtlinge im Wald hungerten.
Alexa zückte ihr iPhone: Immer noch keine Nachricht von Akono!

»Was machen wir?«, fragte van Nissen. Diesmal schien er keinen Plan in der Hinterhand zu haben.
»Nach ihm suchen«, schlug Ben vor und wusste im gleichen Moment, dass das ziemlich aussichtslos war.
»Nein, wir müssen zuerst Kontakt zu ihm aufnehmen!«, fand van Nissen.

Die Hupe ihres Busses dröhnte. Van Nissen zahlte eilig und sie mussten rennen, um den bereits anfahrenden Bus zu erreichen. Drinnen schälte Ben sich eine Mandarine zum Nachtisch. Alexa filmte ihn. Der Saft spritzte, ein süßer und bitterer Duft breitete sich aus. Ein alter Mann mit zerfurchtem Gesicht hob den Kopf, sah zu Ben, gab ihm ein Zeichen. Sein knochiger Finger wies auf die Mandarine. Ben gab ihm die geschälte Frucht. Der Mann nickte und wandte sich wieder nach vorne. Mit wenigen Zähnen kaute er auf den Fruchtstücken herum, bis die Mandarine verzehrt war.
Sie fuhren weiter am Meer entlang, in dem so viele Flüchtlinge den Tod gefunden hatten. Die Fischkutter schaukelten verträumt in der Mittagssonne. Es herrschte reges Strandleben, marokkanische Familien zogen barfuß und mit Picknickkörben über den Sand. Auf Decken hatten andere sich bereits niedergelassen, um gemeinsam zu essen. Einige hatten sogar einen tragbaren Holzkohleherd mitgebracht, auf dem sie ihre dünnen Fladenbrote buken. Nichts deutete auf das Massensterben hin, das sich in dem Wasser hinter ihnen immer wieder ereignete.

Cyber-Café

In Beni Enzar, der kleinen, schmucklosen Hafenstadt, die an die begehrte spanische Stadt Melilla grenzte, stiegen sie aus. Sie waren dort, wo das Flüchtlingsdrama einen seiner Ausgangspunkte genommen hatte. Wie aber sollten sie hier Akono finden, wenn er sich nicht meldete? Sie streiften durch die Gassen, vorbei an zahlreichen Cafés und kleinen Einkaufsläden.

»Er hat dich aus einem Internet-Café hier in der Gegend erreicht?«, fragte van Nissen.

Ben und Alexa nickten.

»Dann gehen wir auch in eines«, beschloss er.

Das klang nicht sonderlich überzeugt, trotzdem betraten sie gemeinsam das »Cyber-Café«, an dem sie gerade vorbeigingen.

Der junge Betreiber an der Kasse sprach außer Arabisch auch Spanisch, Englisch und ein wenig Deutsch. Alle drei Sprachen bot er ihnen sofort an. Beni Enzar sei eine Hafenstadt und so kämen hier Menschen aus aller Welt vorbei.

»Und viele Flüchtlinge!«, beeilte sich Alexa festzustellen.

»Ja, die auch«, sagte der Betreiber und man sah seinem Gesicht an, dass er alles andere als begeistert davon war. Obwohl im Hintergrund fast nur Afrikaner vor ziemlich veralteten Computern hockten. Einige von ihnen versuchten zu skypen, aber der Betreiber hatte seine arabische Musik so weit aufgedreht, dass sie in ihren fremd klingenden, afrikanischen Sprachen schreien mussten, um sich zu verständigen. Wie lange sie an den Computer wollten, fragte er. Es wurde nach vollen, halben und Viertel-Stunden abgerechnet. Und selbst eine Stunde kostete lediglich ein paar Cent.

Van Nissen musste nah an den jungen Mann herantreten, um sich verständlich zu machen. »Wir suchen einen jungen Nigerianer!«

Der Marokkaner grinste und deutete auf seine Kundschaft: fast alles Afrikaner.
Alexa holte ihr iPhone hervor. Sie hatte zahlreiche Bilder von Akono darauf gespeichert: Akono beim Fußball, Akono im Flüchtlingsheim, Akono in der Klasse und Akono in ihrem Zimmer, auf der Matratze, an Alexa geschmiegt.
Ben überlegte kurz, ob sie all diese Bilder extra für diese Reise hochgeladen hatte oder ob sie sie immer bei sich trug. Aber irgendwie war ihm das nicht mehr so wichtig.
»Das ist er!«, erklärte Alexa dem Marokkaner.
»Deine Freund?« Der Marokkaner warf ihr ein vielsagendes Lächeln zu. Alexa gefiel hier offenbar allen jungen Männern. Sie blickte sich unsicher nach Ben um. Der nickte.
»Ja«, sagte sie, »mein Freund!«
»Kann schon sein, dass der hier war. Du magst Schwarz?«
Alexa war ein paar Schritte in den hinteren Raum gegangen und erkannte den Platz, von dem aus Akono mit ihr geskypt hatte. Sogar der Junge, der sich die Dessous anschaute, schien immer noch da zu sein. Oder betrachteten alle Jungs hier Dessous?
»Kennst du den?«, fragte sie den Jungen, der augenblicklich die Bilder vom Schirm klickte und Alexa wie ein ertapptes Kind anstarrte. Aber er verstand sie nicht.
»Do you know this boy?«
»What do you want from this guy?«, fragte der Afrikaner statt einer Antwort.
»We want to help him. It's very important!«
»Can you pay for me?«
»No problem!« Van Nissen drückte ihm einen 100-Dirham-Schein in die Hand, den der Afrikaner blitzschnell in seiner Hosentasche verschwinden ließ.
»Give me your phone number!«, forderte er.
Alexa schrieb ihm ihre Nummer auf einen Zettel, mit der deutschen Vorwahl.
»Wait here!«, sagte der Afrikaner und verließ das Café.
»Âtây?«, fragte der Betreiber.
Van Nissen nickte. »Âtây bin nanâ!«

Der Marokkaner brachten ihnen eine Kanne mit sehr süßem Minztee und drei Gläser. Bevor er sie alleine ließ, forderte er noch die Internetgebühr für den Afrikaner ein. Van Nissen grinste. Offenbar hatte dieser die 100 Dirham nicht für das Internet benutzt. Aber der Preis für die vielen Stunden, die er am Computer gesessen hatte, erschien ihm so lächerlich gering, dass er ihn ohne Widerrede bezahlte.

Stunden verstrichen und sie bestellten Nachtisch. Aus dem benachbarten Restaurant brachte man Früchte und Joghurt, Orangensalat bestreut mit Zimt und Pinienkernen. Ein wunderbares Essen, wären sie nicht in Habachtstellung gewesen, jeden Moment gefasst auf eine neue Nachricht, die jedoch ausblieb.
»Der Afrikaner wollte vermutlich nur unser Geld«, stellte van Nissen ernüchtert fest. Es dämmerte bereits und er zahlte.
Der Betreiber des Cyber-Cafés hatte keine Neuigkeiten, verlangte von ihnen aber eine Gebühr für ihren Aufenthalt. Van Nissen weigerte sich, gab ihm jedoch seine Handynummer. Sollte es ihm gelingen, Kontakt zu Akono herzustellen, werde er ihn gut entlohnen. Der Marokkaner war mit diesem Angebot alles andere als zufrieden, woraus sie schließen konnten, dass auch er ihnen kaum eine Chance einräumte, Akono zu finden.
Sie hatten noch keine Unterkunft für die Nacht. Das wunderte Alexa und Ben musste schlucken: Hatte van Nissen sich wirklich nicht darum gekümmert, nichts reserviert?
»In Marokko findet man immer ein Hotel oder eine Pension«, bemerkte van Nissen.
Und tatsächlich: Eine Stunde später konnten sie ein ziemlich schäbiges Zimmer in einem Haus mit Innenhof beziehen, das schon mal bessere Zeiten gesehen hatte.
Mit der Dunkelheit verflog die letzte Hoffnung auf ein Treffen mit Akono. Stattdessen erschienen Küchenschaben aus dunklen Verstecken, sie krabbelten unter dem Teppich, zwischen den Betten, aus dem Abfluss hervor.
»Die ewigen Begleiter des Reisenden«, nannte van Nissen sie. »Am besten ignorieren!«

Ben hatte Mühe, den Tierchen keine Aufmerksamkeit zu schenken. Was würde sein, wenn sie das Licht löschten und schlafen wollten? Alexa erging es nicht besser. Da klingelte ihr Handy.
»Hallo?«
»Wo seid ihr?«
Die Verbindung war schlecht. Schwer zu sagen, ob Akono oder jemand anders am anderen Ende war.
»Wir sind im Hotel La Marine!«
»Sehr gut. Geht runter auf Straße.«
»Es ist schon dunkel!«
»Deshalb! Ruf mich zurück, wenn du unten bist!«
Das Telefonat war beendet.
»Sollen wir uns darauf einlassen?« Alexa zweifelte. Doch Ben und van Nissen nickten. »Haben wir eine andere Chance?«
Auf der breiten, nur von wenigen Passanten bevölkerten Avenue Hassan II rief Alexa mit ihrem iPhone zurück. Der Anruf wurde sofort angenommen.
»Hörst du den Gebetsrufer von Al Nour-Moschee?«, fragte die Stimme, die Alexa nach wie vor nicht eindeutig Akono zuordnen konnte. Sie stellte ihr Handy auf Lautsprecher. Sollten sie gemeinsam entscheiden, ob man dieser Stimme trauen konnte.
»Wo seid ihr? Verbindung is komisch!«
»Ich habe auf Lautsprecher gestellt«, sagte Alexa.
»Mach sofort aus. Jeder zweite, der sich auf Straße bewegt, ist Polizist oder Spitzel! Auf keinen Fall Aufsehen anregen!«
»Ich höre den Gebetsrufer. Was sollen wir tun?« Alexa hatte den Lautsprecher wieder ausgeschaltet.
»Lasst Gebetsrufer hinter euch. Geht Avenue Hassan II runter.« Mit diesen Worten endete der Anruf.
Sie gingen im Schein der Straßenlaternen weiter. Tatsächlich bemerkten sie bald, dass sie sich keineswegs so unbeobachtet bewegten, wie sie zunächst angenommen hatten. Häufig traten Männer aus den Seitengassen und hefteten sich eine Weile an ihre Fersen. Da sie aber nichts zu verbergen hatten, scherten sie sich wenig darum. Eher fragten sie sich, wohin dieser Abendspaziergang, der sie immer weiter vom Stadtzentrum wegbrachte,

führen sollte. Und ob es sich hier um eine Falle handelte.
Laute Stimmen lenkten sie ab. Vor ihnen hatten sich einige Menschen auf der nächtlichen Straße versammelt. Sie riefen arabische Sätze, teils einzeln, teils im Chor. Je näher sie den Stimmen kamen, umso lauter und heftiger wurden sie. Die Spitzel um sie herum schienen sich jedoch für dieses Geschrei nicht zu interessieren. Warum nur? Vor ihnen hatte sich doch ein Menschenauflauf gebildet, der nicht wenig Ähnlichkeit mit einer Demonstration hatte. Konnte man in Marokko nachts unbehelligt demonstrieren?
Van Nissen schüttelte den Kopf: »Keinesfalls!«
Erst als sie selbst in die Menschenmenge eintauchten, erkannten sie, dass es sich um ein Straßenfußballspiel handelte. Sie drängten in die vorderste Reihe, um besser sehen zu können. Alexa hatte schon die Kamera draußen und filmte unauffällig aus der Hüfte.

Zwei Mannschaften, teils in Fantasie-Trikots, teils in Straßenkleidung, fechten vor den Augen der Passanten ein Turnier aus. Die Bedingungen auf dem Asphalt sind denkbar hart. Fast jeder Sturz führt zu blutigen Schürfwunden. Doch die beiden Teams schenken sich nichts, gehen in jeden Zweikampf, als befänden sie sich in einem Spiel der Champions League. Es geht schnell und reichlich unkoordiniert hin und her. Eine Weile sieht es so aus, als könnte keine der beiden Mannschaften einen Vorteil oder gar ein Tor erzielen. Dann aber wird es laut. Ein Afrikaner wird eingewechselt. Ein Jugendlicher, sehr dürr, die viel zu weiten Klamotten schlackern um seinen Körper. Sobald er in Ballbesitz ist, zeigt er ein paar unfassbar schnelle Dribblings, lässt einen Gegner nach dem anderen stehen und zieht ab. Der Torwart zwischen den zwei rostigen Ölfässern hat keine Chance, obwohl er einen Hechtsprung über den Asphalt wagt.
»Akono!« Bens Stimme aus dem Hintergrund. Die Kamera schwenkt auf ihn. Erschrocken blickt er sich um. Hat ihn jemand gehört?
»Huwwa almân!«, stimmen ihm die Umstehenden zu und schieben die drei Deutschen weiter nach vorne.
»Sie nennen Akono hier ›den Deutschen‹«, flüstert van Nissen.

Alexa dankte dem Himmel, dass sie den richtigen Riecher gehabt und alles mit der Kamera gefilmt hatte.
Das Spiel war schnell entschieden. Akono, obwohl ausgemergelt, spielte die Straßenfußballer, die keineswegs schlechte Spieler waren, in Grund und Boden. Beim Spiel schien er alles zu vergessen. Unter donnerndem Applaus endete die Partie. Und obwohl der Applaus in aller erster Linie ihm galt, sackte Akono, kaum dass das Spiel beendet war, in sich zusammen. Plötzlich wirkte er schlaff wie eine Marionette, deren Fäden gerissen waren. Hastig mischte er sich unter das Publikum, das den Heimweg antrat.
Alexa ließ die Kamera in ihrem Rucksack verschwinden und drängelte sich zu ihm vor. Akono gab ihr ein Zeichen, ihm nicht zu nah zu kommen. Enttäuscht wich Alexa zurück. So hatte sie sich das Wiedersehen mit Akono nicht vorgestellt.
»Wir folgen ihm in einigem Abstand. Sonst fällt er sofort auf!«, flüsterte ihr van Nissen zu.

Dunkles Wiedersehen

Nachdem sie ihm durch einige Gassen gefolgt waren, stets in gebührendem Abstand, verschwand Akono plötzlich. Er musste sich in eine Seitengasse verdrückt haben. Aber so dünn, wie er war, und so flatternd seine Kleider, waren sie die ganze Zeit ohnehin eher einem Gespenst gefolgt. Jetzt hatte es sich in Luft aufgelöst. Kurz darauf hörten sie ein leises Zischeln aus einer Gasse, die zum Meer hinunter führte. Hier gab es keine Straßenbeleuchtung mehr und die Dunkelheit verschluckte sie, so dass Alexa Bens Hand ergriff. Ben dagegen versuchte, möglichst in Tuchfühlung mit van Nissen zu bleiben.

Erst als ihre Augen sich ein wenig an die Dunkelheit gewöhnt hatten, sahen sie eine Gestalt am Strand entlang laufen und zum Meer hin verschwinden. Das Ufer fiel metertief zum Meer ab. Die Gestalt deutete auf einen Zugang hinunter zum Strand. Am Rande der Abbruchkante tauchten sie hinab und dann standen sie ihm gegenüber.

»Akono!« Alexa fiel ihm um den dünnen Hals.

Akono legte seine Arme um sie und Ben spürte, dass die Umarmung ihn in keiner Weise störte. Im Gegenteil: Er sorgte sich, denn Akono legte seine Arme zaghaft und kraftlos um Alexa. Er weinte und Alexa wich zurück. Van Nissen reichte Akono die Hand, die er ebenfalls kraftlos annahm.

»Wie geht es dir?«

»Nicht drüber reden.« Akono schniefte.

»Er ist nur noch Haut und Knochen!« Alexa wurde das Gefühl nicht los, ein zerbrechliches Skelett umarmt zu haben.

»Kein Kamera!«, zischte Akono, als sie ihren Camcorder auspacken wollte. »Hier laufen nur Dealer und Diebe und Flüchtlinge.«

Ben sah weit und breit kein Lebewesen, außer den Möwen, die wie Geister durch die Luft schwirrten.
Akono zeigte auf die dunklen Winkel an der Bucht. Und erst jetzt sah Ben, dass Gestalten dort reglos warteten. Worauf, war nicht erkennbar.
»Ich weiß«, sagte Akono, als sie einen geschützten Ort erreicht hatten. »Ich hab total gesiebt...«
»Hey, woher kannst du so gut Deutsch?«, unterbrach ihn van Nissen.
»Von meine Lehrerin!« Akono lächelte müde.
»Frau Beck?«, schaltete Ben sich verwundert ein.
Akono schüttelte den Kopf und zeigte auf Alexa: »All die Interviews und Berichte und Mails und Skype!«
»Gute Deutschkenntnisse sind wichtig, wenn du in Deutschland Fuß fassen willst«, erklärte van Nissen.
»Glaub nicht, dass das hilft«, widersprach Akono vehement: »Guter Deutschkenner, guter Fußballspieler, überlebter Flüchtling, viele gute Freunde tot, das alles genügt nicht. Ihr wollt uns nicht. Vielleicht wollt ihr uns am liebesten gar nicht auf der Welt haben. Am liebesten tot!«
»Liebsten«, sagte Alexa.
»Wenn wir dich nicht haben wollten, wären wir kaum hier und würden nachts am Drogendealer-Strand von Beni Anzar mit dir rumhängen«, fuhr van Nissen ihn an.
»Stimmt«, gab Akono zu. »Was also wollt ihr?«
»Dir helfen natürlich!«, schaltete sich Alexa wieder ein.
»Mir ist nicht helfen!«
»Hör jetzt genau zu: Während ihr gechattet oder gesimst oder geskypt habt, habe ich keine Ruhe gegeben, sondern habe telefoniert ...«, begann van Nissen.
»Bis Leitung glüht!«
»... mit der Ausländerbehörde, dem Jugendamt, der Caritas, Pro Asyl, den Vereinsvorsitzenden unseres Fußballvereins, einmal sogar mit der FIFA ...«
»Und was?«, fragte Akono ohne irgendein Anzeichen von Dankbarkeit.

»Es gibt einen Weg. Einen legalen Weg. Er ist schwer, sehr schwer, aber wahrscheinlich nicht halb so gefährlich wie die Überfahrt in einem morschen Boot übers Mittelmeer, wobei allein in diesem Jahr Tausende ertrunken sind.«
»Wenn anderer Weg gibt, warum alle ertrunken?«
»Weil sie das hier nicht haben!« Van Nissen zog feierlich einen Brief hervor. In der Dunkelheit konnte niemand erkennen, was auf dem Papier stand. »Das ist eine Einladung. Von unserem Fußballverein, ganz offiziell. Er bietet dir eine Fußballausbildung an.«
»Schön, aber für Visum muss ich weisen nach, dass ich genug Geld für Aufenthalt und für Versicherung. Und für Krankenkasse. Und für Rückflug. Sonst kein Visum. Und ich hab nix!«
»Du kennst dich gut aus!«, lobte ihn van Nissen und Alexa und Ben nickten, obwohl sie dem Gespräch kaum folgen konnten.
Van Nissen holte einen zweiten Brief hervor, zog ihn aus dem Umschlag: »Das ist eine Verpflichtungserklärung, darin verpflichte ich mich, für alle aus deinem Aufenthalt in Deutschland entstehenden Kosten einschließlich der Kosten für eventuelle Krankenbehandlungen und eine eventuelle Rückführung nach Nigeria aufzukommen.«
»Okay!« Akono griff nach dem Brief. Aber van Nissen zog ihn weg: »Der Brief ist nicht für dich. Den muss ich bei der Ausländerbehörde in Deutschland abgeben. Wenn etwas mit dir schief läuft oder du krank wirst, kommen die sofort auf mich zu und verlangen die Kosten, die du verursacht hast, zurück.«
»Gefährlich!«
»Warte!«, van Nissen überhörte Akonos ironischen Kommentar. »Das ist noch nicht alles.« Er zog einen dritten Umschlag aus seiner Innentasche hervor.
»Das ist ja wie auf Amt in Nigeria!«, witzelte Akono, ohne eine Miene zu verziehen.
»Ja, so ist die Bürokratie.« Van Nissen nahm einen Packen bedruckter Blätter aus dem Umschlag. »Dies hier ist eine europaweit gültige Reisekrankenversicherung mit einer Deckungssumme von mindestens 30.000,– Euro. Die habe ich auf deinen Namen abgeschlossen, denn ohne die bekommst du kein Visum.«

»Du hast dich richtig in Zeug gelegt!«
»Ins Zeug!«, verbesserte Alexa, die es einfach nicht lassen konnte.
»Ich bin bereit, für dich gerade zu stehen, weil ich dir vertraue«, erklärte van Nissen und drückte Akono den Briefumschlag mit der Versicherung in die Hand.
»Großes Risiko!« Akono grinste.
Wenigstens kann er wieder lachen, dachte Ben. Doch trotz der Dunkelheit erkannte jeder die Bitterkeit in seinem Lächeln. Es war das traurige Lächeln eines Schwermütigen, eines Verzweifelten, der längst alle Hoffnung verloren hatte. Ben beunruhigte, dass vor ihm ein Junge ungefähr seines Alters stand, der wie ein verbitterter Greis wirkte.
»Echt cool! Was du gemacht für mich ...«
»Halt!«, unterbrach ihn van Nissen. »Das Visum muss grundsätzlich durch den Reisenden selbst bei der für seinen Wohnort zuständigen deutschen Auslandsvertretung beantragt werden.«
»Was soll heißen?«
»Bitte bleib ruhig!« Alexa legte ihm die Hand auf den Arm.
Akono zog den Arm weg. Er hatte offenbar sofort verstanden: »Kommt nicht ins Fragen!« Er warf ihnen die Einladung und Versicherungspolice vor die Füße, drehte sich um und ging.
»Es gibt nur einen Ort, an dem du dein Visum beantragen kannst: Nigeria!«
»Ihr habt wohl eine Waffel!«, schimpfte Akono.
»Nein, wir sind ganz bei Trost!«, rief van Nissen.
»Nix Trost!« Akono stapfte weiter.
»Das ist die einzige Chance, legal nach Deutschland zu kommen und nicht jeden Moment wieder abgeschoben werden zu können!«, rief van Nissen.
»Jetzt warte doch mal!« Alexa rannte hinter ihm her. Als sie ihn eingeholt hatte, umschlang sie seinen Arm.
Er schüttelte ihn ab und drehte sich langsam zu ihnen. »Habt ihr Ahnung, was ich durchgemacht, um hierher zu kommen, bis an Grenze von Europa?«
»Ja, das wissen wir!« Alexa kam erneut auf ihn zu. »Wir wissen es sogar von dir selbst!«

»Und ihr jetzt wollt, ich alles noch mal mache: Gefährliche algerische Grenze, verdursten in Sahara, von Islamisten gekillt in Nord-Nigeria, von Banden überfallen im Süden, von meinen eigenen Leuten gebrannt in Oshogbo, in Heimat? Seid ihr gekommen deshalb?«
»Nein!«, sagte van Nissen mit ruhiger Stimme. »Das wollen wir natürlich nicht, denn alle hatten große Angst um dich. Und trotzdem musst du zurück in dein Land, bevor du offiziell zu uns kommen kannst.«
»Niemals! Ihr klickt nicht richtig!«
»Tickt«, flüsterte Alexa mehr zu sich selbst.
»Willst du dir nicht wenigstens meinen Vorschlag in Ruhe anhören?« Van Nissen behielt den ruhigen Ton bei und sammelte die Briefe auf. »Ablehnen kannst du immer noch.«
»Gibt's nichts zu hören!«
»Nein?« Van Nissen holte einen vierten Umschlag aus der Innentasche. Der war prall gefüllt. Er öffnete ihn, hielt dann einen Moment inne, sah nach links und rechts in die Dunkelheit. Erst als er überzeugt war, dass sie nicht beobachtet wurden, zog er ein Bündel Geld heraus.
»Von diesem Geld hätte ich gerne deinen Rückflug gebucht. Das geht nur mit deiner Passnummer. Leider besitzt du aber keinen Pass. Also konnte ich auch nicht buchen. Wie du es anstellst, mit diesem Geld sicher zurück nach Nigeria zu kommen, muss ich dir überlassen. Vielleicht kannst du in Marokko provisorische Papiere bekommen, vielleicht bringt dich aber auch ein Schlepper zurück. Jedenfalls kannst du das damit bezahlen!«
»Bist du verrückt, hier am Strand mit so viel Geld?«
»Ich hatte keine andere Wahl!«
»Verschwinden, bevor jemand sieht und flach macht«, flüsterte Akono.
»Warte!«, schaltete Ben sich jetzt ein. »Ich war es, der dir das Amulett geklaut hat … Und jetzt ist es weg. Sorry!«
»Vergiss, Bruder! Alles jetzt egal!«
»Danke!«, sagte Ben und umarmte Akono. »Das ist sehr großzügig von dir!«

»La shukran allah wajib!, sagen Marokkaner. Alles ist von Gott gegeben, alles von Gott genommen!«
»Ich will alles wiedergutmachen«, flüsterte Ben Akono ins Ohr und steckte ihm unauffällig etwas in die Gesäßtasche seiner ausgeleierten Hose.
Als sie sich voneinander gelöst hatten, wandte sich Akono an van Nissen: »Ihr habt Recht: Ich nach Hause. So ist Gesetz!«
Van Nissen nickte. Dann bot er ihm die Umschläge erneut an.
Akono küsste ihm die Hand, verbeugte sich tief und nahm die Umschläge.
»Versprich mir, dass du das benutzt, um nach Nigeria zurückzugehen«, störte van Nissen die fast andächtige Stille.
»Heiliges Ehrendings…!«
»Wort!«
»Ähä!«
Van Nissen drückte ihm die Hand und sah ihm tief in die Augen. Dann wollte er gehen.
»Noch eine Frage!«, hielt Akono ihn auf.
»Ja?«
»Die Schwimmweste? Habt ihr?«
»Leider nicht!«, kam Ben van Nissen zuvor, der die Stirn runzelte.
»Okay! Kann man nicht machen! Wir sollten hier schwinden. Sonst könnte unbequem werden!«
Sie umarmten sich zum Abschied. Ben beobachtete, wie Alexa dabei ebenfalls etwas in Akonos Hosentasche steckte. Er überlegte, ob er selbst vielleicht nicht so unbeobachtet geblieben war, wie er dachte. Und ob Alexa ihm neuerdings nacheiferte. Akono befühlte unauffällig seine Hosentasche. Es zeichnete sich sichtbar ein Rechteck ab. Keine Frage: Alexa hatte das nächste Handy spendiert. Nur so würden sie Kontakt halten können.
Akono küsste sie auf die Wange und Ben wusste, dass sie errötete und dass das umwerfend aussähe, wenn sie nicht in der Dunkelheit stünden. Dann, nachdem er sich umgeschaut hatte, lief Akono voraus. Verließ eilig den Strand. Die anderen folgten ihm in gebührendem Abstand.

Am nächsten Tag standen sie am Ende einer Schlange vor dem Check-in-Schalter in der Flughafenhalle Oujda-Angads. Van Nissen teilte ihnen die Flugtickets aus und checkte als Erster ein. Er wartete auf Alexa, die kurz nach ihm abgefertigt wurde. Dann legte Ben sein Ticket auf den Schalter.
»Votre passeport, s'il vous plaît!«
Ben kramte in seiner Innentasche und holte seinen vorläufigen Pass heraus. Ein Moment der Anspannung. Die Marokkanerin nickte und sie waren durch.

»Mensch Ben, du machst Sachen!« Alexa saß neben ihm im Flugzeug. Die erste Chance, mit ihm allein zu reden, denn van Nissen hatte einen Platz auf der anderen Seite des Ganges. »Das mit dem Pass war einsame Spitze!«, sagte sie, während der Flieger abhob und sie in die Sitze gedrückt wurden. Ihr Gesicht hatte diese wunderbare Färbung angenommen. Sie sah Ben durchdringend an und ein Lächeln spielte um ihre Lippen. »Das hätte ich dir ehrlich gesagt nicht zugetraut.«
»Ich mir auch nicht.« Ben blickte nach vorn.
»Du hast dich verändert«, flüsterte Alexa, gerade so laut, dass sie das Dröhnen der Düsen im Steigflug übertönte.
»Kann sein.« Ben sah Alexa dabei nicht an. »Du nicht?«
»Doch, klar. Wir alle haben uns verändert. Am meisten Akono. Er ist anders, als ich ihn mir die ganze Zeit vorgestellt habe«, überlegte Alexa laut. »Jedenfalls habe ich mich entschieden!«
»Entschieden?«
»Gilt deine Frage noch?«
»Was für eine Frage?«
»Du oder er?«
»Das ist nicht der richtige Zeitpunkt. Warten wir, bis Akono wirklich bei uns ist. Mir kam er vor wie ein lebendiger Toter.«
»Hey, wirst du jetzt auch so verbiestert wie er?« Alexa stieß ihm den Ellbogen in die Seite. Sie stupste ihn nicht einfach nur so an, sondern wollte ihn berühren. Doch auf unerklärliche Weise erwiderte Ben dieses Gefühl nicht. Er brauchte Abstand von allen und von allem. Das lag nicht an Alexa. Das lag an ihm selbst.

Tackling

Bens Handy surrte. Eine SMS. Da waren sie längst wieder zu Hause und Ben saß allein in seinem Zimmer. Hier hatte er den Abstand, den er zurzeit brauchte.

»Hey, Ben!«, simste Akono.

»Hallo, Akono, wo bist du?«, tippte Ben, so schnell er konnte. Er befürchtete, der Austausch könnte zu Ende sein, bevor er richtig begonnen hatte.

»Ist Alexa bei dir?«

»Nein, warum?«

»Bist allein?«

»Ja.«

»Kannst du Geheimnis für dich halten?«

»Behalten!« Ben ärgerte sich im nächsten Moment, dass er die Korrektur losgeschickt hatte.

»Kein Wort Alexa? Keins van Nissen?«

»Keine Sorge, schieß los!«

»Habe mit euer Geld gebucht. Ein bis zwei Wochen bin ich bei euch, wenn Gott will. Betet für mich!«

»Wieso beten?« Ben hatte bei Akono bisher keine religiösen Anwandlungen feststellen können. Offenbar hatte sich das geändert.

»Wo kann ich wohnen, wenn Gott mich bringt?«

»Bei van Nissen, wie früher.«

»Nein, van Nissen geht nicht!«

»Alexa?«

»Auch nicht! Kann ich zu dir?«

Ben sah erstaunt auf das Display. »Ich wohne mit meiner Mutter in einer Drei-Zimmer-Wohnung«, schrieb er.

»Macht nix. Ich schlaf Boden«, kam prompt die Antwort.
»Ich muss mit meiner Mutter reden.«
»Machst du?«
»Klar!«
»Okay, melde dich! Bye!«
»Halt!«, rief Ben, als ob Akono ihn hören könnte. Er hatte nicht rausgekriegt, wo Akono steckte und was er vorhatte. Doch der Kontakt war abgebrochen.

An diesem Nachmittag trafen sich Ben und Armin zum Training. Ben verspürte wenig Lust auf Fußball. Er wusste nicht, ob er sich überhaupt würde konzentrieren können. Zumal van Nissen ihn bestimmt fragte, ob er etwas von Akono gehört hatte. Und dann würde er entweder wortbrüchig oder er müsste lügen. Und van Nissen war weiß Gott niemand, den man gut belügen konnte. Bestimmt witterte er etwas.
Aber das nächste Qualifikationsspiel stand vor der Tür. Und so sorgte Armin dafür, dass Ben sich nicht drückte. Sie liefen sich bereits die erste Runde warm, da erschien Alexa. Ben tat, als sähe er sie nicht.
»Du meldest dich gar nicht mehr!«, rief sie Ben zu, als er an ihr vorbei rannte.
Er bremste kurz ab, lief dann aber weiter. Ihr nach allem, was sie gemeinsam auf die Beine gestellt hatten, die Neuigkeiten zu verheimlichen, war nahezu unmöglich. Hatte sie nicht alle Nachrichten mit ihm geteilt? Und jetzt begann er mit Geheimniskrämereien. Sollte er sein Versprechen Akono gegenüber brechen?
Bei der nächsten Runde war Alexa verschwunden. Verwirrt sah Ben sich um. Er konnte sie nirgendwo entdecken. Gerade konzentrierte er sich wieder auf seine Atmung, da sah er sie erneut. Sie kam aus der Umkleide und hatte ihre Sportklamotten an. Ben geriet fast aus dem Tritt. Sie lief mit der Mannschaft mit, bis van Nissen sie zu sich holte.
»Willst du nicht lieber mit den Mädchen trainieren?«
»Wieso? Ist gesetzlich festgeschrieben, dass Mädchen nicht mit Jungs trainieren dürfen?«

»Bis zur B-Jugend dürfen laut DFB-Statuten Mädchen und Jungen zusammen spielen«, musste van Nissen zugeben. »Es wird sogar ausdrücklich empfohlen.«
»Dann spricht ja nichts dagegen, dass ich mitmache, oder?«
Van Nissen nickte. Wohl war ihm nicht dabei, weil er Alexa schon lange kannte, ihren Verstand schätzte, von sportlichem Ehrgeiz allerdings noch nie etwas bemerkt hatte.
Ben spürte Alexas intensive Blicke. Er schluckte, versuchte, im Rhythmus zu bleiben. Sie überholte einen Jungen nach dem anderen. Dann näherte sie sich ihm von hinten.
»Du läufst vor mir weg!«, hörte er sie unmittelbar hinter sich. Vorwurfsvoll, aber ihre Stimme klang weich. Er überlegte, ihr zu wiedersprechen.
»Magst du mir sagen, was ich dir getan habe?«
Ben wunderte sich über ihre Kondition, obwohl er wusste, dass sie gelegentlich joggte.
»Es ist nicht wegen dir!«, zischte er.
»Eine andere?«
»Quatsch, das wüsstest du doch!«
»Wer weiß? Du hast neuerdings Geheimnisse vor mir.«
Das war ja klar: Alexa konnte er nichts vormachen. »Ich stecke ziemlich in der Klemme«, sagte er deshalb. Und das war immerhin die Wahrheit.

Später fragte sich Ben, ob van Nissen an diesem Tag, an dem Alexa mittrainierte, extra Tackling aufs Trainingsprogramm gesetzt hatte. Van Nissen selbst erklärte, dass ihre in der Offensive schwache Mannschaft unbedingt das Verteidigungsverhalten ausbauen müsse.
Alexa gab sich mit dieser Erklärung zufrieden. Mehr noch: Sie suchte regelrecht den Einsatz, als wolle sie beweisen, dass ein Mädchen ebenso robust in einen Zweikampf einsteigen kann wie ein Junge. Sie stürmte den Dribblern ungebremst entgegen und glitt ohne Rücksicht auf die eigene Gesundheit in den Ball hinein. Nicht nur van Nissen staunte. Auch die anderen Spieler trauten ihren Augen kaum.

Was niemand bemerkte, war, dass sie Ben besonders hart attackierte, so dass er ins Straucheln geriet. Dann flüsterte sie ihm Sätze zu wie: »Warum kommst du nicht mehr vorbei?« und »Ist dir Akono plötzlich komplett egal?«

»Nein!«, zischte Ben, während er sich aufrappelte. »Ich habe direkten Kontakt zu ihm.«

Alexa konnte ihm ohne Probleme den Ball abnehmen, denn Ben war nicht bei der Sache. »Soll das heißen, dass ich dich auf dem Laufenden halte, du mich aber nicht?«

»Ich hätte dir noch Bescheid gesagt.«

Allein Ben merkte, dass eine innere Wut Alexas eigentlicher Antrieb war, wenn sie den nächsten Spieler so entschlossen im Block-Tackling mit der Schulter vom Ball trennte, dass van Nissen vor einem Foul warnen musste.

»Seit wann informieren wir uns nicht mehr sofort, wenn wir eine Nachricht bekommen?«, rief sie Ben zu, um ihn gleich darauf mit einer Grätsche zu foulen.

Van Nissen pfiff ärgerlich ab. Er konnte vor der Qualifikation keine Verletzten gebrauchen. Schon gar nicht seinen einzigen Stürmer.

Alexa hob beschwichtigend die Hände und verzog sich in die Umkleidekabine. Ohnehin musste sie vor den Jungs geduscht haben.

Bevor Ben schließlich mit den anderen den Umkleideraum betrat, fing sie ihn ab.

»Sorry!«, sagte Ben. »Ich weiß, das war nicht okay. Aber Akono wollte es so.«

»Und sein Wunsch ist dir Befehl, oder was?«

»Bitte Alexa! Ich komme nachher bei dir vorbei, okay?«

Erst jetzt fiel Ben auf, dass Alexa sich dezent geschminkt hatte. Und das war ebenso ungewöhnlich wie ihr veränderter Kleidungsstils. Plötzlich trug sie eine enge Hose zu einer taillierten Bluse. Das Haar hatte sie hochgesteckt. Sie sah atemberaubend aus.

Schwere Entscheidung

Ben schlug nach dem Training den gewohnten Weg zu Alexa ein. Seltsamerweise beflügelte ihre Veränderung seine Schritte nicht, sondern ließ sie langsamer werden. Auf halbem Weg drehte er um und machte sich auf den Weg nach Hause. Seine Mutter war bei der Arbeit. Niemand wartete auf ihn. Das war es, was er suchte: Alleinsein.

Nachdem er etwas gegessen hatte, fuhr er den Computer hoch. Kaum war er im Internet, stieß er auf Breaking News:

»Die Besatzung eines spanischen Lazarettschiffes hat am Dienstag vor der Küste die Leichen von 17 Afrikanern geborgen. Bei den Toten handelt es sich um Flüchtlinge, die von Marokko nach Spanien gelangen wollten. Die Behörden vermuten, dass in dem Seegebiet noch weitere Leichen im Meer treiben. Nach Angaben des spanischen Rundfunks haben die Küstenstädte mit einem nicht abreißenden Flüchtlingsstrom zu kämpfen. Allein am Dienstag seien innerhalb von 24 Stunden über 300 Afrikaner mit zehn Booten an die spanische Küste gelangt.«

Ben biss sich in den Arm. Er hoffte insgeheim, aufzuwachen aus diesem Alptraum. Aber die steigende Zahl Toter war blanke Realität. Konnte er etwas anderes tun als zu hoffen, dass Akono sich an sein Versprechen gehalten hatte und nicht in eines der seeuntüchtigen Boote gestiegen war?

Er schrieb eine Nachricht: »Akono, bitte steig in kein Boot. Fahr nicht übers Mittelmeer. Hier kommen täglich Meldungen über gekenterte Schiffe und Hunderte von Toten. Immer fürchte ich, du bist dabei. Tu es nicht, Du hast es versprochen!«

Eine ziemlich dämliche Nachricht, die Akono wenig überzeugen und nichts bringen würde. Ben schickte sie dennoch ab.

Kurz darauf klingelte es an der Tür. Armin, dachte Ben, drückte den Summer und öffnete die Tür. Schnell saß er wieder am Computer, wollte den Posteingang nicht aus den Augen lassen. Irgendwie hoffte er, Akono könnte in genau diesem Moment antworten und ihn beruhigen, dass er natürlich keine selbstmörderische Aktionen plante. Dass alles in bester Ordnung und er sicher in Nigeria war, von wo er in ein paar Tagen nach Deutschland fliegen würde. So intensiv fixierte Ben den Bildschirm, dass er nicht darauf achtete, ob Armin hereinkam. Das Klappern der Tür erreichte nur sein Unterbewusstsein. Dann legten sich zwei Hände auf seine Schultern.

»Hi!«, murmelte er.

»Hallo!«

Ben fuhr herum. »Alexa!«

»Können wir reden?«, fragte sie fast zärtlich.

»Tut mir leid, bin etwas schräg drauf zurzeit. Wollte dir gerade mailen, dass ich nicht kommen kann.«

»Willst du erzählen, was los ist?«

»Bin einfach etwas neben der Spur. Das ist alles.«

»Wegen Akono, oder?«

»Hmmm ...«

»Meinst du, du bist der Einzige, der sich Sorgen macht?« Alexa fuhr ihm mit der Hand durchs Haar.

»Ich bin schuld, wenn etwas schief geht.« Ben versuchte, die hochdrängenden Tränen zu unterdrücken.

»So ein Quatsch!«, flüsterte Alexa.

»Ich hab ihm Pest und Cholera an den Hals gewünscht. Und jetzt hat er beides!«

»Das hast du nur meinetwegen gemacht. Das weiß ich doch. Ich hab dich viel zu lange zappeln lassen. Das war unfair, gemein, egoistisch. Ich wollte einfach keinen von euch beiden verlieren. Wenn jemanden also Schuld trifft, dann mich.«

Ben blickte auf zu ihr. Noch immer war sie geschminkt. Noch immer trug sie diese atemberaubenden Klamotten. Und die Röte war ihr ins Gesicht gestiegen.

»Ich habe mich entschieden!«

»Nimm Akono! Du hattest Recht: Er braucht dich mehr als jeder andere.«
»Er braucht unsere Hilfe!«
»Meine bekommt er, egal mit wem er zusammen ist«, stellte Ben nüchtern fest.
»Und was ist mit uns?«, fragte Alexa.
»Wir sollten auf jeden Fall zusammenhalten!«
Alexa schwieg einen Moment. Enttäuschung sprach aus ihrem Blick und eine Traurigkeit. »Ja, du hast Recht. Es geht um Akono und all die anderen. Das ist jetzt das Wichtigste!« Sie küsste Ben auf den Scheitel, holte sich dann einen Klappstuhl aus der Küche und setzte sich neben ihn. »Zeigst du mir euren Chat?«
Ben nickte und öffnete den Chat. Schweigend wartete er auf Alexas Reaktion.
»Verstehe!«, sagte Alexa, nachdem sie alles gelesen hatte.
Ben nickte. »Keine Geheimnisse mehr. Ich versprech's!«
In diesem Moment traf mit einem Signalton eine neue Nachricht ein. Absender: Akono. Doch er hatte keinen einzigen Buchstaben geschrieben. Eine leere Mail?
»Stopp!«, rief Alexa, als Ben sie löschen wollte. »Da ist was im Anhang!«

Ein Video, mit dem Handy gefilmt und kaum eine Minute lang. Erst halten sie es für einen fehlerhaften Anhang. Denn es ist nur Grau zu sehen. Nichts als Grau. Dann schälen sich die Wellen heraus, die Gischt. Ein Schiff. Die Aufzeichnungen werden hektischer, von Schreien begleitet. Immer mehr Menschen kommen ins Bild. Afrikaner. Sie reißen die Arme hoch, um das Schiff anzuhalten. Drängen an die Planken, ein Gewirr von Schreien. Das Boot kentert. Die Aufzeichnung rast auf das Wasser zu, ruckelt hart. Dann wird es Nacht.

»Akono ertrinkt im Meer!« Hektik brach aus. Alexa rannte ans Telefon, rief die Polizei an. Sie habe ein Video von Flüchtlingen in Seenot erhalten, schrie sie in den Hörer. Sie wurde blass, so dass Ben den Lautsprecher einschaltete. Die Polizistin erklärte die Polizei für nicht zuständig.

Ob sie nicht wenigstens die Küstenwache informieren könne, fragte Alexa.
Niemand könne sagen, welche Seenotrettung zuständig sei, da nicht einmal die Koordinaten des Bootes bekannt seien, gab die Polizistin zu verstehen und versuchte unverblümt, Alexa abzuwimmeln.
Ben suchte im Internet die Telefonnummer der spanischen Küstenwache. Als sie sie schließlich erreichten, sprach dort niemand Deutsch oder Englisch. Pro Asyl, wo Alexa nun anrief, konnte ihnen auch nicht helfen, forderte sie aber auf, einen Appell für eine gemeinsame europäische Seenotrettung zu unterschreiben, woraus Ben und Alexa messerscharf schlossen, dass es nicht einmal so etwas wie eine Koordination der Rettung gab. Und zwar, wie Pro Asyl ihnen weiter mitteilte, weil man sich zwischen den europäischen Ländern nicht auf die Bezahlung hatte einigen können. Alexa beendete wütend das Telefonat und sah Ben hilflos an.
Nach einer überaus wilden Dreiviertelstunde war es plötzlich still. Stiller als still. Beide waren wie gelähmt. Dann riss sich Alexa aus der Erstarrung, zog ihre Jacke an und wollte gehen, hielt aber inne. Einen Moment stand sie vor Ben, dann umarmte sie ihn. Ben erwiderte die Umarmung zaghaft.
»Kannst du mir das kleine Video zuspielen?«, fragte sie im Gehen.
Ben nickte. »Klar, mach ich!«
Ein flüchtiger Gruß und sie war weg.

»Innerhalb von nur einem Tag haben Rettungskräfte mehr als 2100 Flüchtlinge und damit so viele wie selten zuvor in Sicherheit gebracht. Die Menschen waren auf insgesamt zwölf Booten in Seenot geraten. Die EU-Grenzschutzbehörde spricht von 14 andauernden Such- und Rettungseinsätzen im Mittelmeer.
Flüchtlinge, die mit dem Boot übers Mittelmeer nach Europa wollen, haben nur eine 75-prozentige Überlebenschance. Im Schnitt ertrinkt jeder Vierte von ihnen. Das ist eine Schätzung der französischen Geheimdienste.«

Früher hatte Ben Zeitungen nur wegen des Sportteils aufgeschlagen. Nun las er solche Nachrichten aufmerksam und voller Angst. Jede Meldung über ein im Mittelmeer gesunkenes Flüchtlingsschiff versetzte ihm einen Fausthieb in den Magen. Und solche Meldungen mehrten sich täglich. Offenbar fand ein Massensterben im Mittelmeer statt. Immerhin, dachte Ben, 75 Prozent werden gerettet. Dann aber las er vom Tod von 29 Flüchtlingen in einem Schlauchboot vor der libyschen Küste. Bei Windstärke 9 und bis zu sechs Meter hohen Wellen waren sie an Bord der Schlepperschiffe gegangen, nachdem jeder für die vermeintliche Überfahrt 4000 Dollar bezahlt hatte. Doch die Schlepper setzten sie kurz nach dem Auslaufen in Schlauchbooten aus, informierten per Satelliten-Telefon die Küstenwache und verschwanden. Die Flüchtlinge blieben auf dem Meer, bei eisigem Wind und durchnässt bis auf die Knochen.

Die Küstenwachtboote brauchten Stunden, um den von den Schleppern gemeldeten Koordinatenpunkt auf dem Meer zu erreichen. Zu lange für 29 Menschen – sie wurden als Sterbende an Bord geholt, die italienischen Seeleute konnten sie nicht mehr retten.

Das Telefon klingelte. Ben ging eilig dran. Vielleicht ein Rückruf, eine Nachricht. Aber es war nur Armin.

»Sehen wir uns morgen beim Training?«

»Ich hab gerade andere Sorgen!«, raunzte Ben und beendete das Gespräch.

Ein Untoter

Ben verlor jeden Tag ein Stück Hoffnung. Akono war bei den 25 Prozent. Natürlich, es hatte so kommen müssen! Inzwischen hatte er sich bei Armin für seinen ›Ausraster‹ entschuldigt und kam wieder zum Training, allerdings konnte ihm niemand besondere Begeisterung oder großen Einsatz nachsagen.
Nachdem ihm Ben von dem Video erzählt hatte, hatte selbst van Nissen aufgegeben, ihn anzutreiben. Die Nachricht verstörte auch den Trainer. Warum nur hatte Akono nicht auf ihn gehört? Warum hatte er die mühsam eingefädelte Chance, die er bekommen hatte und für die ihn Tausende anderer Flüchtlinge beneidet hätten, nicht genutzt? Wieso hatte er das viele Geld lieber kriminellen Schleppern in den Rachen geworfen und sich auf die bekanntermaßen gefährlichste Variante verlegt? Akono war ein Blödmann!, fluchte van Nissen. Und Ben konnte ihm nicht widersprechen, obwohl man nicht schlecht über Tote reden sollte. Und zu den Toten mussten sie Akono inzwischen zählen.

Alexa schleppte Ben nun immer öfter mit zu sich nach Hause. In ihrem geräumigen Zimmer stand seit neustem ein überdimensionaler Schreibtisch mit zwei 21-Zoll-Bildschirmen darauf. Sie standen nebeneinander und Alexa bearbeitete auf ihnen mit einem unfassbar teuren Programm die zahlreichen Filmaufnahmen. Sie schaute sich alles an, hörte sämtliche Tonspuren nochmals ab. Sie schnitt die Videos zusammen, speicherte wichtige Fitzel in einer Extradatei ab. Sie löste die Tondateien und bearbeitete sie gesondert. Sie suchte im Internet weiteres Material, das zu ihrem passte. Und sie besuchte neuerdings einen Volkshochschulkurs über das Herstellen von Dokumentarfilmen. Ihre neuen Erkenntnisse gab sie brühwarm an Ben weiter, der sich zunächst nur mäßig dafür interessierte. Überhaupt gab es derzeit nur wenig, womit man Ben begeistern konnte. Aber das war Alexa egal. Sie redete auf ihn ein, führte ihm vor, zeigte ihm Tricks, als ob er sie darum gebeten hätte.

Langsam aber begriff Ben ihr Anliegen. Und langsam begann er es zu teilen: Mochte Akono auch tot sein, in diesem Dokumentarfilm würde er weiterleben. Zunächst hatte sich ihm dieser Gedanke nicht erschlossen: Was sollte es bringen, wenn sie von einem Ertrunkenen einen Film hatten? Machte ihn das etwa wieder lebendig? Doch Stück für Stück wurde ihm mit der Entstehung des Films klar, was Alexa mit ihrer Wahnsinnsarbeit bewirken wollte: Die Toten im Mittelmeer, von denen weiterhin fast täglich in Radio, Fernsehen, Zeitungen und im Internet berichtet wurde, waren nur anonyme Zahlen. Mal hier nur fünf, mal dort 300. Niemand stellte sich Menschen vor, wenn diese abstrakten Zahlen kamen.

Ben dachte daran, was Armin ihm gestanden hatte: dass er seine Angst vor den Flüchtlingen verloren hatte, als er einen von ihnen näher kennen lernte. Das Kennenlernen war offenbar die Zauberformel, die aus einer beängstigenden Masse, einer anonymen Zahlenreihe, einer trockenen Zeitungsmeldung Menschen machte. Und Akono wurde in diesem Film zu einem lebendigen Menschen, einem Lebenden, wenn auch, wie Armin bissig angemerkt hatte, eher zu einem Untoten, der nach seinem Tod im Film auferstand.

Seitdem Ben den Sinn dieses Filmes begriffen hatte, arbeitete er mit. Er half. Anfangs durch die Sichtung und Beschriftung des nahezu endlosen Film- und Tonmaterials. Dann durch Sprechbeiträge, für die er Armin hinzugewinnen konnte. Und alle drei machten weitere Interviews oder Filmaufnahmen, befragten Klassenkameraden, filmten van Nissen und Frau Beck, wie sie ihre Bemühungen erklärten, besuchten die Ausländerbehörde, holten einen Mitarbeiter von Pro Asyl vor die Kamera, pirschten sich filmend an das Heim, in dem Akono gewohnt hatte, fanden tatsächlich Abi, die Übersetzerin aus Ghana, die so gut Deutsch sprach und trotzdem immer noch auf ihre Aufenthaltsgenehmigung wartete. Sie baten sogar die ruppige Heimleiterin um ein Interview und schnitten heimlich ihre Absage mit. Sie durchforsteten das Internet nach einem Fußballscout namens Richard und erfuhren, dass der Kerl wieder in Afrika unterwegs war, auf der Jagd nach frischen Nachwuchsspielern.

Und jetzt erkannte Ben, wie viel Kraft ihm dieses Projekt gab. Und das spürten auch die anderen. Selbst Frau Beck, die sozusagen von Berufs wegen nicht darüber hinwegsehen konnte, dass drei ihrer Schüler so gut wie keine Hausaufgaben mehr machten und nicht selten auch zu dritt den Unterricht schwänzten. Sie deckte die drei. Ben und Armin wechselten in die Medien-AG der Schule. Offiziell bildeten sie mit Alexa eine Arbeitsgruppe, die am größten Projekt arbeitete, das je an der Albert-Schweitzer-Gesamtschule entstanden war: einem abendfüllenden Dokumentarfilm über den nigerianischen Nachwuchsfußballer Akono, der zunächst so hoffnungsvoll in der Schule und im lokalen Fußballverein aufgenommen worden war. Über seine plötzliche und unerwartete Abschiebung durch die Ausländerbehörde. Über Akonos zähen Versuch zurückzukommen. Seine unfassbare Leistung, nahezu ohne Geld bis an die europäische Grenze zu gelangen. Und schließlich über seinen Tod auf der letzten Etappe – im Wasser des Mittelmeeres, in dem europäische Touristen so gerne baden.

Für dieses ehrgeizige Projekt machte sich Frau Beck stark. Sie gewann die Unterstützung des Rektors. Ein solcher Film würde das Renommee der Gesamtschule außerordentlich steigern, erkannte er. Und Frau Beck trat persönlich vor die Kamera, in der Hand die Zahlenreihen über Hintergründe und Auswirkungen der Flüchtlingsströme. Sie erlaubte Alexa sogar, eine Unterrichtsstunde zum Thema zu filmen. In diesem Beitrag waren alle Stühle der Klasse besetzt – außer einem. Alexa nannte das ›die Macht der Bilder‹.

Und schließlich beraumte Frau Beck einen Termin an, an dem der Film der kompletten Oberstufe gezeigt werden sollte. Das war ein geschickter Schachzug, denn so war ein Ende der Aktion

absehbar. Und er setzte Alexa, Ben und Arnim mächtig unter Druck, ein Ergebnis ihres ausufernden Projektes vorzulegen.
Die ehemaligen »Freunde« von Armin kündigten großspurig an, nicht zur Filmvorführung zu kommen. So großspurig, dass ihre Lehrer Wind davon bekamen und sie dazu verdonnerten, der Vorführung beizuwohnen. Natürlich pöbelten sie Armin an, von dem sie annahmen, er hätte sie verraten. Aber Armin war vielleicht der Einzige unter den jüngeren Schülern, der keine Angst vor diesen Jungen und dem Mädchen hatte. Er ging in die Offensive und forderte seine alten ›Freunde‹ auf, auch einen Beitrag zum Film zu liefern. Sie erhielten die einmalige Gelegenheit, ihre längst gefestigte Meinung zu Akono, anderen Ausländern an der Schule und Flüchtlingen generell vor der Kamera kundzutun. Und sie taten es. Alexa war völlig aus dem Häuschen, als Armin ihr das Material brachte. Besser hätten die Vorurteile kaum entlarvt werden können.
Alexa war von vornherein klar, dass sie bis zur Aufführung den Film keinesfalls fertig bekommen würden. Dazu war das Material viel zu umfangreich und viele Aspekte noch unbeleuchtet. Sie hatte ihre Mitstreiter Ben und Armin darauf eingeschworen, einen Vorfilm zu fertigen, einen sehr lang geratenen Trailer sozusagen.

Zur Vorführung in der Aula der Schule erschien nicht nur ihre Klasse bis auf den letzten Schüler, sondern es rückten tatsächlich auch die höheren Klassen mitsamt der ›Freunde‹ an. Und während vor Filmbeginn noch markige Sprüche und blöde Witze die Runde machten, wurde es während der Vorführung zunehmend stiller. Nur hier und da hörte man noch einen Ausruf, wenn jemand sich oder seine Freunde wiedererkannte. Ansonsten aber staunten alle über die herangezoomten Spielzüge Akonos in Zeitlupe, über die unfassbare Frechheit, mit der er seine Gegner foppte, über sein teils witziges, teil anrührendes Gestammel vor der Kamera, über seinen Charme, aber auch über seine Angst, die in kurzen Momenten des Films sichtbar wurde. Vom Druck, der auf ihm lastete, und vom Heimweh hatte er nur

Alexa erzählt. Er sprach mit ihr, als bemerke er die Kamera gar nicht.
Später würde Alexa erklären, dass sie eigentlich immer gefilmt hatte, wenn er bei ihr war, so dass er am Ende die Kamera für ihr drittes Auge hielt und gar nicht mehr beachtete.
Während der Vorführung wurden die Bilder bedrückender, die mitgeschnittenen Zitate aus Skype-Verbindungen und Telefonaten verzweifelter, die von Armin und Ben ungelenk vorgelesenen Nachrichten unbarmherziger. Es wurde sehr still.
Und dann die Aufnahmen von Wellen, Gischt, Nebel. Immer mehr Leute drängten an die Planken des Bootes, ein Gewirr von Schreien. Das Boot kenterte. Arme ruderten, Beine strampelten. Ein Brodeln. Das Meer eine graue, wogende Plane, darin um sich schlagende, zuckende Körper. Die Schreie wurden weniger, gurgelnder. Ein Wellenberg hob eine unüberschaubare Zahl Köpfe ins Bild, ließ sie dahinter versinken. Danach kam nur noch der Abspann mit einer nicht enden wollenden Liste Mitwirkender.

Eine Weile dachte niemand daran, das Licht anzuknipsen. Niemand kam auf die Idee, zu applaudieren. Kein Lehrer wollte die angesetzte Diskussion einfordern. Alle erhoben sich sprachlos und gingen.
Alexas, Bens und Armins vorläufiger Film hatte seine Wirkung nicht verfehlt. Mit vielen Kleinigkeiten waren sie – allen voran die perfektionistische Alexa – zwar noch unzufrieden, aber sie verzettelten sich nicht in kleinlicher Selbstkritik. Das Werk, das sie erstmals und sehr erfolgreich vorgestellt hatten, war schlicht noch nicht fertig. Keiner von ihnen hielt den Film für abgeschlossen.
Die Arbeit, die hinter ihnen und vor ihnen lag, gab ihnen nun auch wieder die Kraft, sich auf andere Dinge zu konzentrieren. Der Film würde ihr Begleiter bleiben, doch er würde nun, wo es keinen Zeitdruck mehr gab, nicht mehr all ihre Kraft und Zeit einfordern. Sie konnten gelegentlich ein paar Vokabeln lernen und ein paar Matheaufgaben lösen, dem Geschichtsunterricht

folgen und sich vor allem an den interessanten Diskussionen in Frau Becks Deutschunterricht beteiligen. Man hätte es fast Normalität nennen können, wenn nicht immerzu ein Untoter unter ihnen weilte: Akono! Zu ihm kehrten sie nicht allein bei jeder weiteren Filmbearbeitung zurück, er war auf Schritt und Tritt unsichtbar dabei.

Das Leben ging weiter. In drei Wochen stand das nächste Qualifikationsspiel an und van Nissen trainierte mit ihnen fast ausschließlich ein offensives Abwehrverhalten. Zugegebenermaßen war die Mannschaft in der Abwehr erheblich stabiler geworden und Ben gehörte inzwischen eindeutig ins defensive Mittelfeld. Abgesehen von begnadeten Momenten, in denen es ihm gelang, sich mit einem unerwarteten Sprint aus dem Mittelfeld frei zu laufen, war nach wie vor unklar, wie sie den Ball in den gegnerischen Strafraum bringen sollten. Der Gedanke an einen anwesend Abwesenden brachte den Abwesenden eben nicht aufs Spielfeld.

Ben saß zu Hause und wartete auf Armin, der mit ihm zum Training wollte. Es klingelte und Ben drückte den Türöffner. Doch niemand kam das Treppenhaus hinauf. Armin musste etwas vergessen haben, denn auch nach zehn Minuten kam er nicht. Es klingelte zum zweiten Mal.
Ben nahm den Hörer ab und drückte den Türöffner. »Komm rein!«
Nichts.
»Armin?« Rauschen im Hörer. »Bist du das, Armin?«
Ben fluchte, zog sich Jacke und Schuhe an und lief die vielen Stufen hinunter. Vielleicht war der Türöffner defekt.
Vor der Tür stand niemand. Ben wollte schon die Tür schließen, als aus dem Schatten neben dem Eingang eine Gestalt trat.
»Is okay?«
Ben verstand nicht.
»Du wolltest doch dein Mutter fragen. Ich schlaf auch auf Boden!«

»Akono?« Ben lief es heiß und kalt den Rücken runter. Stand vor ihm tatsächlich ein Untoter? Machte sich jemand einen Spaß?
»Kennst mich nicht mehr?«
Akono. Zweifellos handelte es sich um seine Stimme, auch seine Gestalt sah dem abwesend Anwesenden zum Verwechseln ähnlich, selbst wenn sie noch ausgemergelter daherkam und ihre Klamotten völlig abgerissen aussahen. Wenn hier nicht Voodoo im Spiel war, woran Ben ohnehin nicht glaubte, dann war das Akono.
»Wo kommst du her?«, fragte Ben. Eine in dieser Situation komplett bescheuerte Frage.
»Kann ich reinkommen?«
Ben nickte und Akono schlüpfte durch die Tür ins Licht. Er hatte eine abgewetzte Sporttasche bei sich, wahrscheinlich vom Sperrmüll.
»Verdammt, Akono!«, stieß Ben hervor.
Dann fielen sie sich in die Arme.
»Du hundsgemeiner Blödmann, wo hast du bloß die ganze Zeit gesteckt?«
»Bin auf schnellstem Weg gekommen, selber Blödmann!«
»Na, komm halt.« Ben zog Akono hinter sich her. Natürlich würde er heute Abend seiner Mutter einiges erklären müssen, wenn sie von der Arbeit kam und plötzlich noch jemanden beherbergen und durchfüttern musste. Aber das war jetzt vollkommen zweitrangig.
»Wie hast du dieses Wahnsinnsmeer überlebt?« Und die anderen aus dem Boot?« Ben bereute die Frage schon, bevor er sie gestellt hatte.
Akono wandte sich ab. Sein Magen schien sich zu verkrampfen.
»Darüber nicht sprechen!«, keuchte er schließlich.
»Wenigstens lebst du!«, versuchte Ben, die Situation zu retten.
»Ja, bisschen!«
»Bisschen?«
»Ja!«
Ben wollte auf keinen Fall weiter bohren. Akono schien unter jeder falsch gestellten Frage zu leiden wie ein Hund.

»Ich sag Alexa und Armin Bescheid, dass du da bist. Die werden sich wahnsinnig freuen!«
»Nein!«, fauchte Akono.
»Klar, die werden aus allen Wolken fallen!«
»Sie sollen nicht aus Wolken fallen! Sag ihnen nix!«
»Akono, das geht nicht. Wir haben keine Geheimnisse voreinander!«
Es tat Ben leid, dass das erste Gespräch mit Akono im Streit zu enden drohte. Doch unmöglich konnte er ihm noch einmal versprechen, die anderen nicht zu benachrichtigen.
In diesem Moment klingelte es erneut an der Tür.
»Das ist Armin.«
»Lass ihn nicht rein!«
»Wir sind verabredet. Übrigens zum Fußball.«
Es klingelte erneut, diesmal länger. Ben ging zur Tür und drückte den Türöffner. Durchs ganze Treppenhaus hörte man Armin hochjoggen. ›Schon mal warmlaufen‹, nannte er das.
Akono starrte auf die Tür, an die Armin im nächsten Moment lautstark hämmerte.
Ben öffnete.
»Können wir los?«, fragte Armin.
»Ich komm heute nicht mit«, sagte Ben.
»Hättest du mir ruhig früher stecken können.«
»Hat sich eben erst ergeben!«
»Was ist denn los?«
Ben schwieg. Stattdessen trat Akono vor.
Armin starrte ihn an, als wäre er ein Gespenst. »Wow! Das ist allerdings ein richtiger Hammer!«
Akono nickte. »Hallo, Armin. Wie stehen Aktien?«
»Hey, Akono, du bist es ja echt«, murmelte Armin. Er berührte ihn erst vorsichtig, nahm ihn dann beherzt in den Arm. »Das ist echt der Megahammer!« Er löste sich von Akono und wandte sich zur Tür: »Ich sag den anderen Bescheid.«
»Halt!«, rief Akono.
Aber Armin ratterte bereits die Treppe runter.

Unterkunft & Verpflegung

Ben hatte gehofft, sie würden sich Zeit lassen, bis seine Mutter von der Arbeit käme und er mit ihr alles abklären könnte. Doch es dauerte kaum mehr als eine halbe Stunde, da klingelte es Sturm. Ben sah Akono an.

Akono verdrehte die Augen. »Meinwegen!«

Ben öffnete. Mehrere Füße bollerten das Treppenhaus rauf, dann flog die Tür auf und Alexa kam herein, vor sich die Kamera, die sie frontal auf Akono richtete.

»Nach allem, was wir vermuten und befürchten mussten, erscheint uns diese Wendung wie ein Wunder: Akono, der krasse Stürmer, der Ausnahmedribbler, der Torhungrige hat tatsächlich den Rückweg zu uns geschafft! Er sieht dafür noch recht passabel aus, ein bisschen mager vielleicht und müde, aber das kriegen wir schon wieder hin ...«

Alexa näherte sich Akono mit der Kamera bis auf einen Meter. Ihre Sätze galten dem Mikro in ihrem Gerät. Sie reichte Akono die Hand, doch Akono griff stattdessen nach dem Objektiv und drückte es herunter.

»Keine Bild, bitte!«

»Oh sorry, ich war vielleicht zu voreilig«, murmelte Alexa, legte die Kamera auf den Tisch und ging auf Akono zu, um ihn zu umarmen.

Nun aber streckte Akono ihr die Hand entgegen: »Dein zweites iPhone ist auch futsch. Leider!«

»Vergiss das blöde iPhone. Hauptsache du bist da!« Alexa zog ihn an seiner ausgestreckten Hand heran, um ihn in den Arm zu nehmen. Akono beugte sich jedoch so weit vor, dass es nur für ein paar flüchtige Begrüßungsküsse reichte.

»Erzähl! Wie hast du das hingekriegt?«, überspielte Alexa betont locker seine Zurückhaltung. Routiniert griff sie wieder nach der Kamera.
»Können wir reden, normal ohne Film?«, fragte Akono.
»Klar!« Alexa legte die Kamera zurück.
Nur Ben erkannte, dass sie sie weiterlaufen ließ. Selbst wenn das Bild nichts wurde, den Ton konnte sie auf jeden Fall gebrauchen.
»Also, was ist passiert?«
»Nichts! Außer: alle sind tot!«
»Wer ist tot?«
»Alle!«
»Aber du lebst. Das ist doch wunderbar!«, versuchte Alexa ihn zu ein paar aussagekräftigeren Sätzen zu bewegen.
Akono schüttelte nur den Kopf: »Ich auch tot!«
Also doch ein Untoter, schoss es Ben durch den Kopf.
»Wie läuft bei euch?«, fragte Akono, als wäre sein Bericht damit zu Ende.
»Wir haben uns Riesensorgen gemacht!«, schaltete sich Armin ein. »Wir dachten, du wärst ertrunken.«
»Dachte ich auch. Aber mit viel Geld von Nissen und Pass von Ben hat ein Marokkaner mir Traum-Pass gemacht.«
»Was für einen Traumpass?«
Akono kramte in seinem Handgepäck und Ben sah, dass seine alten Fußballschuhe obenauf lagen. Darunter holte Akono den gewellten Pass in einem Plastikbeutel hervor. »Das war mein Grisgris!«
»Dein was?«
»Sesam öffne dich!«
Ben zog den Pass aus der Plastikhülle und sah hinein. Darin befanden sich noch all seine Daten, nur das Passbild war das eines Schwarzen: Akono.
»Jetzt gibt's uns also zweimal«, stellte er fest.
Akono schüttelte den Kopf: »Kannst du behalten!«
Ein seltsames Schweigen breitete sich aus. Akono war so kurz angebunden, dass das Gespräch nicht in Gang kam. Schließlich

ergriff Alexa wieder die Initiative. »Wir haben einen langen Film über dich gedreht. Der ist richtig gut geworden. Alle in der Schule haben ihn gesehen und waren schwer beeindruckt. Willst du ihn sehen?«
»Besser nicht«, stammelte Akono.
»Wie, du willst den Film über dich nicht sehen?«
»Besser nicht!«
»Aber wir brauchen noch ein paar Interviews und gute Szenen von dir. Bist du wenigstens dazu bereit?« Alexa klang ziemlich verschnupft.
»Lass ihn erst mal richtig ankommen«, bremste Ben sie.
»Können wir über anderes reden?«, fragte Akono.
»Zum Beispiel über Fußball!«, schlug Armin vor. »In knapp zwei Wochen ist die Qualifikation. Da bist du doch dabei, oder?«
»Glaub nicht. Zu schwach!«
»Schade!«, meinte Ben. »Leider gehen wir nämlich gnadenlos unter, so wie's aussieht.«
Akono sah Ben nur bedauernd an.
Dann wurde die Tür aufgeschlossen. Bens Mutter. Sie sah müde aus, aber freundlich, wie immer.
»Hier ist ja eine richtige Versammlung«, stellte sie fest und ging weiter in die Küche.
Ben gab den anderen ein Zeichen, ihm nicht zu folgen, und lief seiner Mutter hinterher. Umständlich begann er von Akono zu erzählen. Völlig unnötig, denn seine Mutter wusste genau, wer Akono war: dieser sagenhafte Fußballer, den sie einfach abgeschoben hatten.
Sie sei damals doch auch dafür gewesen, Akono Asyl zu gewähren, fuhr Ben fort.
»Klar!«
Dann hätte sie doch bestimmt nichts dagegen, wenn sie Akono jetzt Asyl gäben.
»Ich dachte, er ist ertrunken?« Sie hatte Akono glatt übersehen.
»Akono lebt. Und er braucht erst einmal eine Unterkunft. Ich dachte an eine Matratze in meinem Zimmer.«
»Kriegen wir's dann wieder mit der Polizei zu tun?«

Ben hatte ihr mittlerweile gestanden, dass die Polizei damals da war. Weshalb, hatte er nicht verraten. Nur, dass es wegen Akono war und ein Irrtum. Er schluckte. Wenn die Polizei Akonos Aufenthaltsort spitz kriegte, war ein weiterer Besuch nicht auszuschließen.
»Wir müssen Akono so lange unauffällig unterbringen, bis er eine Aufenthaltsgenehmigung bekommt.« Das klang alles andere als vertrauenswürdig und Ben erwartete, dass seine Mutter ablehnte. Einen Afrikaner in einem Mietshaus »unauffällig« unterzubringen, war ein Ding der Unmöglichkeit.
»Also gut«, sagte sie, »unter einer Bedingung: Du sagst mir immer offen und ehrlich, was los ist!«
»Versprochen!« Ben fiel seiner Mutter um den Hals. Sie war so was von in Ordnung.
Er stolperte mit der sperrigen Matratze in sein Zimmer. Alexa filmte ihn dabei, während Armin ihm half, Platz zu schaffen. Akono rührte keinen Finger, sah ihnen nur müde zu. Anscheinend freute er sich nicht einmal darüber, dass Frau Dahl ihm Unterkunft gewährte. Ben fragte sich, was Akono wohl getan hätte, wenn seine Mutter – wie bei anderen Eltern zu erwarten – Nein gesagt hätte. Wahrscheinlich wäre er gleichgültig hinaus in die Nacht gegangen, mit der vagen Hoffnung, irgendwo anders unterzukommen.

Hänger

Bens Mutter brachte ein Laken, Armin bezog die Matratze und Ben holte aus dem Schrank seinen alten Schlafsack. Alexa wollte filmen, wie Akono in den Schlafsack hineinkroch. Akono bestand jedoch darauf, dass sie und Armin gingen, bevor er sich hinlegte. Nachdem beide sich überschwänglich verabschiedet und für den kommenden Tag in der Schule verabredet hatten, kehrte Ruhe ein.

Beim Abendessen stopfte Akono in den Mund, was reinpasste. Ben versuchte ihm klarzumachen, dass er in Ruhe essen könne. Akono sah ihn verwundert an. Das Schlingen war ihm zur Gewohnheit geworden. Er merkte es selbst nicht mehr. Bens Mutter lächelte nachsichtig. Ben sah in ihrem Blick, dass Akono ihr leid tat. Seine Mutter hatte ein großes Herz. Danach überfiel Akono eine bleierne Müdigkeit und er legte die Kleider ab. Sein ausgemergelter Körper war übersät mit Narben und Wunden, von denen einige offen waren und nässten. Er sah furchtbar aus und Ben reichte ihm schweigend seinen Bademantel, den Akono dankbar überzog.

Sie legten sich in ihre Betten und Ben löschte das Licht. Es wurde merkwürdig still. Im eigenen Zimmer zu liegen und doch nicht allein zu sein, war ein seltsames Gefühl. Ben hätte gerne gewusst, ob Akono bereits schlief oder ob seine Augen weit aufgerissen waren, weil sich vor ihnen grausame Szenen von Menschen im Stacheldraht und Ertrinkenden in meterhohen Wellen abspielten. Er knipste das Licht an, um den Wecker früher zu stellen. Vor der Schule mussten ja zwei Leute ins Bad.

»7:15 Uhr geht's los!«
Keine Antwort.
Ben löschte rasch das Licht. An Schlaf war allerdings nicht zu denken. Viel zu aufgewühlt war er von dieser glücklichen, aber auch befremdlichen, auf jeden Fall überraschenden Wendung. So sehr hatte er sich gewünscht, Akono käme lebend zurück, und nun hatte er das Gefühl, einen Fremden zu beherbergen, ein Wesen, das durch eine unvorstellbare Hölle gegangen war und dabei seine früher so sprühende Lebenslust verloren hatte. Als wäre nur eine Hülle zurückgekehrt, die gewisse Ähnlichkeit mit Akono aufwies, die aber gefüllt war mit Alpträumen, Verzweiflung und Elend.
»Ben?«, flüsterte Akono. »Bist wach?«
»Ja.«
»Kannst sie haben.«
»Wen?«
»Alexa.«
Ben war erleichtert, dass Akono dieses Thema anschnitt und nicht über Tote an Zäunen und Ertrinkende reden wollte. »Weißt du, dass ich dich gehasst habe, weil Alexa auf dich stand?«
»Alexa ist toll. Traum von Mädchen!«
»Dann nimm du sie doch. Wenn du dir ein bisschen Mühe gibst, ist sie bestimmt bereit.«
»Ja, das sagen alle.«
»Wer alle?«
»Wenn ich deutsches Mädchen kriege und zusammenbleibe, dann ist später alles geschnitten.«
»Geritzt meinst du.«
»Ja. Aber ich kann nicht denken an Zukunft, an geritzt, an Liebe. Ich kann nur denken an Tote.«
Da waren sie, die Alpträume, vor denen Ben sich so fürchtete. »Das gibt sich wieder. Wie Alexa gesagt hat: ›Das kriegen wir wieder hin!‹«
»Nein, Hinkriegen unmöglich. Weiß ich genau!«
Ben versuchte verzweifelt, dem Grauen, das aus Akono sprach, zu entgehen. Ein Wort schoss ihm durch den Kopf, das sie bisher so leichtfertig benutzt hatten: Akono war ein ›Untoter‹.

»Alexa hat mir einen Antrag gemacht«, begann Ben von sich zu erzählen. »Und ich finde sie nach wie vor bewundernswert und schön und mutig. Vor ein paar Monaten hätte ich sofort Ja gesagt. Aber jetzt ist irgendwie alles anders. Auch meine Gefühle. Ich brauch einfach Zeit.«
»Ich wusste: Ihr muss zusammen.«
»Und ich wusste, dass sie zu dir gehört«, erwiderte Ben.
»Schwarz und Weiß?«
»Ziehen sich an.«
»Kann nicht, nimm du!«
»Weißt du, Alexa hat zu mir gesagt: ›Ich nehme keinen von euch. Ich komme gut alleine zurecht.‹ Kann also sein, dass wir uns unnötig den Kopf zerbrechen.«
»Na Suppe!«, flüsterte Akono.
Ben konnte keinerlei Ironie heraushören. Akono klang kalt, selbst wenn er Sprüche klopfte. »Lass uns schlafen«, schlug er vor.
»Nacht!«
»Gute Nacht!«

Der Wecker riss Ben aus dem Schlaf und im nächsten Moment war ihm klar, wie spät es gestern Abend geworden war. Er stöhnte laut, dann fiel ihm ein, dass er nicht allein war.
»Aufstehen!«, rief er so munter wie möglich.
Der Schlafsack war leer. Akono saß am Schreibtisch und starrte auf den schwarzen Bildschirm. Offenbar war er schon lange wach, wenn er überhaupt geschlafen hatte.
»Kannst du anmachen?«
»Wir müssen los!«
Akono rührte sich nicht.
»Dann geh ich zuerst ins Bad, einverstanden?«
»Lass Zeit! Ich komme nicht mit.«
»Hey, Akono, so wird das nix mit dir!«
»Mein Problem.«
»Allerdings!«, schimpfte Ben und stapfte ins Bad. Für solche Diskussionen war es eindeutig zu früh.

Als er zurückkam, saß Akono noch immer vorm Bildschirm. Ben schaltete den Computer an. Sollte Akono halt tun, was er nicht lassen konnte. Dann zeigte er ihm ein paar seiner Spiele. Obwohl Akono die Spielregeln sofort begriff, dauerte alles so lange, dass Ben schließlich zur Schule rennen musste.

»Wo bleibt Akono?«, rief Armin, als Ben völlig außer Atem ins Klassenzimmer stürzte.
Im selben Moment wusste die ganze Klasse, dass ihr Mitschüler Akono zurück war. Und nach der Pause wusste es die gesamte Schule.
»Wo ist Akono?«, fragte Frau Beck Alexa und Ben. Sie hatte sie zu sich beordert.
»Bei mir zu Hause«, antwortete Ben. Zu Frau Beck hatte er Vertrauen. Sie würde Akono nicht verraten.
»Er muss unbedingt ein normales Leben beginnen. Wenn er nur rumhängt, schieben sie ihn sofort wieder ab. Sorg dafür, dass er morgen zur Schule kommt. Ich rede inzwischen mit van Nissen. Der hat Rechtsanwälte an der Hand.«
»Zu van Nissen will Akono auf keinen Fall Kontakt. Und ich weiß warum: Van Nissen hat Akono viel Geld gegeben und ihm dafür ein Versprechen abverlangt. Dieses Versprechen hat Akono gebrochen. An seiner Stelle würde ich auch einen weiten Bogen um van Nissen machen.«
»Ohne van Nissen bekommt er niemals eine Aufenthaltserlaubnis. Außerdem kann Akono nicht auf unbestimmte Zeit illegal bei dir wohnen. Also müssen wir van Nissen informieren. Das übernehme ich.«
Ben war erleichtert. Endlich nahmen kompetente Leute sich der Sache an, die ihm über den Kopf wuchs. Er versprach, alles dafür zu tun, dass Akono am nächsten Tag zur Schule kam.

Auf dem Heimweg fragte Alexa Ben, wie er so sei, der zurückgekehrte Akono. Ob Ben mit ihm habe reden können.
»Verstört«, nannte Ben Akono, und ja, sie hatten gestern Abend ein erstes Gespräch. Alexa wollte natürlich wissen, worüber.

»Über dich und wer von uns dich kriegt«, sagte Ben so witzig wie möglich. Er hatte sich geschworen, Alexa gegenüber absolut ehrlich zu bleiben. Denn sie hatte – soweit er das überblickte – auch stets mit offenen Karten gespielt.
»Und zu welchem Ergebnis seid ihr gekommen?« Alexa konnte eine leichte Rötung ihres Gesichtes nicht verhindern.
»Keiner!« Ben hoffte, sie verstand die missverständliche Antwort falsch.
»Aha!«
Dann war sie wieder bei ihrem Film. Ob Ben nicht helfen könne, Akono von einer Mitwirkung an dem Filmprojekt zu überzeugen?
Ben glaubte nicht, dass er Akono würde umstimmen können. Aber er wollte es versuchen. Alexas Frage, ob sie heute vorbeikommen könne, beantwortete er noch zurückhaltender: »Gib ihm etwas Zeit!«
Er spürte, wie die fortgesetzten Ablehnungen Alexa zunehmend kränkten. Sie war keineswegs übermäßig empfindlich und verfügte über ein gerütteltes Maß an Selbstvertrauen. Dass sie aber gerade jetzt, in dieser von ihnen so herbeigesehnten Lage, nicht filmen, Akono nicht umarmen, Bens Wohnung nicht betreten durfte, war für sie nicht in Ordnung. Das sagte sie Ben. Er verstand sie, konnte ihr aber nicht helfen. Akono war einfach neben der Spur. Er war wie ausgewechselt, wie ein völlig anderer Mensch.

Zuhause spielte Akono noch immer am Computer. Er sah nicht einmal auf, als Ben eintrat.
»Ich mach uns Essen warm!«
»Hab schon essen.«
»Gegessen.«
»Meinwegen.«
Auf dem Küchentisch lagen Brot und Aufstrich. Akono brachte offenbar nicht die Kraft auf, alles wegzuräumen. Und Ben beschlich langsam das Gefühl, sich mit ihm einen Pflegefall ins Haus geholt zu haben.

Die Klingel schreckte ihn aus den düsteren Gedanken. Die Zeiten, in denen er einfach aufmachen konnte, waren seit Akonos Ankunft ebenfalls vorbei.
»Wer da?«, fragte er durch die Gegensprechanlage.
»Ich.«
»Van Nissen! Das ist ja eine Überraschung!«
»Hast du ihm gesagt?« Akono stand erschrocken mitten im Zimmer.
»Hab ich nicht!«, antwortete Ben.
Akono lief wie ein eingesperrtes Tier im Zimmer auf und ab.
»Was hast du nicht?«, fragte van Nissen durch die Gegensprechanlage.
»Ach nichts, komm rein!« Ben drückte den Summer und öffnete die Wohnungstür. Als er sich nach Akono umsah, war der verschwunden. Ben suchte in seinem Zimmer: Nichts.
Dann trat van Nissen ein. Ben bot ihm einen Stuhl in der Küche an.
»Ist Akono nicht da?«
»Bis eben saß er noch an meinem Computer.«
Van Nissen rief nach Akono.
Keine Antwort.
Ben schaute erneut in seinem Zimmer nach, guckte sogar unters Bett, doch von Akono keine Spur. Er durchsuchte das Schlafzimmer seiner Mutter, als hinter ihm das Klackern eines Schlüssels ertönte. Akono riss die Toilettentür auf und rannte auf die Wohnungstür zu. Er war schnell, aber nicht schnell genug für van Nissen, der offenbar mit so etwas gerechnet hatte und sich blitzschnell vor der Tür postierte.
»Hallo, Akono!«, sagte er sehr freundlich.
Akono schrie nur »Nein!« und rannte auf das Küchenfenster zu. Zum Glück bekam er es nicht schnell genug auf, so dass Ben und van Nissen vorher bei ihm waren. Anscheinend wollte Akono lieber aus dem fünften Stock springen, als van Nissen zu begegnen.
»Wollen wir uns nicht besser zusammensetzen und in Ruhe reden?«, fragte van Nissen.

»Nein!«, keuchte Akono.

Ben stellte sich vorsichtshalber vor die Küchentür, um weitere Fluchtversuche zu verhindern.

»Dann hör mir wenigstens mal zu«, sagte van Nissen.

Weil ihm die Fluchtwege abgeschnitten waren, setzte sich Akono auf den Küchenstuhl, den van Nissen ihm hinschob.

»Wir haben ein Problem«, begann van Nissen.

»Ich hab Problem. Nicht ihr!«

»Klar hast du mehr als ein Problem, aber auch wir haben ein sehr großes: Beim nächsten Qualifikationsspiel gehen wir hoffnungslos unter. Wir haben zwar eine einigermaßen stabile Abwehr, mehr aber nicht. Ben ist gut. Doch Ben alleine kann uns nicht helfen. Wir werden also absteigen ... außer, wir bekommen eine wirklich erstklassige Verstärkung!«

»Das soll Problem sein?«, fragte Akono verwirrt.

»Das wollte ich hören, alles klar.« Van Nissen erhob sich. »Wir sehen uns beim Training!« sagte er beim Rausgehen.

Ein genialer Schachzug!, fand Ben und wollte mit Akono sofort die Trainingszeiten abklären.

»Scheiß auf Training!«

»Willst du, dass wir untergehen?«, hielt Ben dagegen.

»Hab andere Probleme!«

»Klar, und diese anderen Probleme müssen wir dringend angehen!«, fuhr Ben ungerührt fort und berichtete von dem, was Frau Beck angedeutet hatte: Um eine Duldung in Deutschland zu erhalten, was schwer genug war, bestand eine Mitwirkungspflicht des Flüchtlings. Er müsse einen Asylfolgeantrag stellen, diesen Antrag begründen, seine Not verdeutlichen und seine Bereitschaft zeigen, sich in die deutsche Gesellschaft einzugliedern. Dazu gehöre der Schulbesuch ebenso wie die Bereitschaft, sich am sonstigen öffentlichen Leben zu beteiligen. »Zum Beispiel an Fußballturnieren!«, fügte Ben eigenmächtig hinzu, denn das hatte Frau Beck nicht gesagt.

Akono stierte auf seine Füße. »Okay!«

Da ahnte Ben noch nicht, wie selten sich Akono zum Training aufraffen und wie lasch er sich daran beteiligen würde.

Die Zuversicht, die Akonos Erscheinen zunächst bei den Mitspielern ausgelöst hatte, war jedenfalls schnell verflogen: Akono war alles andere als gut in Form. Das Trikot, das sie ihm gegeben hatten, schlackerte um seinen ausgemergelten Körper. Dennoch machte van Nissen keine Anstalten, Akono zurechtzuweisen oder aus dem Kader zu werfen. So streng er bei den anderen war, Akono ließ er kommen, wann er wollte, gehen, wann er wollte, trainieren, wie er wollte. Und wenn die Mitspieler sich darüber aufregten, weil sie befürchteten, Akono würde die Spielmoral untergraben, sagte van Nissen nur: »Akono ist ein Sonderfall. Dem müssen wir Zeit lassen!«

Entscheidungsspiel

»36 Minuten hielt das Bollwerk stand. 36 Minuten lang hatte die Mannschaft gemauert, gegrätscht, Räume zugestellt, den Ball von der Torlinie geköpft, hatte sich in den Ball geworfen, gelbverdächtig gefoult. 36 Minuten lang hatten alle in eine Richtung gefightet, geackert, bedrängt, verhindert. Und jetzt das!
Armin wirkt zerknirscht. Die Entscheidung ist hart, aber vertretbar, denn da war eine Berührung im Strafraum. Schwer erkennbar, ob sie ausreichte, Metin von den Beinen zu holen. Oder ob Metin hier eine seiner bekannten Kunstflugvorstellungen gegeben hat. Es kommt das Unausweichliche: Der Schiedsrichter weist auf den Elfmeterpunkt. Dann zeigt er Armin Gelb. Zum Glück nur Gelb und nicht gleich Gelb-Rot wie in ähnlichen Fällen.
Metin selbst wird schießen. Holger rudert mit den Armen. Zwar hat van Nissen intensiv Elfmeterschießen trainiert, doch Metin gilt als ausgefuchster Schütze mit Nerven wie Drahtseile. Niemand weiß, welche Ecke er favorisiert. Holger tanzt auf der Grundlinie. Mehr zu seiner eigenen Beruhigung als zur Verunsicherung des Schützen. Aber sei's drum: Hauptsache er hält!
Die Grundsatzfrage für Metin: Direkt schießen oder den Keeper ›ausgucken‹ und verladen? Wenn das Verladen nicht klappt, sieht Metin alt aus. Er nimmt weit Anlauf, was darauf schließen lässt, dass er direkt mit dem Vollspann abziehen wird. Der Ball kommt dann mit hoher Wahrscheinlichkeit in eine der oberen Ecken. Holger muss so lang wie möglich auf den Beinen bleiben. Und so lang wie möglich heißt statistisch ungefähr 0,42 Sekunden lang.
Der Schiedsrichter gibt den Strafstoß frei. Metin läuft. Holger zappelt, entscheidet sich für die rechte Ecke. Metin verzögert.

Dann schießt er – doch mit dem Innenrist – in die linke Ecke, alles andere als scharf. Holger landet auf dem Rasen. Seine Parade geht ins Leere. Unerreichbar der Ball! Unhaltbar! Schade!«

Alexa schwenkte mit der Kamera in die Fankurve des gegnerischen Sportvereins. Von dort winkten ihr viele Fans zu. Alexa verstand nicht, was sie riefen. Jedenfalls kam bei ihnen Stimmung auf. Die Moral des FC hingegen sank. Keinen Angriff hatten sie bisher bis vors gegnerische Tor gebracht. Die wenigen Versuche, Ben, der immer wieder lossprintete, einen Pass in den Lauf zu schicken, scheiterten kläglich. Entweder gingen die Pässe ins Leere oder wurden gleich abgefangen.
Ben wirkte blass und kraftlos. Und so fühlte er sich auch. Letzte Nacht war es spät geworden. Ben hatte lange an Akonos Rücken hingeredet. Hatte die Bedeutung dieses Qualifikationsspiels hervorgehoben, auch die Verpflichtung, einen Beitrag für die Gemeinschaft zu leisten, die ihrerseits so viel für Akono getan hatte. Akono hatte keine Regung gezeigt und weiter *Call of Duty* gespielt. Ben bereute es zutiefst, ihm das Ballerspiel gezeigt zu haben, denn seither schoss Akono Tag und Nacht alles über den Haufen, was sich auf dem Bildschirm bewegte. Bislang hatte Ben ihn gewähren lassen, hatte sich auch nicht mehr um Entschuldigungen bemüht, wenn Akono weiterspielte, anstatt zur Schule zu gehen. Und van Nissen hatte nur gesagt: »Das Wichtigste, er kommt zum Qualifikationsspiel! Das musst du ihm klar machen.«

Gestern Abend hatte Ben den Stecker gezogen. *Call of Duty* war in einem verpixelten Feuerball abgestürzt. Akono hatte weiter auf die schwarze Mattscheibe gestarrt, weiter auf den Abzug geklickt, in den schwarzen Schirm und auf sein eigenes Spiegelbild geballert.
Da hatte Ben ihm den Kopfhörer abgenommen. »Ich red mit dir. Es ist wichtig!«
Akono hatte keinerlei Regung gezeigt.
»Du kannst uns jetzt nicht im Stich lassen!«

»Bringt doch nix«, hatte Akono gebrummt.
»Dir ist vielleicht egal, ob wir untergehen, aber uns nicht. Oder sind wir dir jetzt auch egal?«
Akono hatte nur mit den Schultern gezuckt.
»Arschloch!« Ben hatte sich lang genug zurückgehalten, Verständnis gezeigt, gewartet, weggesehen.
»Selber Arschloch, Arschloch!« Akono war herumgefahren.
Ben hatte sich auf ihn gestürzt, ihn wütend in den Schwitzkasten genommen. Der Stuhl, auf dem Akono eben noch gesessen hatte, war umgefallen. Er hatte Akono, der sich verzweifelt aus dem Schwitzkasten befreien wollte, mehrmals herumgerissen, bis beide das Gleichgewicht verloren hatten, umfielen und Ben Akono weiter drangsalierte.
»Was ist denn hier los?« Bens Mutter hatte in der Tür gestanden.
Ben hatte Akono losgelassen und sich schnell aufgerappelt. »Wir spielen nur!«
»Akono sieht nicht so aus, als ob ihm das Spiel gefällt!«
Da erst hatte Ben in den Augen Akonos die Panik gesehen.
»Alles mit Butter«, hatte Akono gestottert. »No problem!«
»Wisst ihr überhaupt, wie spät es ist?«
»Keine Ahnung!« hatte Ben zugeben müssen.
Aber seine Mutter hatte sich bereits zum Gehen gewandt.
»Sorry, hatte einen Blackout!«, hatte Ben beschämt gemurmelt.
»Nur zur Hälfte so wild!«, sagte Akono und versuchte durch Kopfdrehungen die Halsmuskulatur zu lockern.
»Dieses Qualifikationsspiel ist sehr wichtig. Für uns, weil wir schon so lange trainieren. Für den Verein, weil er sonst absteigt. Für van Nissen, damit er unser Trainer bleibt. Und für Alexa, die mit diesem Spiel ihren Film abschließen will. Wenn wir also verlieren – was zu befürchten ist – hängen wir alle mit drin!«
»Verstehe!«
»Und?«, hatte Ben nachgehakt. »Bist du morgen dabei?«
»Gucken!« Akono hatte sich ausgezogen und war in den Schlafsack gekrochen.
»Gucken reicht nicht. Wir brauchen dich im Spiel!«

»Schon verstanden!«
»Also?«
»Gute Nacht!«
»Nacht!«
Natürlich hatte Ben danach nicht schlafen können. Und ob Akono schlief, hatte sich nicht feststellen lassen.
Doch am Morgen hatte Akono zugesagt, zu kommen. Wenigstens etwas, denn vom Spielen hatte er nicht gesprochen.
Leider hatte er aber nicht einmal dieses Versprechen gehalten. Akonos Platz auf der Reservebank war leer geblieben.
»Wir müssen es ohne ihn versuchen!«, hatte van Nissen vor dem Spiel erklärt. »Vielleicht verspätet er sich ja nur. Dann wechsele ich ihn später ein.«
Doch auch nach dem Anpfiff war von Akono nichts zu sehen gewesen. So kämpften sie ohne ihn. Verzweifelt. Einzig die Verteidigung stand. Bis zur 36. Minute und dem verwandelten Strafstoß. Jetzt lagen sie zurück.

Van Nissen musste reagieren. Doch Ben, einzig nennenswerter Offensivmann, stand heute völlig neben sich. Auf der Bank saßen schwächere Spieler, die van Nissen nicht bringen konnte. Und Alexa wollte er nur im äußersten Notfall einsetzen. Nicht, solange sie mit dem FC unterzugehen drohte. Denn dann machte er nicht nur seine Mannschaft, sondern auch Alexa zum Gespött. Die Rufe aus der gegnerischen Fankurve waren bereits der Vorgeschmack.
Alexa hatte sich einen Trainingsanzug über ihr Trikot gezogen. Sie verlegte sich ganz aufs Filmen. So als würde sie hinter der Kamera unsichtbar. Doch diese Strategie schien nicht aufzugehen. Die hübsche Ersatzspielerin, die dem schwachen Spiel ihrer Mannschaft mit der Kamera folgte, war ein echter Hingucker.

Nach dem Freistoß zeigte sich schnell die ganze Schwäche des FC. Seine mutlosen Spieler mussten das Spiel nun öffnen, um wenigstens eine leise Chance auf den Ausgleich zu bekommen. Öffnen hieß aber auch, in der Abwehr durchlässiger werden. An-

fällig für schnelle Konter. Der Sportverein hingegen gewann von Minute zu Minute an Selbstvertrauen. Mit geschicktem Kurzpassspiel und frechen Kombinationen spielten die Gegner Mittelfeld und Abwehr des FC schwindelig. Armin versuchte es mit Grätschen, setzte seine Tacklings ein. Ein weiteres Foul endete mit einer allerletzten Verwarnung. Van Nissen bedeutete ihm von der Seitenlinie, sich zurückzuhalten. Lieber einen verunsicherten Abwehrspieler als gar keinen. Zu zehnt würden sie keinen Fuß mehr auf den Boden kriegen. Armin aber traute sich wegen der Rot-Gefährdung von nun an kaum noch in die Zweikämpfe.
Das 2:0 fiel nach wenigen Minuten. Und nun war der Damm gebrochen. Der Sportverein rückte komplett an den gegnerischen Strafraum vor, unterband mit aggressivem Vorpressing jeden Konterversuch und verlud ein ums andere Mal die verzweifelte Abwehr des FC.
Kurz vor der Halbzeitpause fiel das 3:0. Van Nissen nahm Ben beiseite. Der gestand ihm, kaum geschlafen zu haben. Van Nissen nickte resigniert. Dann bat Armin ihn, in der zweiten Halbzeit ausgewechselt zu werden. Die Verwarnungen und das rotstichige Gelb lähmten ihn. Van Nissen lehnte ab. Er hatte keinen gleichwertigen Ersatz, stellte Ben aber an Armins Seite in die Verteidigung. Alexa wollte er nicht bringen. Längst erkannten alle, dass ihre Einwechslung zur Gaudi der Gegner werden würde. Diesen Gefallen wollte van Nissen ihnen nicht tun.

Mit gesenkten Blicken, hängenden Schultern, schlurfendem Gang betrat die Mannschaft des FC nach der Halbzeitpause das Spielfeld. Aus der gegnerischen Fankurve kam hämischer Applaus für diese traurigen Gestalten. Der FC hatte Anstoß und von der ersten Ballberührung an gab es Gejohle aus den Zuschauerreihen. Und dann – als Sekunden später der Ball durch einen Fehlpass verlorenging – brandeten Rufe auf: »Alexa! Alexa!«
Das Spiel schien einzig der Belustigung der Gegner zu dienen. Mittelfeldspieler und Stürmer machten sich unverhohlen einen Spaß daraus, die Verteidiger des FC zu foppen. Holger flog von

einer Ecke des Tors in die andere, um wenigstens den Rückstand zu halten. Das Einzige, was dem FC mit van Nissens wild gestikulierenden Anweisungen gelang, war eine Abseitsfalle. Die Gegner beschwerten sich nicht einmal, trieben Holger an, den Torwartabstoß nicht zu verzögern, rannten auf ihn zu. Das nächste Tor war für sie nur noch eine Frage von Minuten. Doch Holger nahm den Ball wieder auf. Im selben Moment ertönte der Pfiff. Der FC würde wechseln. Armin schickte ein Stoßgebet zum Himmel: Van Nissen hatte Erbarmen und nahm ihn endlich aus dem Spiel.

Die Vogelscheuche in dem viel zu weiten Trikot kam hereingeprescht, klatschte dabei über dem Kopf in die Hände und forderte die gegnerische Fankurve auf, mitzuklatschen. Das ließen sich die siegestrunkenen Fans nicht zweimal sagen. Lauthals stimmten sie in Abschiedsgesänge für den FC ein. Doch die Vogelscheuche war nicht gekommen, um Abschied zu nehmen. Sie war extrem motiviert. Wirbelte vom ersten Moment an herum. Brauchte nur zwei Anläufe, um dem Gegner den Ball abzuspielen, tief in der Abwehr, kurz vor dem eigenen Strafraum. Dann war sie in Ballbesitz und stieß einen hohen Schrei aus, ähnlicher einem Raubvogel als einem Menschen. Da war jemand nicht nur glücklich, sondern regelrecht entfesselt. Verlud drei Gegenspieler und passte auf Ben. Der lief los, etwas zu spät, weil er ziemlich irritiert war. Dass Akono in der zweiten Halbzeit doch noch auftauchte, kam etwas überraschend. Dass er aber auftrumpfte, als hätte er Aufputschmittel geschluckt, und zwar gleich mehrere Röhrchen, das verwirrte Ben total. Lange hatte er Akono so nicht mehr gesehen. Auch nicht beim Straßenfußball in Marokko, nicht beim vorletzten Qualifikationsspiel. Irgendjemand musste in Akonos Hirn eine Weiche umgelegt haben, denn er preschte jetzt auf dem linken Flügel vor. Nur durch einen beherzten Sprung in den Ball gelang es Ben, einen Pass nach links zu treten. Direkt in Akonos Lauf. Eigentlich ein bisschen scharf gespielt, doch heute genau die Flanke, die Akono brauchte, die er mit dem Kopf herunterholte und dann in einem so schnellen

Konter vors gegnerische Tor und zum Abschluss brachte, dass es gefühlte Minuten dauerte, bis der Jubel des FC aufbrandete.

»Anschlusstreffer!«

»Wahnsinn!«

»Unfassbar!«

»Absoluter Hammer!«

Anstatt sich gebührend feiern zu lassen, trieb Akono den Schiedsrichter zum Wiederanpfiff an. Er wollte offenbar keine Sekunde verlieren. Und während der gegnerische Trainer noch schrie und pfiff, um die Aufstellung seiner Mannschaft defensiver auszurichten, kreuzte Akono vom linken auf den rechten Flügel, wo keiner ihn erwartete. Er flankte, Ben flog Kopf voran in den scharf gespielten Ball. Einen harten Aufschlag und eine brutale Bauchlandung später stand es bereits, keine fünf Minuten nach Akonos Einwechslung, 3:2.

Erneut hielt sich Akono nicht mit langen Jubelszenen auf, forderte einen schnellen Wiederanpfiff, brachte sich nahe der Mittellinie in Position, um die erste Flanke abzufangen und einen weiteren Konter einzuleiten. Jetzt aber reagierte der gegnerische Trainer. Zwei Spieler brachte er neu ins Spiel, drei Manndecker sollten Akonos Angriffe unterbinden. Da wechselte auch van Nissen. Alexa. Sie hatte sich den Trainingsanzug ausgezogen und Armin die Kamera übergeben, nicht ohne ihn streng zu ermahnen, von der Seitenlinie her alle Spielzüge so nah wie möglich aufzuzeichnen.

Ihre Einwechslung wurde eher zurückhaltend kommentiert. Das Augenmerk lag auf Akono, dem unfassbar mageren Knochengestell, das hier über den Platz fegte, als gäbe es kein Morgen. Doch nun gingen ihn die Gegner hart an. Block-Tacklings, Slidings, immer härtere Rempler, die erste Verwarnung, aber das Spiel lief weiter und Akono beschwerte sich mit wilden Gesten beim Schiedsrichter. Die Beine wurden ihm weggetreten. Akono wand sich am Boden – der Moment, in dem dem Gegner eine Flanke nach vorne gelang. Der Pfiff, den nicht nur Akono erwartete, sondern den van Nissen wütend an der Seitenlinie einforderte, blieb aus.

Stattdessen stürmte Metin aus dem gegnerischen Mittelfeld aufs Tor des FC. Verlud erst einen Abwehrspieler, dann Holger, der ihm beherzt aus dem Tor entgegenstürmte. Nur eine Hürde stand ihm noch im Weg. Und jeder konnte ihm die Genugtuung ansehen: Er stand Alexa gegenüber! Er sah ihr in die Augen, während er ein Dribbling antäuschte. Alexa ließ sich kurz täuschen, dann sah sie Metin in die Augen und grinste ihn unverhohlen an, als wäre sie und nicht er am Ball. Und während sein Trainer an der Seitenlinie nur knapp an einem Herzinfarkt vorbeischlitterte, begann Metin ein paar Kunststückchen zu zeigen, ohne Alexa aus den Augen zu lassen. Alexa ging mit, ließ sich aber nicht mehr verladen. Dann trat sie zu, schoss den Ball zwischen seinen Beinen durch ins Spielfeld, wo inzwischen Holger zurückeilte und den Ball zu Ben verlängerte, der sofort zum nächsten Konter startete. Doch auch er schien sich in allzu komplizierten Spielzügen zu verheddern, verlor den Ball, holte ihn aber geschickt zurück.

»Schieß doch, schieß!«, schrie van Nissen von der Seitenlinie.

Ben legte zurück in die Mitte, wo Alexa angestürmt kam und den Ball mit dem Vollspann abzog. Keine besonders brillante Schusstechnik, aber der Ball knallte unhaltbar ins linke obere Eck. Ein Glückstreffer!

Das Spiel war gedreht. Der Gegner ließ sich weit zurückfallen. Doch Akono zeigte an, dass er Schmerzen hatte. Zwei Spieler mussten ihn hinausgeleiten. Und so endete das Spiel wenig später unentschieden.

Die Glückshaut

Nach dem Abpfiff rannte Ben sofort zu Akono. Dessen Knöchel war bandagiert, aber er gab sich vergnügt.
»Keine Panik auf Titanic! Wird wieder!«
»Sag mal, du hast nicht zufällig ein sagenhaftes Kraut geraucht?«, fragte Ben.
»Viel besser!«
»Eine Pille geschluckt?«
»Viel, viel besser!«
»Sag schon!«
»Dazol. Du weißt?«
»Klar, die Targia, die ...« Ben hielt inne.
»... tot am Zaun. Ich weiß. Heut sie hat geschrieben. Aus Spanien. Ist jetzt erst aus Krankenhaus raus und gleich Internet rein und geschrieben.«
»Hey, das ist ja Wahnsinn!«
»Ja, und das Beste: Sie kommt hier!«
Ben fiel Akono um den Hals. Nicht so sehr, weil Dazol kommen würde. Denn erstens kannte er Dazol nicht, zweitens würde es mit zwei illegalen Flüchtlingen sicher nicht leichter werden. Doch Akono war wie ausgewechselt. Der lebende Tote war plötzlich ein lebendiger Lebender. Der Frust und die Hoffnungslosigkeit, die sich in Bens Zimmer breit gemacht hatten, waren verflogen.
Auch die anderen Spieler fielen Akono um den Hals, feierten mit ihm den Ausgleich und seine Leistung und die Wahnsinnsnachricht, von der sie nicht wussten, was sie bedeutete.
Van Nissen umarmte Akono wie ein Vater seinen Sohn. »Danke. Danke tausend Male, danke!«

Van Nissen tätschelte ihm den wilden Lockenkopf: »Dein Zimmer ist übrigens noch frei.«
Alle liefen aufs Spielfeld, um ihre Fans beim Feiern zu unterstützen, den Jubel zu teilen und Trikots zu tauschen.
»Apropos Trikots tauschen: Wo ist eigentlich Alexa?«, fragte Ben.
Alle riefen sie ihren Namen, ließen sie hochleben. Doch sie blieb verschwunden.
»Hat ihre Kamera genommen und ist weg!«, erklärte Armin.

Als Ben später bei Alexa vorbeischaute und Frau Vangelis ihn freundlich zu ihr geleitete, saß die längst an ihrem Film, prüfte die letzten Szenen, schnitt, bearbeitete Bild und Ton. Sie sah nicht einmal zu Ben auf.
»Hast du gehört? Dazol lebt!«
»Das ist echt wunderbar!«, bemerkte sie und arbeitete weiter.
Ben holte sich einen Stuhl und setzte sich neben sie. Inzwischen ein Reflex, nach all den Stunden, die er hier dicht neben ihr verbracht hatte.
»Ben, ich muss mich konzentrieren!«
»Ja, und?«
»Aufs Finale.«
»Wieso, du warst doch bei unserem dabei. Hast sogar ein Tor geschossen. Schon vergessen?«
»Glücksfall. Nicht so wichtig.«
»Was ist dann überhaupt wichtig?«
»Der Film. Jetzt muss ich ihn zu Ende bringen!«
»Dabei kann ich dir doch helfen.«
»Nein!«
»Ach so, ich störe also!«
»Wenn du neben mir sitzt, kann ich mich nicht konzentrieren.«
»Das ist ja das Allerneueste!«
»Ja.«
»Okay, dann geh ich mal besser.«
»Ja!«
Ben hatte erwartet, sie würde spätestens jetzt einlenken. Aber Alexa machte ernst.

In den folgenden Tagen und Wochen vergrub sie sich regelrecht in ihrem Zimmer, das zugleich ihr Schneideraum war. Ein paar Mal tauchte sie auf, aber nur, um Akono für weitere Fragen vor die Kamera zu holen. Und Akono antwortete, ließ sich filmen, ließ sich von Alexa herumkommandieren. Nichts konnte ihm mehr etwas anhaben. Er trug eine Glückshaut, seitdem er Kontakt zu Dazol hatte.

Nach ein paar Wochen endlich tauchte Alexa wieder auf. Sie wirkte erleichtert.
»Was ist los?«, fragten alle.
»Schaut auf meine Website! Unter *Traum-Pass*!«
Alexa hatte den Film tatsächlich fertiggestellt und drückte Armin und Ben je eine Kopie in die Hand. Das war sie ihren engsten Mitarbeitern schuldig, selbst wenn sie die beiden in den letzten Wochen von der Arbeit ausgeschlossen hatte.

Zu Hause schob Ben die DVD gleich in seinen Computer. Überflog die ihm bestens bekannten Bilder und Interviews. Nicht selten hörte er im Film seine eigene Stimme. Ein seltsames Gefühl, weil die Stimme plötzlich fremd klang.
Akono im Flüchtlingsheim, beim Spiel, jubelnd nach dem Sieg damals. Ben spulte weiter. Die Bilder aus Afrika. Ein klappriger Lastwagen überladen mit Menschen und bunten Wasserkanistern vor einem grandiosen Sonnenuntergang. Auch tausend Mal gesehen. Weiter: Marokko. Zahlreiche Bilder vom Grenzzaun vor Melilla. Alexa hatte sie geschickt eingearbeitet, unterlegt mit einem Kommentar, den sie unbedingt hatte selbst sprechen wollen. Dann jener denkwürdige Videoclip aus dem Nebel, grau. Alexas Stimme erklärt, wie Akono die Überfahrt nach Italien versucht hatte und nur dank der luxuriösen Schwimmweste gerettet und zurück an die afrikanische Küste gebracht worden war. Die Kamera zoomt auf Akonos gefälschten Pass mit Bens Daten darin. Diese Fälschung und van Nissens Geld halfen ihm, über alle Grenzen nach Deutschland zu gelangen. Weiter. Die ersten Bilder in Bens Zimmer. Akono bemüht sich, aus dem Bild

zu kommen, hält schließlich die Hand vor die Kamera. Da war Ben dabei gewesen. Er hatte auch gesehen, wie Alexa heimlich weiterfilmte. Davon fanden sich ebenfalls kurze Ausschnitte im Film. Akono komplett neben der Kappe. Ballert am Computer. Reagiert auf Ansprache nicht mehr. Das hatte Ben zur Genüge erlebt, an diesem Computer. Also weiter. Das Qualifikationsspiel, wie sie alle untergehen, die ganze Mannschaft. Die grölenden Fans des Sportvereins nach der Halbzeitpause. Die zweideutigen Gesten Richtung Kamerafrau. Dann Akonos Auftauchen. Schon irre, aber Ben klickte weiter, auf der Suche nach dem Neuen.
Und da war es! Ben lässt den Film ein Stück zurücklaufen, um die Szene von Anfang an zu sehen.

Akono sitzt an Alexas iPad. Er scrollt auf seiner Facebook-Seite. Dann hält er den Bildschirm in die Kamera.
Zum ersten Mal sieht Ben Dazol. Im Film trägt sie ein glänzend schwarz-blaues Tuch über sperrigem Haar. Darunter ihr schmales, fast hartes Gesicht. Ein herausfordernder Blick in die Kamera. Stolz und verschlossen. Aber das Erstaunlichste: Dazol, deren Name »die Geschminkte« bedeutet, trägt die Schminke nicht auf Mund und Augen. Drei schraffierte Linien verlaufen von ihrer Stirn hinab zur Nasenspitze. Und drei weitere von einer Wange zur anderen. Ein paar Zeichen finden sich auch auf ihrem Kinn.
»Das ist also Dazol!« Alexas Stimme klingt nüchtern. »Und was ist das für ein Gefühl? Du hast alles gewonnen, nicht nur Dazol und das Spiel!«
»Spiel war unentschieden und Knöchel gestaucht!«
»Okay, aber du kriegst wahrscheinlich ein Bleiberecht! Und Dazol auch.«
»Yeah, that's great!«
»Was fehlt dir noch?«
Akono schaut starr in die Kamera. Er kämpft sichtlich mit sich. Dann sagt er: »Is scheiß Heimweh!«
»Heimweh? Nach Nigeria?«
»Ja!«
»Das hättest du leichter haben können!«

»Das ist, warum ich mit Dazol zusammen. Sie versteht. Sie kommt auch aus scheiß kleine Hütte. Scheiß kleine Zimmer und in jedem schlafen drei, vier.«
»Da möchte man sich glatt dazu legen.«
Akono ignoriert Alexas Ironie. »Ja, möcht man. Und tagsüber immer was los. Fußball zwischen Autowracks und Pfützen. Mit Stock den Ball unter Autos holen. Durch Pfütze gehen als ob trocken. Und alle Zuschauer nass gespritzt. Das ist Afrika.«
»Da kann unser Fußballrasen natürlich nicht mithalten.«
»Nein! Und auch Temperatur nicht!«
»Du willst 35 Grad im Schatten?«
»Yeah, und Trikot so durchgeschwitzt, als ob in Pfütze getaucht.«
»Klingt betörend.«
»Ja, betört. Und Geruch, grausam scheiß guter Geruch nach Ziege und Peppersoup! Essen. Scharf, dass dir später Arsch brennt! Hirsebier wie Pipi. All das ist scheiß und scheiß gut.«
»Great!«, bemerkt Alexa.
»Yeah, great!«
»Und jetzt willst du zurück?«
Ben schluckt. Man kann Alexa nachsagen, was man will: In ihren Interviews schenkte sie sich nichts.
»Zurück: Ja! Jetzt: Nein!«, antwortet Akono, ohne mit der Wimper zu zucken.

Ben spulte zurück. Diesen Ausschnitt musste er sich noch einmal anschauen.

Den Trailer zum Film hatte Alexa ins Internet gestellt. Ben klickte ihn täglich an. Täglich fand er neue Kommentare und wildfremde Leute gaben den Link an Freunde und Freundesfreunde weiter. Dann kam der Film groß in die Presse. Dort vergaß man nicht, darauf hinzuweisen, dass man eigentlich schon immer über den »Fall Akono« und die Aktivitäten der Albert-Schweitzer-Gesamtschule berichtet hatte. Bald darauf meldete sich ein Fernsehteam. Es war auf der Suche nach den Jugendlichen, die einen solchen Film hingekriegt hatten. Ben verwies auf Alexa,

Alexa auf Akono, Akono auf Armin und Armin wieder auf Ben. Also trommelte das Fernsehteam sie alle zusammen und drehte in mehreren Tagen eine Reportage. Nach der Ausstrahlung bekam ihr Film, der eigentlich Alexas Film war, ein paar Tausend Aufrufe im Internet. Ben war froh, dass nicht er auf all die Anfragen und Meinungsäußerungen reagieren musste. Das machte Alexa, und sie machte es sehr gewissenhaft.
Akono war plötzlich in aller Munde. Hilfsorganisationen meldeten sich und drängten darauf, sich seiner Sache annehmen zu dürfen. Doch ihn selbst – wenn er ehrlich war – interessierte nur eines: Wann endlich kam Dazol?
»Dazol ist bisschen wie Heimat ...«, hatte Akono zuletzt in die Kamera gesagt. »... und total fußballverrückt!«

Für die Mithilfe an diesem Buch möchte ich den vielen Helfern danken, Michaela und Laura, Christa und Gisela, Gisa, Bernd und Heidrun, die alle probegelesen haben, Ulf Kürten, Jakob Schwille und Charly, die mir wichtige rechtliche Hinweise gaben, Ulrieke Ruwisch, die unermüdlich lektorierte und an das Buch glaubte, den Flüchtlingen, die mich vom Schreibtisch fernhielten, und den West- und Nordafrikanern, die mich auf meinen vielen Reisen in ihre Welt blicken ließen. Danke!

Bibliographische Information der Deutschen Nationalbibliothek:
Die Deutsche Nationalbibliothek verzeichnet diese Publikation in der Deutschen Nationalbibliographie; detaillierte bibliographische Daten sind im Internet abrufbar: http://dnb.d-nb.de.

1. Auflage, 2016

Umschlag: Marina Siegemund, Berlin
Satz: Katrin Kassel, Berlin
Druck: Clausen & Bosse, Leck

E-Mail: info@horlemann-verlag.de
Internet: www.horlemann.info

ISBN: 978-3-89502-401-6